U0905423

窈窕文丛

眩晕

祁媛著

译林出版社

窈窕文丛：爱情一息尚存

贾梦玮

“窈窕文丛”，顾名思义，作者都是女性，是女作家，而且这次基本都是八〇后九〇后的青年女作家。关于女作家，关于女性书写，有“女权主义”的说辞，也有女性文学为文学提供了细腻与抒情风格的说法。这两点都有它的理由，但也都可以不管。或者说，“窈窕文丛”的年轻女作家们所提供的，远远不止这些。

我相信，女性所体验的世界一定不同于男性所体验的世界，这是由男女不同的身心所决定的。因此，女性作者一定会为文学共同体提供新的东西。“窈窕文丛”不仅是女性文学，而且要为文学提供新质。就拿经典的女性文学形象来说，目前我所知道的大多为男性作家所创造；但我更愿意信任女作家们所塑造的女性形象。因为，那不是“他者”，而是她们“自己”。“窈窕文丛”为文学世界提供的女性文学形象，如纪米萍、夏肖丹、丁霞、刘晋芳、商小燕、娜娜、云惠、阮依琴、唐小糖、芸溪、静川、梅林、汪薇……还有好多个“我”与“她”，那些鲜活的女性形象，只有她们才能创造，“她们”身心的千疮百孔，只有她们才能感同身受。阅读“窈窕文丛”，我一次又一次被震撼，我对于“她”的阅读体验，不是同情、怜惜、悲悯等词汇所能概括的。常常，我觉得我就是“她”，就是“她们”，我居然也可以感同身受。这是文学的魅力，也是文学的命运。

让我这个男性读者觉得遗憾和汗颜的是，“窈窕文丛”中所塑造的男性形象，或萎缩，或无能，或逃避，或不忠，或模糊不清、不负责任，或外强中干、金玉其外败絮其中，伊甸园至少有一半有坍塌的危险。女人都那样了，男人就没有责任？还有幸福可言？男人都这样了，女人的幸福又从哪儿来？男人的命运和女人的命运如此紧密地联系在一起。异性环境颓败了，无论男女，他们和她们情将何堪？免不了的，每个人的心上都会有一道或一道道伤口。我们都是伤心之人。文学，某种程度上就是疗伤的艺术。

但是，“窈窕文丛”中所有的故事也都在告诉我：爱情至少一息尚存。“窈窕文丛”的每部作品中，有一万条否定爱情的理由，可是爱情还是在那儿，无法否认。倘若本体意义上的爱情已经死亡，“窈窕文丛”中的那些女性，也就不可能有那样的深创与剧痛。爱情似乎是痛苦之源，但也只有爱才能创造奇迹。

广义上的“爱”和“情”是世界的本源。“窈窕文丛”中的作品，也有不以两性关系为描写中心的，而是更多关注底层人物粗粝、绝望的人生，像冰冷的石头和灰扑扑的尘土一样的命运。

“任何人在写作时想到自己的性别都是不幸的。”弗吉尼亚·伍尔夫的话颇堪玩味。她还说：“心灵要有男女的通力协作才能完成艺术的创造，必须使一些相互对立的因素结成美满的婚姻，整个心房必须大敞四开，才能感觉到作家是在美满地交流他的经验。”弗吉尼亚·伍尔夫被“女权主义”时而认作同道时而认作敌人。我只知道，男人和女人有着更宽广意义上的共同命运。

美貌曰“窈”，美心曰“窕”；美状曰“窈”，善心曰“窕”。“窈窕”形容的是女子仪表心灵兼美的样子，丛书以此命名，编者和出版人的美好愿望可以想见。“窈窕淑女，君子好逑”。说好的“君子”呢？“窈窕文丛”既是给女人的，也是给那些男人的。

给“爱”机会，让“爱”创造。

目录

眩　晕

一

如果这个女人不是熟睡着，他是无法如此近距离地看到她的白发的。她头发上端染的栗色里透着灰调子的橘红，有种蓄意的人工风韵，而根部却在静静地泛白。天空泛起了鱼肚白，渐渐照亮了屋里的白墙，被子床罩也都是白的。他一时想不起来昨晚那场乱糟糟的做爱持续了多久，她还在继续睡，发出了轻微的鼾声，于是他斜过脸来，仔细地看着她。他还从没这样毫无顾忌地看过她。

那些白发是新生的，与染过的发色形成鲜明对比，显得更白了。他想到某种硬壳虫被踩烂后溅出来的白浆，黏稠得恶心。那些白发生长得很旺盛，色泽纯粹，一味雪白，他想起去年老家的大雪，那是他记忆里最大的一场雪，整整下了两天两夜，好像要把整个世界都埋掉。一星期后，雪才渐渐融化，但背阴里的积雪，很久后才慢慢消失，如此的慢，以致院子里的桃花吐蕊的时候，雪还在那儿待着，变成了冻雪，冻雪是睡着的雪，是死了的雪。他又看了看她发根的白发，觉得那种白不是睡着的，它们在醒着，在生长。

他觉得白应该是新生的颜色，里面没有苍老衰败，梨花、辛夷、腊梅，是新嫩的，可是一显露出来之后，好像就开始变老了。头发根部的白发也是白，但无论如何扯不上是新的，想到这，他有点发呆。他忽然想到自己，聚精会神地体会着自己的头发，尤其是头发根部的动静和色泽，想到自己的头发会不会也一点一点地在由黑变白，但很快便发现自己的可笑。

眼前老女人的睡相实在丑。一脸的松肉耷拉着，眼睛半翻，好在没朝这边看，否则会以为她根本就没睡，或者死了。人死了，眼睛大多半睁，好像怕人虐尸，或者担心别的什么，鬼知道！他想到“海棠春睡”，“睡美人”，这位可不是什么“睡美人”，而是“睡老人”，他不由邪僻地笑了一下，他想到在哪里看到过“睡美人”的英语，于是努力在记忆里“百度”，结果徒劳，心里暗自骂了一下。

很静，他有足够的闲暇胡思乱想，天马行空，这也算是一种休息，一种都市人奢侈的休息。可他实在天马不起来，转来转去，脑袋里都是眼前的这个翻眼呼睡的老女人。他想到上小学时去同学家做作业，进门，撞见地上横着同学的爸妈在午睡，他看到同学的妈妈裤衩私处部位被什么东西顶起，分明是个小鸡鸡，女人也长鸡鸡？他顿感惊恐，接下去的作业也弄得错处连篇，一塌糊涂，他想到不久前的一个异象，就是家里唯一的鸡，一只老母鸡，忽然半夜打鸣了，他被吵醒，细细品味着那一阵阵的叫声。后来那只母鸡也就不再下蛋，结果被母亲宰杀了。他侧过脸去再次打量着那个老女人。收回目光，他有些疲倦地望着乱乱地盖在身上的白被褥，发现被子大半被她裹了去，但女人的肩膀尚露在外面，肤质灰暗，有个形状模糊的暗紫色胎记，像半个蝴蝶的翅膀，又有点像一个面具。此时，忽然他发现她在看着他，不知何时她已经醒了。她在打量着他，抬身凑了过来，抚摸着他，不一会，他们又做爱了。

她有节奏地蠕动着，眼睛微合，唇缝微张，无疑是在享受着此时的快感。他早已习惯了这种“给人提供快感”的角色了，但还是忍不住把视线从发根的白浆色移开，后来干脆闭上眼睛，可是那白浆色已经牢牢地渗透了他，就算不看，脑袋里也全是她的白发。他渐生一种幻觉，感觉她整个头发瞬间变成了白的，并随着那个“蠕动”而轻微地颤动着，飘动着，散发着死亡般的苍老，他感到自己在和一个百岁老女人做爱，有点害怕了。身下的那“白发女”这时张开了微醉的眼睛，并注意到他的心不在焉，因此眼神慢慢变得硬了些。当他的目光和她碰上的时候，他迅速可怜地顺下了自己的眼睛，不得不继续埋头苦干，这样又过了一刻钟，他终于听见身下传来古老的满意的呻吟，心里一松，想这下差不多了吧，于是小心翻身下来，径直躲进厕所。

早晨的微光环绕在白色的马桶圈上，朦朦胧胧的像一道白光环。他看着自己的尿液喷溅在马桶里，被窗外灰色的光映照得一层一层荡开，他想起了小时候爱唱的歌曲，“让我们荡起双桨，小船儿推开破浪……”这时她也冲进了洗手间，屁股还没有坐在马桶圈上，哗哗的尿声就响起了，他还没听过如此明亮的尿声，有点像乡下的牛羊，这时他感到有一些尿珠子溅到他的腿上，低头看，那尿珠子已在瓷砖地上形成涓涓细流。她抬起头看着他说，你刚刚怎么回事，心不在焉的，想什么呢？他不知道怎么回答，觉得一阵尴尬，好在她并未逼供，心思也好像转移到另外一些事了。尿完以后，她蹑手蹑脚地绕开地上的尿流，走出了洗手间。

二

他第一次听她以制片人的身份在学校讲座的时候，没想到两人会因为一张名片发展到上床这步。说实话，第一次和她做爱的时候，和这个比他身份地位都要高许多的老女人做爱的时候，感觉怪怪的，毕竟她比他大二十多岁。看着她浑身价格不菲的衣饰，精致的妆容，还有嘴里时不时蹦出来的他听不懂的英文和法文的单词，他的自卑感就溜了出来，但是，当他把光溜溜的她压在身下时，便发现她和以前上过的女人，老家村里的那些女人，甚至和妓女相比，也没有什么不同，唯一的区别就是她老，皮糙，人丑。他感到了自己的优势，年轻的优势，性的优势，可以让他在短时间内战胜自己贫穷卑微的心理，战胜自己的屌丝身份，他看着身下俨然已经被他征服的属于另一阶层的女人，感到自己不是在搞她，而是在搞这个高于他的阶层，甚至在搞近来总是和自己作对的世界。

他已经记不清楚和她总共做过多少次了，十二次？十五次？这样想时，他发现“次数”并没有什么意义，数字而已，他也不想用“机器”感来形容，但除此之外，他找不到更确切的字眼来形容了。除了这个女人的资深制片人和影评家的身份，他对她身体上的一切都充满厌恶，她的平板肥脚，稠密粗硬的阴毛，还有有时会显露出来的微微的胡须，这些都让他难以忍受。

她定期给他打电话，一来就上床。虽然他也处在荷尔蒙贲张的青春时期，但面对一个老女人，他其实更想和她谈电影，但是，怎么说呢，什么话题呢，“探讨”些什么呢。她人中部位的稀落的硬汗毛表明她性欲尚未衰退，她的动物般的眼神，哎，别提她的眼神了。记得第一次单独见她时，倒是真的想求教于她的，当时在她的旅馆房间，沙发，台灯的温暖的光，她在吸烟，一根昆烟，这本是可以谈电影的氛围。他提了几个法国新浪潮，意大利新现实主义，以及别的他所心仪的导演，比如，他很想谈谈法国的让-吕克·戈达尔执导的《狂人皮埃罗》和加缪的《局外人》的关系，还有意大利马里奥·莫尼切利的《警察与小偷》的小说原型，但每次开口时，他感到她并没有兴趣，听得心不在焉，而且分明是一个资深影评家在听一个小毛头胡扯，嘴角也不时露出有点鄙夷的冷笑。有时她开口了，可多半是顾左右而言他，比如抱怨酒店里茶叶的劣质，空调的噪声，屋外建筑工地的大声喧哗，然后，她望过来的目光就变得晕晕而火辣了，电影的谈话即刻演变成浪潮般的床上运动，重复而又重复，具体的肉欲，肌肤的接触，怎么也无法和刚才的话题相联系了，而且在交媾中，他毫无快感，常做到一半，他就蔫了，而她依旧兴致勃勃。

有段时间在北京，他完全陷入了困境，那是一种无法描述的逃不出的困境，深夜醒来失眠，开始掉头发。他大概想要在黑暗中伸手抓住些什么，仿佛抓住了光，又仿佛什么也没抓住。要是什么事都不做，他就不会有这么多烦恼。他好像被一股力量牵引着。他不知道这力量究竟是什么，来自哪，又将带他去何方。每次照镜子，他都感觉身上在发生着一些什么，又像一切都没有变。他的房间整整一面墙，贴满了他崇敬的导演和作家的照片。无数次他在黑暗里凝视这面墙的时候，他想到了灯塔。这面墙是他的灯塔。曾经有一个女孩问他为什么来北京时，他没有道出他的野心，只说喜欢北京宽大的马路和人来人往。确实，在很多时候，他会在大马路上走着走着就停下来，或者在天桥上停下来，看着那些无数和他擦肩而过的人。他喜欢人群，另一方面，又讨厌人群。

三

有一个女人倒是总和他谈电影，每次都谈得眉飞色舞，满脸通红的，但他却完全不想和她谈。这是因为他有点瞧不上她。

他是通过微信摇一摇认识这个女人的，至于什么时候，在什么地方，却记不太清了，能记住的是那天晚上他不知怎么了，也许是无聊，更多的是不安，其实就是想搞女人。从微信上的头像看，她有点像张馨予，又有点像李小璐，反正就是一张网红的脸。他加了她为好友，然后就聊了起来，没聊上几句就约见，对方竟然也立刻答应了。当晚见面时，他发现她和微信上的头像差距巨大，不仅脸大，而且相貌平凡，皮肤也不嫩，但这并不妨碍他和她开了房。

她是商场卖女性内衣的，她问他是干什么的，他答是电影编辑。她不懂电影编辑是什么，但“电影”是懂的，在她的眼里，凡是和电影沾边的职业，就和导演差不多，因而认定“电影编辑”这个工作是极其牛逼的高尚职业。她会把自己概念里的所有当红的电影，电视剧，以及影星和所有相关的八卦，全部与“搞电影的”联系在一起，而且认为所有电影界的从业人士在社会阶层上也高人一头。因而，她很自然地把“他”视为非凡人物了。

想来，他倒是很愿意有女人把他当成“电影导演”那样供着的，他需要这种虚荣，可他知道这种虚荣一捅就破，比如，女人们很快就发现这位电影导演没什么钱，除去日常开销，偶尔累了才去喝两杯，在大部分情况下，他显得吝啬。他总是有危机意识，不止一两个女朋友抱怨过他的小气，但他觉得无所谓。

近来他的电影导演野心似乎不如最初那么强烈了，另一种相反的东西，正悄悄地咬噬着他对电影最初的那种“崇高”感。这让他担心，怕自己忽然有一天会对自己宣布：电影是狗屎，我不干了。他寻思着这个心理变化是从何日开始的，这其中缘由颇为繁杂，一时也理不太清，但他需要弄清楚。于是他不得不把自己对电影的兴趣和热爱的来由，像过电影一样地过了一遍。

高中的时候，他觉得电影真是一个神秘牛逼的世界，那里面的人总是格外的鲜亮时尚，电影里面的事哪怕是个屁，也比现实要精彩得多。他常逃课，躲到录像厅里去看电影，看得昏天黑地，同班同学有个胖子，出生于富裕家庭，有DVD，他总是以去他家做作业为名看碟片。只要他稍有零钱，就去镇里那家光盘店里买碟片，他已经数不清看过多少部电影了，总有几千部吧。他觉得自己离不开电影，甚至觉得电影电视剧里的生活，才是真正的生活，而现实生活，比如他自己的生活的目的，睡觉，吃喝，上学读书识字，都是为了能观赏电影而已。终于有一天，大概是高二的时候，他忽然认为：只要他再继续看下去，总是可以成为导演的。他不知道这个自信从哪来，但很明确，似乎是个“启示录”，就是他必定会成为导演的，一个牛逼的导演。

高三的时候，他决意报考电影导演专业。从高校的简介里，他发现电影导演专业比较冷僻，也就是说一般省立的大学是没有这个专业的，只有大城市里的名牌大学，比如，北京电影学院，中国传媒大学，上海戏剧学院，等等，才设立这个专业。他决然报了北京电影学院导演系，可惜，两次考试，两次落榜，而且是在初试的时候就被刷下来了，但这并没有打击他的梦想和信心。他想到那些励志的电影，觉得考试的失利，不过小菜一碟，根本没有什么，于是在信心满满的状态中又考了一次，终于被北京一所师范学院艺术系的导演专业录取。

他并不太满意，因为到了北京后，他发现“师范学院艺术系”毕竟是三流院系，业内人士并不太认可，可离他的导演梦，无疑还是大大近了一步。但事情并没那么顺利，原因是学费太贵了，到第三学期的时候，家里就负担不起了，可让他放弃又是不可能的，于是休学一年，去赚钱交学费。好在他年轻，经得起这样的折腾，而且呢，这时他又想到了某些励志的电影，心里变得平静了。

算起来他打过好几种工，跑过外卖，发过传单，做过促销，有一次居然还跑到一家桑拿中心里做服务员。这使他开了眼界，认为这一切经历迟早会成为他的导演梦的本钱，他模糊地记起不知在哪里读到的一句话：“我所经历的一切，都是我的上帝。”

后来经老师介绍，他接了一份电影编辑的工作。工作的环境很糟糕，整天躲在那个幽暗封闭的小房间，像一个单人监狱。即使是白天，阳光照进来，也是那么闷，不透气。有时，他坐在那个房间里对着电脑荧幕，觉得那个荧幕宛如怪物的大方形的嘴，深邃幽暗，仿佛要把他的头吸进去。但他认为懂编辑是导演的必要素质，导演应该懂编剧，要懂作曲，最好也要懂表演，像卓别林一样。他原以为，到目前为止，自己所做的一切，都是在通向做导演的路上一步一个脚印地扎实地运行着。但始料未及的是，就是这个编辑，使他对电影，包括电影导演的意义的看法，发生了根本的转变。

对于这个“根本转变”，他至今仍然没有彻底弄明白，只有一点是清楚的，就是自从他懂得了编辑后，编辑的任何一点细微的变化，比如一帧视频的长度的缩短，与另一帧视频对接方式的设定，像“融合”，“叠加”和“消散”，一段配音的选择，等等，都会使原来故事的意义遽然变异，原有的“总体感”会迅速崩溃。换句话说，所谓完美的作品，全是由编辑许许多多的细节的偶然选择凑成的，其中的各种可能性，稍有变化，意味大变。后来他不大爱看电影了，他感到很难再回到没有学电影导演，尤其是没有学电影编辑时的状态了。他很难专心，容易走神，极易被枝节和非常次要的细节分神，更重要的是他不再相信电影的“魅力”了。他觉得所有的电影魅力的后面，全是脆弱的编辑，是一系列勉强的随意的东西支撑着，是一寸一寸一厘一厘的人造的东西，它们会毁于一旦，这是他无法接受又不能不接受的。一句话，他对电影的信仰，在编辑的无限可能性中，彻底动摇了。

这个信仰的快速崩塌，其实源于他的信仰本身的脆弱或天真，如同一个情窦初开的少年人，当他刚开始着迷于女性的时候，却不合时宜地上了一堂有关少女的人体解剖课。这是一系列课程，大肠小肠，肝，脾，肾——消化系统，包括分泌系统，排便利尿，呼吸系统，肺叶，肺泡，还有神经系统，神经元，神经末梢，生殖系统，阴道，子宫，子宫壁，阴道壁的奇怪而粗糙的机理，等等。那些在显微镜下呈现的另一种奇怪的微观世界，不仅没有丝毫美感，反而令他毛骨悚然，而且问题在于，这个生态系统里的任何一个环节的变化，比如排泄系统或神经系统出了问题，都会直接影响到这位少女的状态和容貌。虽然这是个常识，但他很难将这两者联系在一起。也许是他不愿意，或是他真的没有这样想过。比如那次他追一个女孩的时候所发生的一件事，至今都使他迷惑和失落。那是同班的一位秀美的女生，他瞅准了时机递给她一个纸条，漫长的几天后，那女孩来了，也递给他一个纸条，可就在那时，他听到那女孩放了个屁。女孩表情顿时变得尴尬和紧张，因为她知道自己的屁放了就收不回来了。有意思的是，对他而言，臭味飘出之后，他好像比那个女生还觉得尴尬难堪，使他很久都不愿意或不太想再给女孩递纸条了。

四

他在完全不懂性的年纪，就已经邂逅了避孕套。那是他上小学的时候，有一天早晨上学前，他看了一眼窗外，发现一些背书包也要准备上学的同学正乐呵呵地在玩白气球，有的正在吹着气球，有的把已经吹好的气球往天上赶，但那些气球好像并不轻盈，总是飘不起来。难道今天是什么节日吗？他想了想，不是的，什么节都不是的，而且节日的气球是五颜六色的，红啊黄啊蓝啊，没有白色的。他出门去看个究竟，发现那些飘不起来的白气球零落在各处，随风在地上滚动着。他上前想去抓两个，结果很容易就抓到了。这时他发现地上还散落着很多没有被吹起的白气球。从白气球那扁扁的形状看，它们更像“奶油冰棍”，而不像“电灯泡”。气球嘴也大得不寻常。他心想这些气球是哪来的呢，它们飞不到天上，难道是从天上掉下来的吗？他不懂。这时有一个抱着棉被路过的妇女，见状，眉头一皱，说道：“这些傻孩子，玩这些干吗，多脏！”然后头也不回地就走开了。后来他发现其他路过的成年人也都视而不见。他当时根本不知道这是避孕套，也没人跟他去说，直到有一天，他在家里的地上也看到了这种白气球，他当时想捡，父亲见了，呵斥道：“别动，脏。”他搞不懂，为什么这些白白的东西老是被斥责为脏。

在后来的日子里，他懵懵懂懂地知道了这是避孕套。现在回想起那个情景，在那玩具匮乏的年代，他宁肯它们都是气球，而不是避孕套，清晨，那飘不起来升不到天空的白气球轻轻地在地上滚动着，散落在路边，树丛中，垃圾堆里，散落在四面八方……

此刻他们在酒店，房间的地上也三三两两地散落着避孕套。他是故意这样乱扔的，不知怎的，他今天就是想这样做，他想到电影里的“场景重现”，心中寻思着，想从中品出一种味道来。这时响起了白发女的声音：“我饿了。”说着，她从床上爬起来，穿上衣服，然后把有点胖的脚使劲往尖头皮鞋里塞，终于塞进去了。

在饭桌上，他对白发女谈起了小时候的“白气球”，白发女听得专注，浑浊的眼神里居然露出一种童真来。她说，好啊，好啊，有意思，以后你拍成电影短片嘛，就叫《白气球》，直逼法国的新浪潮，我来写评论，我来写，说完用那样的眼神看着他，然后叫了一瓶白酒，二锅头，她原本是绝不喝这种屌丝酒的。几口下肚，兴致更好起来，喝了两杯后说出去走走吧。

他俩从来没有一起散过步。他不喜欢和一个老女人走在街上，可她则显得很自在潇洒。她说我带你去一个你熟悉的地方吧，于是她叫了个出租，穿过密集喧闹的市区，在一个不知什么地方的地方下了车。路灯早已亮起，马路上不时有成群结队的摩的呼啸而过，是民工收工的时间了。从白发女的那种自在来看，她对这里是熟悉的。她带他走进了一片高架桥下的类似贫民窟的地方，一条黑暗窄小的烂泥路。没想到的是这条小巷正在拆迁，到处是砖堆烂墙和乱成一团的电线。这时一道强烈的车灯直照得两人的眼睛睁不开，并可以看到灯光中飞扬的浮尘。是一辆装满垃圾的卡车，被狭窄的路上的一棵树卡住不能动了。有几个人下车嚷嚷着什么，他们长长的身影投在了路面上。他和她在垃圾堆上一脚深一脚浅地绕过这辆卡车，但感到被黑暗中的什么电线拦截了一下，挣脱之后，一辆载着破烂的三轮又贴身而过，他感到自己的手指被一根可能是三轮车上面的什么细铁丝勒住了，接着一扯，指甲根的肉差点被翻开，他暗自叫苦，心里埋怨白发女怎么把他带到这个鬼地方来了。这样想着，又走了一段，算是回到稍微平坦些的路上了。

她也抱怨地说真倒霉，碰上拆迁运垃圾，本来这里挺好看的，哎，我们不能走这条路了。说着，她站在一堆烂砖前看了看，似乎有点感叹，之后便离开了这条路，拐到一条黑暗中看不清的不是路的路。不一会儿，这条路把两人引到高架桥下。他发现周围除了一片已经成熟的高粱之外，桥墩上还被一种不知名字的绿色植物爬满了，不是爬墙虎，爬墙虎的叶子狭窄而密集，而这种植物的叶子肥厚而阔大，绿油油的，在黑夜里也油绿得仿佛要滴出汁来。

白发女依旧兴致勃勃，一路上不停地在说些短片，他三心二意，也没有仔细听，这时白发女忽然快走一步到他面前，停下，盯着他说，你知道吗，短片最好的结构，最好的叙事效果是什么？是什么？就是在好的时候，在观众最想往下看的时候，电影戛然而止，就像性交中断！他听了有点不舒服，性交中断？他觉得一个老女人满口这些东西并不合适，但她认真，而且好像说得也有点道理，所以也就哼哈地附和着。

高架桥下有些人工搭建的烂棚子，有些妇女蹲在门口烤火，乌黑的炭在铜盆里被烧得通红，小的时候他在村里常见到烤炭，没想到时隔这么多年，在北京的近郊，又看见了，那些盆里的炭像一只只红眼睛盯着他。他移开了目光，抬头看了看那生炭火的女人，是个南方女人。他问为什么跑到外面烤火啊，热气都跑掉了，她说无聊，看人呐。他心想这左右有什么人啊，这样想着他跟着白发女走进了桥墩。那里堆放了很多东西，是一些长长的方形物体，这些东西被落满尘土的塑料布罩着，在黑暗中，他有些看不清。

一个男人蹲在那些东西前面刷牙，另一个人在煤油炉上下面条，他在空中闻到的更多的是煤油味而不是菜味。等到眼睛逐渐适应这里面的光线时，他发现那些东西全是棺材。他看到有些薄膜中露出的棺材的雕龙画凤的头部，上面有金色的一个“寿”字，它们直直地一排排躺在那里。估计棺材都是空的，不然会有尸臭的。他心血来潮，问旁边正在煤油炉上下面条的人这些棺材的来路，那人皱起眉头打量了他一会儿，没理他，继续专心下面条。他接着问，那人看着锅里滚动的开水，还是没理他。

刷牙的人把口腔里的水咕噜咕噜漱了几下子之后，哗啦吐到地上，然后抬头看了看，说现在拆迁户都搬到大楼里去了，棺材搬不进去，就扔了，而且现在都火葬了，谁还要棺材，说完又仔细打量了他们这一对男女，欲言又止，有点疑惑地进棚了。他看到棚里面横穿左右的一根绳上挂了不少衣服，墙上几张色彩鲜艳的性感的影视明星大照片。他转身盯着那些棺材再细看了看，心想难怪刚才走到桥下，没发现这些棺材时，好像也感到什么异样，一种心里的寒气。他想到人死前备好棺木，这事老家农村里就有，不少人早早就把棺材打好，放在屋里，就像家具一样。可眼前这些棺材看上去几乎全是旧的，莫非是用过的？

白发女不知何时已经走到桥墩外面，仰脸看着天空，突然说道："好，我知道了，我知道《白气球》短片的结尾了，就是城镇被拆掉的楼房的瓦砾上，排列整齐的棺材的盖子豁然打开，一大片白气球从棺材里密集飘出，冉冉升起，在风中斜斜地飘向天空，对，就这样，像是棺材里孵出来的，生生不息，操他奶奶的！"

五

立春之后的城市里仍然没什么春天的迹象，风却不一样了，好像在一夜间，风就变得湿润了，习习吹来，还蕴含着远方的气息。他在窗口感受到春风，有点想哭，钻回被窝想再睡会儿。他刚才似乎做了个好梦，于是想做个梦的续集，遇到点好事儿，或者想象自己要么变成无忧无虑的人，要么变成灰尘。不知怎的，在梦里，他感到自己的名字不是原来的那个，而是别的，别的什么名字，一时也无法意识到，他看到密密麻麻的人名在空中飘荡，不知所属，飘啊飘的，落在何人身上，就属于那个人了。

在那些名字中，他蓦然发现了一个眼熟的，定神一瞧，是沈珏，看到这个名字，便想到高中时那段难忘的恋情了。算起来，这个和他好了快四年的女人，是到目前为止唯一真正爱过他的女人。她爱他，依恋他，甚至连买什么颜色的胸罩和内裤都要征询他意见。她每次来北京都把自己两个月的工资带上，进屋后就像女主人似的替他收拾屋子，给他采买日用品，给他买衣服，可怜的是她并不知道他的心已变了。他是花了近半年的时间才把她甩掉的。她的伤心和女人失恋后的短期内的各种危险，比如女人的报复和自虐，甚至自杀，他都精心考量过了，也暗自做了些准备，比如分手后每次她来电话，他是肯定接的。他懂得这时候的电话必须接，接了，无论对方如何骂他，诅咒他，威胁他，他都静静地听着，给对方一个“接受诅咒谩骂”的印象，这样对方的怨恨之气就会及时得到释放，而大大降低了出现极端事情发生的概率。半年后，如自己所料，她被他安然地甩掉了。

可近来不知怎么他时不时地会想到她，他内心对这种想念很抵触，不愿承认自己可能也有点爱她，因为如果一旦承认，那就等于同时证明自己的失算甚至愚蠢，这点会让自己沮丧的，他不会承认。

但在朋友圈里，他看到了她的结婚照片，他从来没想到她穿婚纱会是如此漂亮，如此艳美，完全是自己的一个理想的梦寐以求的妻子的相貌，怎么当时就没有意识到呢！奇怪啊！可是，如今她再美，也是别人的女人了！那几天他没休息好，加上这个刺激，他竟昏了过去。

醒来后觉得地上很凉，马上坐了起来，可头还是有点痛，他看到掉落在地上的手机，拾起来，翻到那张照片，唉，她还在那儿，温柔漂亮，美艳卓绝，而且此时他发现她是对着他微笑的，并且好像知道了刚才自己的晕厥，所以那微笑意味深长，好像还有讥讽之意。

那几天他反复做一个梦，梦见自己很吃力地走在一条斜坡上，大雨横风，衣履湿透，他呼喊她的名字一路找过去，忽然，看到她站在他面前，但就在此时，她的面容随即变化了，更准确地说是融变了，变成了陌生人……

他接着想象着她结婚后过的日子，她和她的新婚丈夫一起置办新的家具，买了咖啡色的巨大的沙发，她用的护肤品整套地摆放在新家的床头柜上，她穿的鞋都是平底鞋，因为她要准备怀孕，新买的房子里有一间是专门为将来的孩子预备的，那屋子的墙上涂上粉红色，天花板上则涂的蓝色，表明是天空，“天空”的一边有一只月亮，另一边有一只太阳。

其实最让他耿耿于怀的是那个从没见过面、不知是何方神仙的她的“丈夫”，日日夜夜和她纠缠厮混在一起，随意抚摸把玩她的乳房，满脸阴险猥琐地将自己那副恶心的脸贴上他心爱的她，而她呢，居然懵里懵懂地被感动，被融化，然后两人合成了一人，大汗淋漓地做爱，如胶似漆的架势，还发出呻吟，多么造作，多么可悲，多么可恶！他很痛苦，但那些念头无休止地缠绕着他，有点越缠越紧的感觉。后来他终于想明白，这一切，都是因为他自己当初的放弃，也就是说由于自己当初的愚蠢。他不得不承认自己有点愚蠢了。

那天他喝醉了，其实也就喝了两瓶不到八度的燕京啤酒。他已经不记得是怎么从餐馆走回去的，他把自己关在厕所里，他知道现在暂时不能躺下，否则将天旋地转，难说不会引起喷射性的呕吐，那将会非常难受。他坚持站着，并趴在窗户上向外望。他清楚地发现对面灰色房子的房檐上缺了一个角，露出了粗糙坚硬的水泥，一只黑色的鸟斜斜地从房檐那边飞过来，在他的窗前打了个圈，又飞走了。

走到镜子前面，他发现镜子里面的那个人很陌生，特别的陌生，他迷惑于自己的陌生，那是一张苍白的，五官有点扭曲的脸。看着自己的脸，他想吐，又吐不出来，于是就用手抠嗓子眼，这招通常都很灵，只要吐出来，醉晕即刻就会得到大幅度减缓，可是当他把手指伸到嗓子眼很深的地方，虽引起了呕动，却吐不出什么来，这样又抠了几次，呕了几次，仍无效果。在这过程中，当他的指尖无效地在自己的嗓子眼里伸缩时，他觉得手指头像只粗大的蚯蚓在空旷黑暗的嗓子里探头蠕动，却又四面不着天不着地，他能左右手指头，但无法左右那空旷黑暗的空间，哪怕让它稍微变小一点也行，小到指尖正好能挠到的地方，然后引起细微而尖锐的奇痒，胃里的那些乱七八糟的东西，就可以一涌而出了，可是什么也没发生，他的胳膊也酸累了，只好收起手指头。他再次抬起头来看着镜子里的自己，他感觉镜子里面的那个人脸色惨灰，就要死了。

他迅速将自己的脸从镜子前移开，并深信这样打量下去的话，死亡就会现形了。他离开了那面镜子，也就是避免了死亡的最后确认。“我这时死在屋里，肯定是没人知道的”，他想着想着，就感到心虚了。但他并不认为自己是一个弱者，于是他想自己这样的醉，多半是喝了假酒，不然怎么会这样！他想喊，喊家人来帮他，可他忽然缓过神来，意识到这不是在家里，那么他在哪呢，他环顾了一下洗手间，感觉极其陌生，过了很久，他才想起来他在出租房的共用洗手间里，他在北京。

外面是大太阳，他感到浑身有火气，口渴得很，想去买橙子吃，于是往平日里常去的一个地方走去。那是离这里不远的一条街，街两边各色商铺应有尽有，因为街上来回晃荡的人都是屌丝，所以他把这条街取名为“屌丝大道”。屌丝大道上物价比较便宜，是这个城市里少有的几个屌丝可以存活的地方。

可是，当他走到那条大道时，眼前豁然出现了一片废墟，他不得不努力集中思绪，想到最后来此地不过是三四天前，怎么成了这样？！挖掘机像一只巨大的恶鸟起劲地伸缩着脑袋，在那里不停地啄着那些石头，并挑选出大块点的砖坨来，将它们一一叨碎，尘土漫漫地扬起来了。他站在路边呆望着，想到那些屌丝会搬到哪去呢？这座城市里哪个地方还能让这些人存活下去？他不由想到自己，自己难道不也差不多是个屌丝吗？！他忽而笑了，想到了什么，又一时想不起来想到的是什么，只是感到自己脑袋此时很活跃，也很敏锐，如同那些深夜里的失眠状态，这时有些画面浮现了出来，开始那些画面多少还与电影编辑时的胶片上的图像有关，后来就离开了那些而展翅飞翔了。

他看到那些由小到大积攒起来的梦想就像红石榴，里面那些亮晶晶的石榴籽，一个一个都在尖牙利齿中破灭了，它们飞到天空，又散散地落了下来，红艳艳的如同“血雨”，血雨春风中，柔美的海棠花绽放了……他听到充满回声的走廊里面隆隆的谎言，绿色的呻吟声，浮尘中时隐时现的绚丽而辽阔的海市蜃楼，空气中飘动的成双结对的粉色的蓝色的淡紫色的枕头，交通事故中被截断了的子宫血管树根神经似的细细地喷洒着鲜血，发霉的墙斑里的古老的爱情又在青苔中舒缓地醒来，水缸里的人工流产流出了风姿绰约的小小蝌蚪，疯了的桃花被黑蜘蛛缠住不放又被桃花吃掉了，太阳的胴体洋溢着迷人的狐臭，影子终于不再敲门而藏入了那把铜锁里面，云彩在柴门中一拥而入，剪刀中绵绵的倩影，枯井中的山盟海誓，潺潺不息的泉水里的阴谋和童话，那么跟我来吧，跟我来吧，我这里有清水，有清水，清水里只有你我才知道的紫色秘密……

走着走着，发现有人注意起他来，于是他走得快了些。窗户已被卸掉的破楼里传出了流行歌曲，阳台上挂着咸鱼和腊肉粘着绿头苍蝇，散发着咸腥的味道。咸鱼的旁边紧挨着挂的就是内裤和胸罩，上面粘着红头苍蝇，小路上破卡车晃晃荡荡开过来，到处都是垃圾堆、烂水果、啤酒瓶、塑料裸女，野猫叼着一个什么窜来窜去，有的狗就平躺在路中间闭目养神。废弃的马桶里怒放着野花，几双鞋并排整齐地待在路中央，他向那双鞋走去，走近时，发现是双黑色的女式高跟鞋，还是全新的，他拿起来闻了闻，三十七码吧，谁的？然后把鞋放回原处，想象着曾穿过这双鞋的女人和她的脚。

一步踏空，他在瓦砾上摔了一跤，手掌蹭破了皮，渗出了鲜血，浓郁黏稠，他用舌头舔了舔伤口，体味着血的淡腥的咸味，不知怎么，这种血味不仅没有驱走原来的醉意，反使醉意更浓了。他来到了一个街边置放着变压器的水泥电线杆旁边，认出这里曾是自己来买过香烟和伊力特曲的小店，价格比别处便宜几块钱，卖东西的是个老头，一只眼睛瞎了，没瞎的那只眼睛总是充血，红红的好像很热很烦躁。旁边那个修车补胎铺的老板短粗壮实，双手粗硬得像石头，还有老是坐着小凳子，趴在靠背椅面上做作业的女孩，模样很俊，像小学里的一个什么同学，可怎么也想不起来到底是谁了。他本想把这些拍摄下来，作为以后的资料，但现在突然都拆了，剩下的全是瓦砾。

仰脸躺在那些坚硬的断裂的水泥和碎砖上面，炽热的阳光，断裂的钢筋水泥块，成坨成块的红砖，破裂而生锈的铁管，他忽然感到某种性欲，下部发热膨胀，于是他打算找一个无人的地方自行解决。他转进一个满是瓦砾的小道，小道通向一个类似工厂的厂房，有一个通向二层楼的铁梯子，铁梯子通向一个走廊，满地垃圾狼藉，包括几块像门一样大小的完整的玻璃，他走到玻璃板旁边，看到映在里面的走廊上的天花板和他自己，觉得好玩又可笑，他继续溜达，挨个看走廊侧的每个房间。当他走进一个门被砸烂的房间时，蓦然看到一地的白色药片，觉得异样，没有药瓶，只有药，他对着那些白药片呆望了一会儿，他想起一幅不知在哪看到的图片：一大堆白糖上一男一女在做爱，也是“白色”。眼前的是白药片，而且也不知道是什么药，这时他感到原本鼓胀贲张的性欲忽然消失了，取而代之的是被那些白色药片淹没或者是吞噬的感觉，还有药的苦味和药盒子的新鲜的“印刷味”，眼前自己的身体从脚下的药片开始，白色往上弥漫着，血液变白了，神经，神经元，末梢，细胞微观世界里的“山谷”“溶洞”“荒原”“热带雨林”等等，都白化了，他感到自己是一个瓦砾中的“雪人”……

六

同屋的佟蝈蝈也是北漂，已漂了七八年了。他是山西汶水人，说话发音是江浙的唇齿音和甘肃的喉音的奇怪混搭，所以常被人怀疑他的真实原籍。他号称自己是资深行为艺术家，可这些年下来，既没捞到什么名气，更没挣到钱，那天他没喝几杯，又胡言乱语了起来。

“……都他妈的骂行为艺术，我真高兴，骂得好，我的艺术的短期目标就是招人骂，不骂我就不亢奋，我都硬不起来，笑我？我自虐？其实就是这么回事。妈的，唉，连印象派这么个小资玩意儿当时都是被骂红的，搁在现在就是个笑话……笑话也是一种行为艺术，你有点木，不懂，就知道在那里瞎拍，搞什么鸟编辑，那是给人家打下手的，没出息，你看我穷吧，但我不打下手，我是老板、董事长、CEO、销售、宣传、财务集于一身，我保持高度的独立，你还不懂这些，说也白说……”

佟蜩蜩往橘子汁里兑了点二锅头，摇一摇酒杯，盯着瓶子看了一会儿，若有所思。然后又说了：

“现在的东西都是四处偷人家的创意，当然别人的创意也许也是偷来的。你看美国的斯班瑟·彤尼克的人体行为，人家早就搞了，全世界各大城市里弄人体行为艺术，结果国内也开始搞人体行为，两年前得个大奖的珍妮·安东尼的得奖作品《睡眠》网上一传，咱们这儿立马就有人搞和猪一块儿睡觉的行为。唉，能不能不跟屁啊……我不能说出那些人的名字，你懂的，”说着抬头满眼红血丝地看着他，咧嘴笑了。

室友言犹未尽，继续说：

“那个叫什么名字的电影导演，对了，是帕索里尼吧，拍了《猪圈》，其中讲食人，日本的一个病态家伙吃了自己的同学，于是国内就学起来了，也学食人，而且吃的是自己的孩子，不光吃，而且还给狗吃了点，而且将吃的过程拍成录影，这个人看没看过《猪圈》不重要，重要的是他不是偶然为之，而是做了一系列类似的‘行为艺术’，说明在天性上，他与《猪圈》的‘食人’是相通的，你看可怕不可怕。在信息时代，难说是生活模仿信息，还是信息模仿生活，但事件之间必然是互动的。”

他一点也不懂行为艺术，但本能地觉得电影本身就含有行为艺术的内在元素，他对此感兴趣，觉得了解它们，可以重燃自己对电影的某些热情。每当室友大谈行为艺术的时候，他是有兴趣的，当然不时地要挨嘲讽，但从中也能学到一点东西，所以他在整个这样的谈话中，能够保持和蔼的笑容。

“……那小子把自己身上的皮割下来，缝到猪身上去，倒是有点意思的，妈的，被他抢先一步。不过呢，我在想着一个衍生产品，我在一篇文章里读到这样的心脏移植案例，说一个接受别人心脏的人原来是击剑运动员，反应很快，但手术后情况就变了。有一天他走在街上，有个朋友在后面看到他了，上前拍了拍他的肩膀，那人的头慢慢地转过来，没立刻认出这位朋友，反应很慢，后来他怀疑装到他胸腔里的那个心脏是老人的，去医院问，医院拒绝提供捐献心脏的人的信息。除了反应慢，还有别的，就是他在接受这个心脏后，脑袋里居然出现了一些他根本不认识的字，也就是另一种语言，有意思吧……”

佟蝈蝈接着说：“……我在想，在想，唉，你可不能和别人说，我想如果把猪的心脏移植到人身上，或者反过来，把人的心脏移植到猪身上，会怎么样，会出现什么新的意识，双方的意识交叉，行为互动……”

他听得入神，因为这时他在想着自己以后拍电影时的事，创意啊，蒙太奇啊，甚至想到用哪些演员，漂亮的女人，肉体的亮光，细密树枝似的蔓延开的淡青色的血管，为什么不能作为一部短片开始的特写镜头呢，然后，然后是血红的日出……

室友发觉他的走神，推了他一下，说，唉唉，想什么呢，我看你最近脸色发灰，不会是那个什么过度支出吧。说完那样地笑了一下后，继续说道：

“你不是在琢磨着盗窃我的灵感吧，哈，没用的，我这只是冰山一角，你跟不上的，零敲碎打没用的，但你弄电影也要有创意，别光是盯着人民币，刚才说了‘骂’是最好的评价，那是说观众的反应，但是作品本身呢，牛逼作品本身应该是什么样的呢，是‘电击’，轻微的或重重的‘电击’，让人发晕，最好发疯，就像基佛尔的通上了电的飞机一样。”

“什么飞机？”

“基佛尔出道时的一个作品，是第二次世界大战德国的拦截机（Bachem Ba 349 Natter）的仿制品，展览的时候，将飞机通上少量瓦特的电流，允许观众触摸，有意思的是，那个轻微的电击感让人麻酥酥的，不仅仅是视觉的，还作用于植物神经，进而影响人的心理……你知道克罗地亚的那个女行为艺术家吗？就是那年在威尼斯双年展得了金狮奖的娘儿们，她是行为艺术的大咖，她的东西我一直喜欢的，纽约的现代美术馆为她做了个展览，她的作品就是在展厅中央摆一张桌子，她坐在一端，另一端的椅子是为观众设置的，观众里谁都可以走过去，坐在那里，然后和她目光对视，对视三分钟，三分钟，很长啊，你试试看，你盯着我看三分钟，还不把人看毛了！这种对视其实就是两个不认识的人之间的最纯粹的灵魂交流，没有语言，没有任何附加的因素，就是‘对视’，听说有的观众在这对视中哭了……”

佟蝈蝈越说越兴奋，脸上的红晕鲜嫩泛光。他想这小子酒量大，今晚喝的不过是橘子汁兑点二锅头，不会这么 high 的，可能嗑药了。佟蝈蝈原来是画油画的，中央美术学院毕业后，回到山西老家待了几个月，实在待不下去，然后又回到北京。也是到处打工，但很快就决定专心搞行为艺术了。他曾对“杂交”感兴趣，开始的时候，他和一家医院制药厂的实验室的一个老乡合作，把猴子的一根手指头移植到一只小白鼠的背上，失败几次，终获成功，虽然那根手指和白鼠活了不到六个小时，却着实使他兴奋了很久。那天佟蛔蛔对他说："你知道这个实验成功的意义吗？"意义太大了，没想到这个实验和他现在的想法相关。这个人挺有货的，他这么想着，继续听。

"我来北京前在当地做了个行为，被当地公安局刑拘过。什么作品，哈，你终于问了问题，你要养成问问题的习惯，这样对你拍电影有好处，真的，我那作品是把猪的眼睛抠出来，粘到我自己的眼睛上，然后拍了个视频和一系列照片，题目是《我看着你》……"

说着，室友的眼睛直直地向他看来，让他一时发怵，愣了片刻，想到自己课堂上看电影资料片时，看到其中的一部片子，也是意大利新现实电影，叫《我出卖自己的眼睛》，联想到室友的这个作品，心里暗暗被触动了一下。他想，如果"心脏"有记忆的话，那么"眼睛"呢？眼睛也可能有记忆，小偷的眼睛如果卖给了法官，莫奈的眼睛卖给了屠夫，毕加索的眼睛卖给了教育部长，强奸犯的眼睛卖给了幼儿园阿姨，坏蛋的眼睛卖给了如花似玉的少女，傻瓜的眼睛卖给了评论家，会怎么样？一头猪的眼睛携带的记忆如果被人意识到之后，会有什么后果？透过猪的眼睛，我们的现实会是什么样子的？老虎、狮子、浣熊、松鼠等的眼睛呢？它们要是写小说，哈哈，怎么办啊，会不会出现更多"新现实主义"和"新浪潮"？想着想着，他觉得在眼前出现了很多的可能性。

他忽然想到白发女的眼睛，每次做爱她那盯过来的眼神，就使他想到自己是个什么猎物，心里沉了一下。

佟蛔蛔看到他又在发呆，说我知道你在想什么，你在想自己的处女作是什么吧，应该的，嗯，现在的运动摄影的微型摄像机很好玩的，有人把它绑到一只老鼠身上，然后放了它，让它四处瞎跑，几天下来再捉住，拍的东西的视角就是新鲜，要是把摄影机绑到苍蝇蚊子身上呢，一定更新鲜。

他说现在还没有这样的摄影机，室友说，会有的，因为早就有可以粘在苍蝇身上的微型的录音机，等着，会有的，到时候我们要先下手。

说着说着，天就亮了。俩人各自回到自己的屋里蒙头大睡了。

七

这些天，他的性欲又变得很强，“自行解决”的次数也多了。“自行解决”，这个词是谁说的？他终于想起来了，那是初中时的初恋的女生对他说的。

她皮肤很白，不像班上其他的农村姑娘，眉眼虽然还没有长开，但已经开始有了清秀美丽的雏形，他因此对那个女孩格外留意，发现每次偷看她的时候，她也在偷看他。有一次，他还偷偷跟过她回家，他发现彼此的家离得很近，这也让他心里有一种无法言说的快乐，不知道为什么，他觉得他们仿佛已经很亲近了。

一天下午，她到他家串门。他刚睡完午觉，迷迷糊糊的，父母也不在家，他看她站在那里，疑心自己还在做梦，他一把就把她拉到了床上，也不知道自己哪来的力气和胆子。他感到体内有股不可抑制的冲动，他死死压在她身上，像发情期的一个凶残的小动物，疯狂撕扯她的衣服。这个时候，他听见身下传来她平静的轻语："你去厕所自行解决一下吧。"他听了有点蒙，不知道什么是"解决"，该怎么解决。后来还是她把他带到厕所，在那里用手帮他完成了。那是他人生中第一次性高潮，第一次射精，可是射精的对象竟是马桶，她呢，只是站在一边，纯然是个旁观者。后来，当他再次想到这个情景时，对他的那个"人之初"的性经验，找到了更加准确的比喻，就是他像个"捐精者"，十三岁的女友是个见多识广的医生，精子库呢，则是个黑洞洞的四通八达的广袤的下水管道。

那次她用手帮他做完后，俩人就再没有这种事了，虽然他有好几次跃跃欲试，但她总是不肯，对他说，你现在还太小了，正在长身体，如果老做，会影响你身体发育的。他在听这个规劝时，感到在十三岁的她面前，自己倒像个小孩子，唉，她比我还小两岁，怎么这么老到？

快上高中的时候，母亲得了肝癌去世了。过了不到一年，他有了继母，一个三十来岁的教初中音乐的老师，从此，"母亲"的概念变了。他意识到自己永远失去了那种母亲的目光，取而代之的是另一种说不上来的眼神，似乎什么都有，就是没有母亲的感觉。这也是正常的。继母心肠不坏，最重要的是她能把他当作"成年人"，而不是一个孩子或者一个高中生，所以他很快就适应了。她是外地人，在镇上初中教音乐。她挂在嘴边的某些流行歌曲，常常也是他喜欢的，因此好像没什么"代沟"，所以很快，他就接受了继母在家中的地位，应该说，他是喜欢她的。他模模糊糊地感到喜欢一个不是母亲的“母亲”，其中的某种东西好似有些不对，但是也说不清哪里不对，他觉得她长得比自己的生母好看，面相不苦，说话不凶，身材好，穿着打扮也远在母亲之上，她身上常穿的那件驼灰的毛衣的质地多么柔软啊，她搬进这个家之后，原来的那种忧郁灰暗的氛围很快就消失了。她爱打扫卫生，常给他换洗衣服和被单，晚上在被窝里，他闻到了干净的味道，但对“洗床单”这事，却使他略有不安。他时而遗精，在床单上“画地图”，母亲还在的时候，他总是抢在母亲的前头偷偷地先洗掉它们，这样一来，整个床单就是那一小片是湿的，他常用什么东西，比如课本、衣服盖在上面，好在母亲不常换洗床单，所以他可以从容地、不被发觉地去自行处理。既然不被发觉，他“画地图”的次数也就多了起来，他觉得有种自由的快感，但这个情景近来发生了变化。

有一天放学回家，刚走到自己的房门时，他看到继母盯着自己床上的什么看着，若有所思；开始他自己也有些纳闷，想到自己床上那么乱，上面什么东西都有，所以当时他以为继母在检查他的作业什么的，这是母亲以前常干的事，但他发现不是这么回事。继母当时已经撤下了他的被罩，正准备撤下他的床单时看到了上面的什么了，他想她看到了他的遗精“地图”，心里一下就紧了起来，脸也热了，忐忑不安地想怎么应付。这时继母发现他出现在面前，也不大自然起来，有点慌乱，并没撤下那个床单，只捧着被单出去了，这时，他赶忙走到床前用书包遮住了那片已经干了，但还能看出来的“地图”。

他开始乱想，越想越不自在，心里出现了一些非非之念，他感到了某种“罪恶感”，但又很难摆脱它们，而且发现，越是这样的念头，越是那些让自己抬不起头的念头，越难摆脱，它们在夜深人静的时候，出来恣意溜达。

所以在一段时间里，他总是有意无意地回避她的目光，同时又想看到她。有一天，他看见继母坐在家中院子里晒太阳，刚洗过的头发湿漉漉地搭在肩膀上，背上围了一块浅黄色的毛巾，碎花的连衣裙依然能显出她的年轻的肢体，一只赤脚搭在另一只穿着花袜子的脚上。他发现那阳光下的脚纤细白嫩，和生母的不同，他忽然觉得自己已经记不清自己母亲的脚是什么样子了，但肯定不像眼前的这双脚那样秀美。他就这么盯着继母的脚发呆，“这样的一只小脚握在手里会是什么样子呢”，他不由自主想走过去，但马上转念停下了，然后悄悄来到屋里继母的床下。他看到她的五六双鞋子，有皮鞋、长筒皮靴、旅游鞋、布鞋，鞋型好看，颜色也很好看。他伸开手指量着，发现也就是比自己的手掌长一点而已，说明继母的脚不大，他闻到鞋里有淡淡的汗味儿，而且感到他碰的不是鞋，而是脚，继而好像听到继母忽然咯咯地笑起来了，说“痒啊”——他迅速缩回了自己那只手，他感到自己脸热了。

其实父亲也是个外地人，阴错阳差，来到平阳镇上一待就近二十年。几年前官至镇政府宣传部主任，喜欢音乐，喜欢吹箫，这也是他唯一会摆弄的乐器，可他不大喜欢父亲吹的那些曲子，过于阴郁了。他弄不大明白，父亲原本不是轻易显露心思的人，成天一副家长的架势，可一吹起箫来，满屋子悲伤，父亲自己也非常投入，吹的时候鼻息很重，丝丝拉拉的，有时鼻涕竟然也弄湿了那支悲惨的箫。继母也讨厌父亲吹的调子，他一吹，继母脸就更苦了，嘟嘟囔囔地嚷着要出去买菜。

继母原是走村串户的演出团里的主唱。近些年来，在乡下演出越来越难了。正经唱歌没人要听，演出服必须要露肉，歌词要下流挑逗，演员要年轻漂亮，至少要懂风情，不然没人会发出演出邀请，剧团工资就发不出来了。那年，她随团来到平阳镇上演出，父亲也去看了，听了继母唱的《北国之春》后，就找到继母，说留下来吧，镇上的初中没有音乐老师，你去那里吧，一个女人省得跑来跑去，饥一顿饱一顿的不说，还要大冬天穿得袒胸露背的。继母犹豫了一会儿，也就听从了。

可后来父亲也去世了。父亲去世后不久，也就是一个礼拜后吧，继母就离开了家。临时有个亲戚来给他做饭，每天吃完晚饭后，屋里就剩下他自己了。他第一次觉得并不宽敞的家，显得很大，空空荡荡的，他忽然感到独自一人在屋里的心悸，在这种时候他强迫自己超量地做数学作业，渐渐地就不怕了。他的成绩并没有掉下来，不仅如此，还有所进步，他把这些归功于晚上屋里的空旷和黑暗。突然有一天下午，继母回来了，那天他们一起吃了饭，是继母做的饭菜，都是他喜欢吃的，比如酱爆螺蛳，韭黄炒肉丝和小鸡炖蘑菇。这些菜平日不常吃。继母那天总是对着他微笑。

他觉得那天夜晚的黑暗变得不同了，不再那么空洞了。他想到继母一个人睡在隔壁的房间里，心里有些异样，他静静地注意着那边的动静，一点声音也没有，很安静。他忽然想到继母会不会自己悄悄离开了，于是假装起夜，眼睛却总是瞟着继母的房门。他觉得房门没有关严，好像还留着一丝缝，他在那门边屏住呼吸，呆立在那儿，感到屋里似乎有轻微的呼吸声，还有耳边没有停顿过的嗞嗞嗡嗡的“寂静声”；他想象着继母温暖的体温和被窝，他觉得自己的脚有种走进去的欲望，但又有另外的一种意志在阻止它，这让他心有点乱，时间就这样悄悄地滑过去了，他终于没敢推开那道门。

次日清晨，天色明亮，窗帘上的树影在轻轻地摇曳着，时而传来窗外路人的脚步声和自行车的声音。直觉提示着他：屋里只剩下他一个人了。他起床看见桌上摆着继母给他做的早饭，蛋炒饭和红米甜粥，勺子筷子整齐地搁在碗边，甚至还有餐巾纸，这是他在家里从来不用的。此外还有个便条，果然是继母留下的，说她要去走走亲戚，有些事要处理之类，落款是她的名字。“走亲戚”？他模糊的印象里她是外地人，那么此次离开，就是要去很远的地方了，他心里感到从此很难再见到她了。

八

对他而言，在新类型电影的热情还没有重新燃起的时候，剪辑师的工作，尤其是毫无价值的商业性的电影编辑，就是世上最苦逼的行业了。那些被隔开的工作室，越发像一间间牢房。

休息的时候，大家像鬼一样从各自的小房间里溜出来，倚靠着墙壁吸烟，好像是出来放风。人人面如土色，人人懒得说话，就那样，一支接着一支不停地抽烟。他偶尔和同事们去喝酒，而酒吧的昏暗就像工作室昏暗的延续。他想着自己会不会一辈子和黑暗打交道，有时觉得自己其实是个拿工资的老鼠，更无聊的时候，他会去查阅旧历和公历的细微差别，以找出自己本该属鼠的确凿证据。但这近乎偏执，使他觉得更无聊了。他的酒量大了起来，晕乎乎地喝了几杯之后，他多半就倒在吧女的怀里。

有一次他和一个吧女去开房，进门他就把那个女人摁在墙上狠狠地干了起来，那个女人表情似乎有点痛苦，但一直沉默不出声，他突然有点怜悯，忍不住问她的名字，他以前从不问这些从酒吧带回来的女人的名字。他一边干一边问，你叫什么，那个女人说，我叫××，他说好的，××，我记住你了，然后把那名字默默念了两遍，做完爱后，他抱着她，甚至像男女朋友一样吻了她一下，那个女人也紧紧抱着他，可次日醒来，女人已经不在了，他努力回想了一下她的名字，却怎么也记不起来了。

虽然忘记了那个女人的名字，但却记得那个夜晚，他也不知道为什么，大概是留恋那一刻的温馨。这个城市太冰冷了，太大了，大到好像每一个角落都在漏风。他想起他来北京这个城市已经好几年了，但这个城市似乎依然在无形地拒绝他。他来到北京的第一天就把原来的手机号码给换了，换成了北京的号码，他对自己说，我要在这个城市待下去，混出来。可现在的他也不过和大多数北漂一样离成功很远，以至于他开始感到自己一直追寻的“成功”，其实可能正在时时刻刻玩弄着他，就像他玩弄吧女一样。可每当这时，他会油然想到自己是个“吧男”，几秒钟前的身份优势顿时丧失，就像一个妓女在马路上责怪一个裙子太短的陌生少女时，恰巧碰到了自己的老嫖客。

那几天，在与室友深夜痛聊行为艺术时，他发现自己对导演的内涵有了新的认识，于是也就有了新的做导演的欲望。可眼下整天打工，使他的计划总是得不到任何进展，他着急，又毫无办法，他需要钱，需要首先活着，但是时间也在一点点地溜走。室友的一个作品在两个礼拜之前获得了一个小小的国际展览的奖，更是刺激了他，他想人家也是穷酸酸的，却敢于孤注一掷，放手一搏，而自己总是犹犹豫豫，结果就变成眼前这样：离成功遥遥无期，钱呢，也没挣多少，又没有任何转机出现。他开始泛泛地感到某种宿命，并对“编辑”的内涵有了新的认识：在工作室里面，自己是个电影编辑，而在现实中，他是被别的什么在“编辑”着，那个冥冥之中的“编辑师”更高明，更邪恶，因而也就更隐身。

上个礼拜接了一个关于新开发的墓地的广告片，甲方要求内容要特别，不仅不能有任何的悲伤，而且要有幽默感加上适量的娱乐感。当时记得自己在心里骂道：“妈的，什么玩意儿，还要娱乐感，你妈死了，你还娱乐不娱乐！”这两天他的心情不同了，他觉得甲方的要求没有错，甚至是非常有“正能量”的，他忽然想到了那个隐身的“大编辑”，心里一暗，继而一亮，心想，好吧，让我的编辑工作真正开始吧。

他想到原来看过一个日本的叫《死亡森林》的纪录片，那片富士山脚下的郁郁葱葱的浩瀚恢弘的大森林竟吸引了全日本各地想死的人，那些人络绎不绝地自驾或乘火车大巴前来此地，带着帐篷，走进那片森林。帐篷是他们在人世间最后一块栖息地，一块生与死的交接处。当他们经过思考后选择了死，于是走出帐篷，把自己吊死在树上；如想通了，便走出来，收起帐篷，回到大巴火车站，开始新生活。根据数据统计，大多数走进那片森林的人没再走出来。

灵感降临时人并不知晓，只是不知怎么被什么煽动了起来，而且简直停不下来，像着了魔。那天，当得到了什么类似“启示”的时候，他花了半天的时间，动用了所有的影像资源，三下五除二，就完成了那个视频的创作和剪辑。他知道这种东西甲方是不大可能接受的，但这并不妨碍他以一种胜利者的心态，坐在自己的屏幕前，重放并欣赏着自己的杰作：

……远山（远景由远逐渐摇近，慢速），伴有三两声鸟鸣，同时镜头慢慢摇下，漫天遍野的橘色帐篷（形状介于墓冢和帐篷之间），做爱声由轻转重，由缓慢转急促，然后是帐篷里一对对做爱伴侣的近景，有雄武的背和丰腴的腰肢，丰满的臀部和劲猷的臂膀，娇喘的丹唇，浸汗的额头，等等，图像叠影而梦幻，然后，镜头逐渐推远，做爱声随之淡出，远山山影重现，此时《墓山》片名淡出……

九

夜里差不多十二点的时候，有人敲门，很响，有点肆无忌惮，一定又是佟蝈蝈忘了带钥匙，他很不情愿地从床上爬起来去开门，可这时门外的那个人已经开始用钥匙开门。门开了，是个不认识的女人，他问哪来的钥匙，女人回答说是佟蝈蝈给她的，说完把钥匙往客厅的茶几上一扔，然后自顾自地坐在了沙发上，同时还白了他一眼。他问佟蝈蝈呢，女人说就在后面，接着说有喝的吗，他也白了她一眼。

那女人有点胖，二十来岁，人没走近，香水味已飘过来，蛮漂亮的，至少是能吸引男人的那种长相。但说不上哪里透着一种疲惫感，应该是从眼神里来的。她进屋后好像就没有正眼瞧过他，但其实早已把他看了个透，就那么一瞥，尽收眼底，他是察觉到了的。他断定她是妓女。这类女人是他熟悉的。此时，佟蝈蝈进来了。他捧着一只纸箱，可以听到里面玻璃瓶轻微相碰时发出的声音，一箱啤酒之类。他把纸箱往茶几上轰隆一放，玻璃声更热闹了一下，这时佟蝈蝈头也没抬地对他说道，这是妓女，别人介绍的，怎么样，人还说得过去吧，你今晚可以用。他不由又看了那妓女一眼，她也正看着他，但好像根本没听到佟蝈蝈刚才的话，而是在寻思别的。果然，她问他："你是拍电影的？"他说是啊，妓女说那你拍我吧，他说你有什么可拍的，不就是一个妓女吗，这时佟蝈蝈打开了几瓶啤酒，对他说喝喝喝，拍个卵！

酒不错，德国黑啤，佟蝈蝈说是妓女买的，这时那女的说，别老说妓女妓女的，人家没有名字吗，我叫莉莉，有时也叫莎莎，不过我喜欢莉莉。佟蝈蝈看了一眼莉莉说，别啰嗦，谈正事，然后把莉莉粉色毛衣往下一拉，豁然露出大半乳房，转脸对他说，怎么样，货色还行吧。他不太明白佟蝈蝈是什么意思，没搭话。莉莉闪了一下身子，随之整了整自己的毛衣，站了起来，原地转了一圈，展示着自己的身材。佟蝈蝈像打量一台冰箱似的看了看莉莉，对他说，我和她签了个合同，准备弄个表演。记得那个行为艺术女王玛丽娜·阿布拉莫维奇吧，她不是弄过一个××行为吗，我准备做个××中国版的，我自己没法做，所以找个替身，就是莉莉。展览时，莉莉脱光，站在画廊展室里，旁边放一个桌子，上面放二十六个物件，观众可以用其中任何一个物件，对莉莉实施“攻击”，那些物件包括一把剪刀，一朵带刺的玫瑰，一个打火机，一根鞋带，一支圆珠笔，一张纸，等等。在展示期间，观众使用那二十六个物件对她进行的行为，不负法律责任，我要看看这里的观众，在合法契约下，会对我们可爱的莉莉做些什么，哈哈，拭目以待吧！说完喝了一大口黑啤。

他说脱光不好吧，太那个了吧！怎么也得穿个比基尼吧！这时莉莉说，我都不在乎，你怕什么，你不会喜欢上我了吧！佟蝈蝈听了说必须脱光，肉体的彻底裸露，才能刺激观众，才能诱发想象，激励本能，选择“攻击”的方式，穿个衣裳就完了，我这也不是弄比基尼展览。而且，肉体多伟大啊，尤其是青春肉体，懂不懂啊，你别装了，好不好！这时莉莉也哧哧地笑了，脸泛红光，那是黑啤的原因。

“你读过《论攻击》吗，是德国犹太人洛伦茨写的，这个人在第二次世界大战时充军纳粹，被苏军俘虏，后来释放，之后他就做研究，一九七三年获了诺贝尔医学奖，苏军傻了吧，放回了这么个人才！这书我没读过，听说是根据一连串的动物实验而写的书，观点很有意思啊，我们古人说：人，食色性也。人家的实验又加上了一个，就是人的本能的攻击性，所以是：人，食色性和攻击。想想呢，一点不假，可惜没有翻译本，我又不懂外语，但无所谓，听听也够了。我觉得所谓的攻击本性，实际上也就是丛林法则的根本，我就喜欢丛林，没准我原来是个金丝猴或者花豹，不过花豹体型有点像家庭妇女，不如黑豹，但黑豹又有点像恐怖分子……”佟蝈蝈已喝了五瓶黑啤，说话声有点高。

这时莉莉打了个哈欠，说我年轻时也写过诗，我绝对有才，可是诗是不能作为职业的。他听了，冷笑了一下，心想那你现在终于选了一份有前途的职业了，于是问莉莉那你已选好了职业了吧？莉莉听了，也不生气，说，别闹别闹，我给你背诵一首我的处女作吧：

天黑以后
终于天黑了
我打开了一盒黑色的巧克力
那个黑色
连带着巧克力上的玫瑰
黑到了我的梦里
我不愿醒来
走廊里的回音
终于死在走廊里
没有出过门的我
犹豫着
应该变成玫瑰
还是变成
那伤感而绝望的回音

当我醒来的时候

我看到了一片

苗条的

亭亭玉立的骷髅

刚咏完，莉莉忽然叹了一声，正色对他说，其实我最喜欢马雅可夫斯基的诗了，那首《穿裤子的云》太牛逼了！他听了说，你就是一片不穿裤子的云吧！

莉莉一听，说嫉妒了吧，你这人好嫉妒吧，哎，每当别人嫉妒我时，我都会在本子上记下来，一年结算一次次数，像记录我的大姨妈一样。

他有点不高兴，说："就你这狗屎烂诗，饶了我们吧，你还是聪明，终于及时放弃幼时理想，选择了更适合你的职业。"莉莉听了说，我还有一首代表作呢，可是不好轻易道出，怕你们这帮人自卑，也难说你们听了动剽窃之心，你们这帮鸟艺术家，我见多了，面上人五人六的，一上床，哈喇子直流。佟蝈蝈大笑，说，我刚才淌哈喇子了吗？莉莉说，别得了便宜就卖乖，你给钱了吗？

这时他的手机响了，是白发女，于是他走到自己屋里接了电话。白发女上来就问你在哪，和谁在一起，他说在自己屋里，和自己在一起。她说真的假的你自己知道，我也知道，就不说了，然后说我给你租了间大点的也好点的公寓，在三环内，这样也方便多了。你下礼拜就搬吧，我本来想联系搬家公司，一想，你也没什么东西，自己打几趟车就搞定了，是吧，搬吧，我想你，下礼拜搬。就这么定了。他很厌烦她的不容置疑的老板口吻，单凭这一点，他就婉言拒绝了她。白发女没说什么，只是直接挂断了电话。

回到客厅，莉莉打量着他，笑了，轻声而温柔地对他说，我今晚到你的屋里睡，好吧？他说，不，别，不要，我自己睡，我就想自己一个人待着，说完回到他自己屋里，砰地关上了门。

十

白发女又来电话了，约好老地方见。

一进门，撞入眼帘的就是她的一头晶莹缎滑的白发，乍一看他吓了一跳，继而发现那是个假发。这时她板着脸把那假发慢慢地取下来，露出了她原来的栗色头发来，然后，她又把假发戴上了。他正在狐疑时，她笑了，问好不好看？他一时语噎，不置可否，他本想说这种时尚的闪亮的锦缎质地的白发，更适合年轻人，而她的年纪大了，不合适了，但这种话怎能直说，只好答道：“嗯，挺潮的。”她听了狡黠地一笑，说，看来你还不会说假话啊！

她脱下灰色的大衣，露出湖绿色的“佩斯莉”花纹的内衣，显得富丽起来。他在别的女人身上也见过这种图案，基本图案元素就是大大小小的“泪珠子”。这图案源自印度，据说是孔雀毛端部的那个“眼睛”的形状，演变成“泪珠子”，之后的发展，就是围绕这个元素越变越花哨，越变越与“泪珠子”，与“眼睛”无关了。这件“佩斯莉”内衣穿在她的身上，倒是非常合适，但总有种“妖”气，把她与他原本不多甚或根本就没有的亲近感，洗得干干净净。他觉得与她的距离更远了。

她今天的妆很浓，看着她掉漆的红指甲，眼角的细纹，他突然觉得她像盛在含水的塑料袋里的一条金鱼，看上去金光灿烂华美无比，但同时又接近死亡的眩晕，如果不是她打电话来，说她老公要开机的新电影缺一个助理，他也许不会再来同她见面，因为他早已不想搞她了，或者说不想被她搞了。

他越来越感到自己就是她的一个招之即来，挥之即去的“鸭”。但他知道像自己这样一个除了年轻什么也没有的屌丝，如果将来要在北京立足，要在电影圈混，没准还要有求于她，所以他不敢得罪她，也不能得罪她。她快五十了，三十如狼，四十如虎，五十像老狼，一条老狼，母狼。他感到对她的忍受正在一天天，一次次地接近极限。

他连续抽了几根烟，又喝了几杯酒，好不容易才爬上了床，可他今天的状态失常得很，两人忙了半天，还是草草了事。事后，两人都没有话说，各自点了根烟抽着，最后还是她先开的口：

“是不是我的白假发的原因啊？”她的语气像是在质询。

“没有啊！”他说。

“得了，你瞒不过我的，上次你就三心二意，以为我不知道。你盯着我的白头发看，当我不知道？”

他没说话。

之后俩人又都没说话，屋里安静极了。忽然，电视机被打开了，是她用遥控器打开的。电视屏幕上出现了一个深海的画面，是个 BBC 的科普片，解说词说到海洋的水的来源，一半的海水来自地球气候形成之初的十年不断的瓢泼大雨，另一半来自坠向地球、携带着巨量海水的彗星，如此形成了我们的海洋……这时插播了一个丝袜的广告：一个穿了黑丝袜的女人的腿在高速公路上从一辆红色跑车上走了下来，此时音乐再次扬起……

忽然她关掉电视，转身伏在他的胸上哭了起来。

他愣住了，看着她裸露的背在抽泣中剧烈地起伏，他把自己的手轻轻地放在她的背上，放得很轻很轻，好像怕惊醒了那“剧烈起伏”的裸背。

出乎意料的是，对伏在自己胸上抽泣的这个女人——他能清晰感到她心脏的悸动和声声抽泣的女人，他没有什么同情。她曾总是强势，高高在上，那时他忍了，也认了，眼下她忽然直率地袒露自己的情感时，反倒引起了他的反感和厌恶。

他不知说什么，一句话都说不出来，就这样呆躺在床上。过了一会儿，她的抽泣逐渐平息了，忽然她抬起身来，又转过去，伸手找到自己的胸罩戴上，扣上一个个小烫金钩子，然后再把内衣，毛衣等，一件件穿上，完了，走了。他终于松了口气，开始感到有些疲倦了。他掏出烟盒，空了，于是出门买烟。他来到酒店大门外转弯处的一个小铺子，那儿的烟要比酒店里的便宜几块钱。铺子门口有台赌博机，一元玩一次，他从没玩过，但当他将一个五角，五个一角的硬币换成一个一元的硬币后，兴趣已经没了。

几个小时后，白发女又约他在一家咖啡馆见面。她坐在对面，一手扶在沙发上，一手捏着烟，嘴里缓缓吐着烟雾的时候，氛围已和下午的时候完全不一样了。她变得沉默无语，而他其实有点喜欢这种沉默，因为他并不想听她说什么。他没有这种需要。

周围的几个沙发上都坐满了人，各说各的，很吵闹，其中的方言完全听不懂，只能感到情绪的起落。因为听不懂，所以不打扰他。她仍然没说话，她不说，他是不会说的，一贯如此。时间就这么一点点地过去。

这边的她，终于开口了：

"……我刚来北京的时候比你还小，那时我根本不想结婚，也从来没想过傍大款，我自信，也很努力，我认为自己可以搞定自己的事。那时真年轻啊。后来碰到了我现在的丈夫，当时他也不是大导演，不过就是个挂名的导演助理，蓬头垢面的刚刚翻身的小屌丝，但他野心大，我喜欢，而且他也是外地人，所以我们互相取暖，和他约了几次，也没什么特别的感觉，我发现自己其实是个很软弱的女人，而且发现他其实也是个软弱的男人。奇怪的是，这个发现不仅没有使我们两人分开，反倒亲近了，我们结了婚，好了一段时间。现在我想，我不知道结婚是有利于我呢，还是我人生中最大的错误。我还不知道。

"……他和许多女人搞，所以我也搞。我们彼此都知道。谁说的那句话的，岁月不饶人，我也没饶过岁月？平衡，控制，和那个弘一法师的书法差不多，大家都说弘一看透什么世事，我就不信，你看过弘一写给自己妻子的信吗？无情无义，他出家前应该有不少无情无义的事，你不信吧，我从你的眼神看出来的，你还小呢，你知道弘一法师是谁吗？"

她接着说道："其实就是虚伪，一个人要是和自己的七情六欲都拧着干的话，那不是虚伪是什么？弘一书法的安静是在装假，在装逼，装得蛮吓人的，他知道他要是失掉了平衡，自己身上那些丑恶的东西就会跑出来，像一枚子弹一样的射出去，而出家当和尚了，就可以断绝继续做无情无义的事情的机遇，就像一个罪犯自己把自己锁进牢房一样。你看他的书法，没有人气，没有动静，多可怕，这种人，一旦活络起来就像定时炸弹。我怕这种人，做朋友也不要。"

说着，她要了一杯威士忌，呷了一口，沉默了会儿，渐渐变得伤感起来。

"我老公现在也是什么书法家了，其实他为什么写书法，我是知道的，他是想养气，美其名曰'守中'。他那幅拍卖得最贵的草书，就是一边和那些女人跳舞一边写出来的，可那些评家说他的书法弘扬了中国传统文化的道家精髓，临风赋墨，会通履远，真是……"

说完这些时，她的神情竟然是平静的，然后开始评价起杯中的威士忌了，说这里的威士忌没有什么好的，低价进货高价出，以为大家都是傻子。然后，她打量了一下酒杯，说酒杯不错，蛮好看的，大小适中，形好，手感好。

"我曾经一下攥碎了一只酒杯，满手都是血，现在还有几个细细的玻璃渣子在手心里呢，不知道什么时候就会忽然疼一下，钻心的疼，也是一个纪念……哎，不说了，今天你怎么不喝酒啊，有什么心事？你能有什么心事呢，一个小伙子，年轻蛋子。"她在说"蛋子"的"蛋"的时候，略微拖了小长音，说罢，她一边亲和地看着他，一边又呷了一口。

他见状，赶忙喝了一口，也不由得装着叹了一声。

“……唉，你这么年轻，怎么也不行了？太早了点吧。你原来很猛的啊！你的身材真好，这是你的本钱。唉，年轻呀，什么都好，一有全有。老了，一垮全垮，这个你还不懂，但人都会老的，‘年轻’会过去的，没办法，就是这样，再养，再练，也白搭，不是吗？！更别说跳那些裸体舞了，造孽啊。”

她又要了杯不同的威士忌，呷了一下，露出难受的表情，然后把这杯酒递给了他，说你喝吧，没准你能受得了。他只好接过酒杯。

她接着说：“听说你们男人一生里面搞的次数是有限的，也就两千多次吧，年轻的时候搞的次数多，老了就不行，年轻时不瞎搞，老了还能干——你不会搞太多了吧？我们女人可不是这样，我们靠性生活调养自己的。他啊，现在成天假装修身养性，其实早就不行了，他在作死。”

“你怎么一句话都没有呢，这一晚上，一句话都没有！我有这么乏味吗？”说完，她从包里又取出了那个白假发，戴上，然后对着他娇媚地鬼笑了一下。

十一

事隔五年，他没有想到是以这种方式见到他的继母的。当时，他和一个认识不到四个小时的女友来到一家音乐餐馆，坐下翻看菜单时，服务员端来了茶壶，“四小时女友”翻了翻菜单又翻了翻歌单，露出轻盈的鄙夷，说什么烂歌啊，还塞到歌单里，当我们是乡巴佬啊。他听了，便凑上瞄了一眼，都是不常见的歌，年代不详，歌词也自然不明。他倒是没在意，因为此时饥肠辘辘的他对菜单更感兴趣。

他注意到菜单上的菜是些近似“农家乐”里的，比如栗子炖蹄髈、毛家红烧肉、蒜苗腊肉、毛豆鸡蛋，等等，他没问身边这个女人就选定了几样，然后点上一支烟。这时，他才留意到前面厨房出菜门口边一个女的在那里唱歌。

这歌声在他进门时就听到了，微茫地感到似曾听过，但没留意，这时他深吸一口烟，慢慢吐出来，这个瞬间是一天中难得的安定沉静的好时候，正是在这种时刻，人的感官变得敏感了。

他听到“四小时女友”对那歌声嘲笑不止，眼光还不时向他投来，分明觉得他会赞同她的嘲讽。围着旁边桌子的人里有个小男孩正在问身旁的一个妇女，说这是什么歌啊，这么难听，那女的听了对这男孩明媚地莞尔一笑，不仅表示赞赏男孩的非凡的鉴赏力，而且对男孩此时的神态也疼爱有加。这时“四小时女友”开始嘲笑那唱歌女人的穿着，所有这些，都使他的专注力转移到那个唱歌的女人身上，他发现她竟然是继母。

她胖了不少，也老了不少，记忆里的秀气几乎荡然无存了，整个人灰了一层，但眼影浓重，双颊的胭脂也太红，这些使他不能一下认出她来。她衣服很花哨，是那种绿底红花的印花布，他不记得从前继母穿过这么乡下气的服装，大约是为呼应餐厅乡村风的格调？或是这种花被面在时尚圈也开始流行了？此刻继母穿着它显得不伦不类，像是一个演滑稽戏的小丑。她已经唱完一首，而几乎所有喝酒吃菜的人都没有认真听她的歌声，他们都在说各自的事情，嘈杂的声音早已把她的歌声盖住，而她唱歌时的神态也有点心不在焉。

他呆在那里，不知如何是好，他感到自己两条腿有明显的站起来走过去的冲动，可是上半身，他的意识，却将他沉重地定在原处。他万万没想到在这样的时候，自己像个冷血的废物，或者更像个傻子，一种前所未有的自责和自卑感在自己身体里搅拌着，翻滚着，他感到忽然出现的不适。这时继母唱完了，转身去收拾那些桌子上的碗筷杯碟了。她用筷子把盘子里的残羹剩饭拨到一个大盆里，然后抹桌子，摆椅子，等等，看上去还是生手，有些慢，她小心翼翼地端着那些盘子，可还是打碎了一个。继母慌忙将那些碎片捡起来，然后急忙走到服务台那边取了扫帚和簸箕，赶回去继续清扫。她有些手忙脚乱，旁边一个当班模样的人，一声不吭地冷冷地望着她。此刻，他站起来想着要不要去帮她，或者做点别的什么，但又慢慢地坐下来，继而又要站起。那“四小时女友”见状，嘴角露出嘲讽的微笑，说：“她是谁啊，这么上心，不会是从前的心上人吧？！”话音没落，他望着继母，嘴里却对“四小时女友”说：“你走吧。”

“四小时女友”走了。他决定原地不动，把帽子又往下压了压，开始吃了起来，心里盘算着这样见面的地点和方式，也许不是继母所习惯的，他想马上溜走，但还是坐着没动，眼睛开始湿了。

旁边的那个桌子来了一拨新顾客，他们开始叫服务员点餐。

那个资深领班的服务员叫继母过去照应，继母便赶快走过去了。她拿出纸和笔，开始记他们点的菜。

他的心思早已不在吃饭上，头更低了。他看到了她穿的有些油污的布鞋，这双鞋现在四处匆忙地走动，一会儿消失在桌椅丛中，一会儿又出现了，这样的劳动强度，一天要干几个小时？这是不言而喻的。他打过很多工，知道这些。他当然记得有时累得像狗一样的日子。这些年她在哪里？什么时候到北京来的？来干什么？为什么？四十多岁了，投奔亲戚？为什么不联系我呢？难道我不是她的亲人，她的继子吗？这时他想到她好像没有手机，他也从来没有想到她是否有手机，她本应待在家，可父亲死后，她就早早离开了，他想到五年前她的三十多岁的年龄和他对她的某种特别的亲情。

她是因为我而离开平阳镇的吗？她为何要离开她的继子？他尚不知其中的原因，但模糊地意识到里面的某种内在的原委，这个原委有点奇怪，却摆脱不了，现在我就在咫尺之间，见到我，她会是什么反应？继续像原来那样，像那天早晨那样，给我准备好早饭后，就悄悄地离开呢，还是别的什么反应？他实在想不出来。但有一点是明确的，见到她，他很高兴，甚至是喜出望外。

“怎么回事啊，这是我要的菜吗！我要的是红烧猪蹄，你怎么拿来这个炒土豆丝啊，识字吗，不识字总识货吧！整个一文盲傻大妈！”

他转头望去，继母正在慌乱地拿着那盘土豆丝退下，口中连连道歉，那些顾客嘴里还在抱怨。

他走了出去，但没离开，走到了外面的停车场。他点燃了支烟，一边等着一边向餐馆那边张望。北京的冬天虽然不比从前的寒冷，但晚上七八点以后，寒气漫来，顺着地面沁入鞋中脚里，站在那里就感觉冻脚了。他原地不时地跺着脚，搓着手，望着自己嘴中哈出的白雾气消失在夜晚寒嗖嗖的空气中，天空里的星星很亮。等到了八点，等到了九点，等到了九点半，十点，餐馆里顾客稀少了，最后一桌子的顾客也终于开始买单，然后起身，三三两两地往门口走来。又等了不知多久，他终于看到继母出现了。她换了衣服，平常的暗色的羽绒衣，边和同事打了招呼边向门口走来。

他等着，等到她走过自己身边的时候，他走上前去，忽然搂住了她，哭了。

她大惊，喊了起来，他赶忙说是他，是他，但并没有效果，她还在喊，他不得不捂住她的嘴，重复着刚才说的话，渐渐地，她才安静下来，当确认是他的时候，她也哭了。

很久之后，不知说了多少话，问了多少话，当俩人静下来的时候，又感到什么也没有问，什么也没有答，白忙乎了一气，于是俩人都笑了。

俩人不知不觉地走着，说着，这样经过了一家小旅馆，他走过去，她跟着他，没说什么，不一会儿，俩人就坐在一间暂时属于二人世界的房间了。这时继母的话，他才听了进去。

自从那天早上给继子做好早饭后，她就离开家，离开了那个镇。可她并没有亲人去投靠，但她感到必须离开继子。她对自己刚死去的丈夫还是很爱的，丈夫刚死去，她有什么可说呢，只有尽力照顾好继子。继子多像父亲啊，她感到，如果自己继续待在家里的话，又好像不行，她也说不出来怎么个不行，直觉吧。她当时三十六岁，之后没再婚，但她感到孤独，生活陡然变得无望了。她原本也谈不上有什么音乐梦，只是喜欢唱歌而已，但是，当她从电视上看到和自己相似的人都一辈子坚持着自己的爱好，便感动了，她想自己的爱唱歌不是音乐梦是什么呢，是的，而且这个梦还没有彻底死掉。在邻近的几个小学教了两年音乐课后，她离开了。她总是不甘心，在反复思量过之后，终于决定来北京。

她去了很多酒吧应聘歌手，但没有一家要她，对方觉得她这把年纪居然敢在北京找歌手的工作，简直是神经病。虽然有一家名叫“故乡风”的酒吧勉强给了她试唱的机会，但还是嫌她土气，会唱的歌曲也太过时了。后来她还去 KTV 找过工作，干的也只能是服务员的工作了，每天听着那些五音不全的人嘶吼乱叫不说，还不时有些醉醺醺色眯眯的顾客巡视着周围的女人，虽然那些可能被猎取的女人中，并不包括她在内，但她依旧觉得很不舒服。她觉得她所喜爱的音乐在这个肮脏的地方被玷污了，她怀疑自己到这里打工没有任何必要，终于有一天，她自己在那家 KTV 开了一间最豪华的包厢，整整唱了三个小时，把她所有会唱的歌都唱了一遍，自己是自己唯一的听众，唱得筋疲力尽，嗓子也沙哑冒火。次日，她辞掉工作。当她领了那份可怜的薪水时，她认为她的音乐梦正式死掉了，她在路上没出声地痛哭了一场，注意到她的路人还以为谁欺负了她。为了谋生，她又四处找工，找到了这家音乐餐馆。老板问她以前干过什么，她如实说了，于是老板让她留下来，忙时端盘子，闲时给顾客唱歌。

她也想起过他。但没有任何消息，也没有任何渠道得到任何消息了。她也不再回到那个被称为“家”的地方。她觉得丈夫死后，那个村镇暗暗地发生了变化，她不再有原来的爱人和保护人，因此她在人们的眼中也变了，有人冷眼斜视着她，有人意味深长地对她淫笑，有的熟人在路上见面了，就像不认识似的。她打听过原来所在的那个演出团，结果是早就烟消云散，老老少少的团员们都不知哪去了。丈夫给她留了点钱，使她不至于完全落魄，但那个地方，那个镇，因丈夫的死而变了。她曾沿着那条镇上的唯一的水泥路走，那是她丈夫曾经常走的路，在他可能停下来买东西的地方也停下来，比如买烟叶和买酒的小店铺，她走了进去，打量着那些烟酒和售货员，然后又走了出去。她也想到了那支箫和《北国之春》，她知道自己在寻觅某种极其缥缈的东西，而这些东西似乎在空气中消失了。

“你知道吗，你长得多么像你父亲呀！”说完，她把他搂到自己的怀里，抚摸着他的头发，“我给你洗个头吧”，说完，就把他领到洗手间里，打开了热水龙头。热水哗哗流出来，不一会儿，空中飘散着洗发膏的清香和水雾气，那雾气模糊了镜子，也模糊了房间里俩人的模样。

“不过你肯定会比我有出息，也比你父亲有出息的。”

他感到她柔软纤细的手指在自己的头发尖轻轻揉着挠着，心里充满了温暖，这是他来到北京后从来没有的感受，他任由她抚摸和轻揉，享受着这个珍贵的时光，同时又想让这样的时光能够延长，能够停留，最好能够静止不动，可是，这不可能的。他已经不是小孩。这些年来，他承受了太多的艰辛和冷漠，太多的辱没和挫败，他从没有得到任何人的真挚友谊和援手，他自己一人度过了不知多少伤心的不眠之夜，而且这样的日子茫茫没有尽头；有时他担心自己会垮掉，烂在一个没人知道的街角垃圾堆里，一个散发着腐臭的下水道里，一个长满荒草的郊外，没有任何人会注意到，他可能被狗吃掉，或者烂掉，就是这样，就是的。想到这里，他感到她的身体的温柔和芳香，她的指尖处处挠在他的心里，使他难以自制，他转身搂住了她，亲她，亲她的眼睛，她的脸颊，鼻子，头发，然后他开始把她抱到屋里，像将一个怕打碎的什么轻轻放在床上，这一切都自然而然，没有遇到任何阻碍。当他看到床上她的白亮灿烂的肉体的时候，他也看到了她那望过来的温柔伤感的眼神，他转过身来，昏昏沉沉地走出房间。

他来到外面的马路上。早晨的太阳不知何时已经升起了，街边有些人在排队买早点，早点铺子冒着热气，热气袅袅化入蓝天。街上人来车往，匆匆忙忙，正值上班的早高峰。阳光刺目，他还是忍不住抬起了头，望着那湛蓝的天空和正在那里消失的淡月，他感到了一阵阵的眩晕。

跟　踪

一

即便是背影，她也是绝妙美人。

说来她并不那么打眼，炭灰色的风衣也宽松，遮去了身材，走在街上容易被灰突突的路人埋葬，但我可以感到她的出众，因为呢，还是招供一下吧，我是美术学院的高材生，眼毒着呐。

她风衣的衣襟时而飘起，姣好的身材若隐若现，富于弹性，不是外国人，这点从她刚才打手机时说的话就可以判定出来，但无疑也不是普通中国人，我想起徐悲鸿在法国留学时画的一幅女人背面的人体素描，模特儿虽是法国人，却东方韵味十足。眼前的她就像那模特儿，尤其她的丰腴，不同于当下时尚的瘦，这是我喜欢的。

她的身高估计不会低于一米七，不会的，个高的人适合穿风衣，那样走起路来显得飘逸。她身上的挎包款式朴素而昂贵，绝非暴发户的那种光鲜亮丽的名牌，高跟鞋也是黑色细跟的，这种款式现在的女人很少穿了，而时尚男性脚上的那种粗跟鞋或宽头坡跟鞋，刻意凸显女汉子范儿，而她不，她穿戴的一切都只适合她自己。那么她是模特儿？至少是平模，就是杂志和网页的时装模特儿，职业的耳濡目染养就了她的品位，但模特儿多半是炫耀装逼的，她却不像。那么是普通的上班族？现在是周三的上午十点多，她还在街上这么悠闲地走？而且眼下的社会，以她的美貌，可以所向披靡，什么得不到啊，都可以得到的，得来全不费工夫，不需要做朝九晚五打卡的苦逼上班族。那么是富二代？也不像，富二代一般是恶俗的，还属于暴发户范围，短时间的暴富还没来得及使这些人除了味蕾之外的器官得到同步发育，所谓真正的富贵气有待时日的汗漫滋育，怎么说也要一个世纪吧。那么是老板？也不对，虽然老板族衣食无忧，属于不坐班阶级，但这些人早已成了惊弓之鸟，时时刻刻为环境的“风吹草动”所烦恼，时时计算着别人和预防被别人计算，所以他/她们极富现实感，显得心力交瘁，疲惫焦虑，我干活时接触到的老板们都是这样的。而她的气质，看上去几乎不食人间烟火，像幽居在什么静宅深巷，乏味了，无聊了，忽然来到市井街巷走走看看。那么，她从哪里来，又到哪里去呢？

她偶尔侧目旁顾一下周围的什么，有一次路过一家花店，她停了下来，隔着玻璃橱窗往里看了看，静思片刻，略微缓慢地将目光从那些花草上移开，又继续走了。

这是我第三次跟踪她了，每次都是在这个中南购物广场附近看到她的，时间在上班高峰之后，根据我的观察，她不在附近的什么写字楼里上班，每次都好像是路过，可她为什么常常要从这里经过呢。

二

白日之下，跟踪女人，我自己也没想到自己竟如此大胆。其实我在自己喜欢的女人面前一直有一种不可克服的自卑感，我永远不敢走上前去对她说一句什么，哎，说实话，我可能都没有勇气面对面地站在她的面前直视着她，除了在学校的教室里和同学们一起画模特儿，那是一种集体行为。这种情况虽然后来好一些了，那是因为同班的女生拿我无所谓，也就是根本不注意我，无视我的存在，其实后来我发现这样也好，这样我反而会自在些，舒服些，但我还是无法像别人那样自然和坦荡。我也暗自想过自己有什么心理问题，却理不出个头绪来。我想到虽然班里的女生不鸟我，可我却比别人更注意女人，对有眼缘的女生我是很上心的。我想起几年前路过舞蹈系的练功房看到的那位女生，我也不知道她的名字，只是看到过她好几次，有好感，就觉得她是我可亲的人了。我注意到她修长的身段和灵巧的动作，走起路来轻灵而有弹性(这个弹性和我眼前跟踪的那位女性走路的弹性是相似的)。从她大腿的白嫩看，无疑是我喜欢的女人的皮肤，她肩上搭着一条浅玫瑰色毛巾走过来，完全没有注意到我的存在，可是有个瞬间，我发现自己的目光与她的眼光碰触了，她即刻显得略微拘谨而不安，和别的同学一起迅速离开了练功房。在那一刻，我觉得有些异样，我觉得自己的目光在注视她而又被她察觉的瞬间，没有退缩，退缩的是她，于是我感到自己的勇气了。这是一种难言的快感，这种快感持续了至少两个星期，直到那天我去食堂打饭时正好在窗口处碰见她，我的欣喜又重新充满了我。她在帮厨，勤工俭学吧，看到我时目光便顺了下去。我忘记我点的什么菜了，可她好像知道我要什么菜似的选择了几样，然后满满地盛到我的饭盒里，我见了也拘谨起来，匆匆地走开了。那时的感觉超过了“快感”，而有点幸福了，可之后也没发生过什么，确切地说，我后来几乎没再见过她了。还有一位女生是学校广播站的同事，她是戏剧系的，那天她来向我要稿子时，嘴唇的鲜嫩简直像春天里要绽放的樱花，我对她说写好了，可是其实我全忘了，一个字也没有写。她说给我吧，这时我就把手里的一幅没画完的速写递了过去，她接过去看了看，困惑得无语了，我见状有点慌乱，也一时语塞，还是她用那美丽的樱花般的嘴唇发出对我速写的评语：“画得真好！”可其实我并不是很喜欢她的身材，有点太成熟女性的体态了，她说以后你给我画一张画吧。我说好。可是，和前面的那位舞蹈系女生一样，我后来也没再见过她了。事到如今，我不得不承认是我的腼腆和胆怯造成了这样的局面，现在想来我对她们记忆犹新，难说完全是亲切感，亲切感是有的，但每当我闭上眼睛的时候，浮现出来的是她们的那些美貌，哪怕是局部的美貌，美貌包含亲切感吗？可能是的，我不太懂。

大学的同班同学里有一个女生在毕业的时候，曾经说过一句怪怪的话，她说我这个人绝对有桃花运，但最后到手的却肯定不是桃花，我很不高兴。可是，如她所说在毕业后相当长的一段时间里我没有女人，无聊孤单，整天四处晃荡，不知所终。

兄弟，你有过那种漫长的，孤独的，封闭的，没人理的日子吗？没有？那你比我运气好，真的，比我运气好。这种生活有一种黏性，一旦过上，比如说过上了半年一年，你就可能被黏连住，像吃了麻叶，摆脱不了，变得越来越孤单，越来越乏味，乏味？是的，大部分时间是这样的，但麻叶的效果是这样，有时它又能使那个孤独变得不太乏味，甚至相反，尽管你还是自己一个人，可你觉得你不算真的孤独，而当你习惯了一种生活方式的时候，生理和心理都自然地默认了它，在每天忙碌的同时，也体会到自由自在的存在感。那天我读到一篇有关植物生态的文章，其中描述一个孤独隔绝而又繁茂的植物世界时用了一个词：辉煌的隔绝。我轻轻念着这五个字，心为之一动，觉得还有这样去形容隔绝的啊！辉煌？是的，辉煌，可是那一瞬间过去之后，一切还是会恢复到常态。

大学毕业后，我的工作一直没有着落，整天就那么待着。零敲碎打的活只能维持我饥一顿饱一顿的生活，生存的本能使我养就了眼观六路耳听八方的习惯，我开始喜欢观察路人，留意他们的言行举动，不知从何时起，跟踪人也就慢慢成了我的一个嗜好。起初没有特定的目标，也并非仅仅跟踪美女，也跟踪一般的不美的，跟踪男的，除了想窥视别人的隐私之外，其实我更感兴趣的是想看看他/她们是不是也和我一样无聊孤独，也有着相同的挫折感。

眼前的这个女人并非街上偶遇，而是从一个自己无意拍的视频里发现的，是的，我偷偷拍的视频，这样就要扯到一年多前我做的一个项目了，它们彼此之间多少有点沾边，我说“沾边”两字是有找借口之嫌的，但我没撒谎，我们在做许多事的时候，不是需要些“借口”吗？

三

那年我还是一个艺术学院美术系的学生，替老师做了一件活，是市公安局刑侦科与美院合作的项目，内容是建立国民面相结构类型的数据库，有了这个数据库，办案人员可以根据目击者对嫌犯面目和体格特征的描绘，调出相关的形象类型，快速锁定嫌犯，制出相貌图，以公示天下。从理论上说，这样可以大幅度提高破案速度，实际效果如何，还待有关部门的鉴定。我的工作既不是鉴定也非对素材的研判，而是项目里科技含量最小的那部分，就是人物形象的收集和分类。

公安局陆续发来了一些文字资料，从资料上看，数据库的类别主要是人的脸部，五官部，头颅类以及人的骨架体态类型诸部分，原始资料的大部分需从街上收集来。这类事枯燥繁杂，老师是绝对不愿干的，于是就落在我们这些作为助手的穷学生身上了。我喜欢画人，所以不怕与人打交道，加上是政府项目，报酬大概不会太低，至少不至于赖账，所以这段时间里，我应该吃喝无忧，不必再向父母伸手要钱了，如做得好，可能还有额外的奖金。

人的相貌收集到街上去偷拍就可以了，分类则需要时间，我想到以前在地摊上看到过《麻衣神相》，一本宋人的相书，它也许会给我提供一个现成的类型框架，省去我少说一半的时间，以体现我生活的座右铭：少干活多挣钱。于是我去了省图书馆，没费多少工夫就找到了那本书。虽是八四年印刷粗劣的小册子，但我觉得如获至宝，来到一家幽静的咖啡店，点了杯招牌咖啡“夏日花园”，坐在软皮沙发上阅读了起来。

没读一半，就失望了。《麻衣神相》对面相的研究竟是很粗糙的，一本书的目录仅有五官分类，如“象眼”“猪眼”“猴口”“仰月口”“鲶鱼口”“胡羊鼻”“贫贱开花耳”，等等，而没有脸型的归纳，这样就陷于“得毛而失貌”了，所以这本书基本上是相书无相。让我迷惑的是，古人相人怎么会有这样低级的忽略，想到从前看古代圣人像，难怪他们千人一面，老子、孔子、孟子、墨子，长得都像一家人，如果谁犯了案，官差肯定不知抓谁，只好先统统带到局子里再说。想着想着我就阴笑了，我忽然想到自己的这张脸，于是乐此不疲地把自己的五官与相书里的细细对照，发现自己的眼睛介于象眼和鸳鸯眼之间，又查看了一下解释，还好，这两种眼睛都是主富贵的，就是说我的前途还不错。可我的鼻子是猴鼻，喻示贫穷而且寿命也不长，我略感不悦和渺茫，又赶紧去查自己的唇型，好像有点像鲶鱼唇，这种唇型的人命好像很贱。看到这，我不仅不高兴而且有点沮丧了。我把《麻衣神相》扔到一边，心想宋代人也擅长忽悠。

《麻衣神相》是靠不上了，我只好到街上到人海中去拍照，不免暗暗叫苦。我需要个相机，最好加上摄影机，我本想向项目主持的老师申请经费来置办这些器材，可刚一张口就被无情地回绝了，于是，我只好咬牙自己倾囊买下，反正以后也还会用到的。我买了 GoPro Hero3 运动摄像机，这是当时我用过的顶级的家伙了，再把原来的山寨手机换上 iPhone 4S，可谓武装到牙齿。手机随见随拍，GoPro 呢，我把它固定在胳膊一侧，有时也固定在帽子上，虽然稍微有点扎眼，模样有点怪，但还是能在多数人没有醒过闷的时候，把他们的模样高清拍下。我来到市中心繁华的购物广场、步行街、女人街、美食街等人多的地方，悄悄地、暗暗地一阵狂拍乱照，然后在夜深人静的时候，插上 U 盘，把白天拍的那些人物在电脑屏幕上一遍一遍地浏览。

那些陌生人各怀心事，眉头多半皱着，或盯着左右，或望着前方，神情茫然空漠。我想人的常态多半如此吧，他们没料到自己会被一个陌生人暗中拍下，所以脸上毫无造作，露着那种没有自我意识的意识，与电影里电视剧里人物的那种不可救药的装腔作势相比，他/她们好像来自另一个国度，生就在另一种文化生态和文化氛围里。可是，也有一些人发现了有个照相机摄影机镜头对准他们偷拍的时候，他/她们神情就遽然大变，惊恐地、怀疑地、敌意地朝你望过来，没有一个好脸。而我倒是喜欢这种神情的戏剧性的转变，因为不管怎么说，矫揉造作也是一种状态，不是吗？所谓自然，应是包容了所有状态的一种状态吧。

我是那天在看录影时注意到那个女人的，是很好看的背影，我赶快把视频退回去重放，如此重看了好几遍。眼睛呆看着她，知道自己发现了“新大陆”，可惜我只拍了她的背影，重放了多遍，也没发现她的正面，甚至连一个侧面也没有，只是一个风姿绰约的背影。

四

大学三年级的时候我第一次画维纳斯的全身石膏像，一班二十七八个人，占满了维纳斯前面所有的角度，开始我还挤在很侧面的一个地方，眼光得穿过前面三四个画架六七条胳膊，才能看到维纳斯侧面的小肚子，但是前面有个女生喜欢把画板拿下来放在自己的大腿上，这样我就什么也看不见了。一狠心，我把画架放到了维纳斯的身后。那个位置是没有人的，就我自己。当我把画架支在那里，开始观察打量维纳斯的背面的时候，我得承认我有些失望。

维纳斯的背面显得有些臃肿，腰也过于浑厚，那双薄腴秀美的脚从我的角度只能看到小脚蹰趾，果然没什么值得画的。虽然老师说模特儿的任何角度都是可以入画的，但我并不以为然，是我个人的偏见？那为何大家都不选我这个角度呢，周围就是我自己一个人在画。自己就自己吧，我开始沉下心动起笔来。这是个三星期的长期作业，所以从石膏的长高宽窄比例到背部肩部和裙子衣褶，都需画得精确不误面面俱到，没料到要做到这点比想象的难得多。

或许你也有这样的体验，就是记忆里的，或者印象里的美好特殊的事物人物，一旦说出来或写出来，常常不是那么回事，它们无可奈何地变得平凡无奇了。那次画维纳斯石膏，我就再次体味了这种经验。

我本写生高手，成绩一直是系里的前三名，一个星期过去，我却大败下来，似乎中了邪，素描稿打了多遍，就是不大像维纳斯，别说美不美了，连形都没画准，我感到前所未有的挫折。记得老师曾说，如果对形没有把握的时候，可以去摸摸对象，会有帮助的，于是我等到夜深人静的时候，教室无人，用手把维纳斯摸了个遍，当然也包括摸她的背部，臀部和大腿。

摸着冰冷的维纳斯石膏像，滑腻柔润，在和我手掌接触的时候，石膏像好像渐渐有了温度，某个瞬间里，我甚至感到这没有生命的石膏像在我的手下好像活了起来，像人的皮肤，我分明不是在摸石膏像，而是在摸一个女人。我发觉自己好像在耍流氓，有点肆无忌惮，因而一种类似犯罪的意识朦胧升起并在我的周身蔓延开来，我似乎在某种程度上理解了那种犯罪意识，我摸着，摸着，极力细细体会着指间感到的所有微妙的触觉信息，它们如此微茫而明确，低语与暗示并存。我想起从前和女性接触的残片记忆，丝丝入扣又刻骨铭心，那些女友后来都哪去了呢？她们的真情和假意，嫉妒和冷漠，还有那些似乎已经彻底遗忘了的珍贵细节，正当我继续想入非非的时候，我却感到了维纳斯石膏里的死尸般的冰凉，这种感觉和柔滑的皮肤质感交织在一起，向我提示着两种不同的暗示，我有些困惑了，感到了这具石膏的陌生。我绕到维纳斯的前面，抬眼看着维纳斯，她在黑暗中望着前方，或者准确地说望着黑暗。好在我没开灯，维纳斯也看不到我，我忽然很想摸摸维纳斯的胸部，可不知怎的，我没敢下手。

我又绕回维纳斯背后，看不到她的脸，心里放松多了。我继续摸着，如此往复几遍，手电光下再反复对照我的素描稿，发现我画得几乎精准无误，只是没有从前面看到的维纳斯那样美罢了，我终于醒悟了：完美的维纳斯是不完美的，她的缺陷就是她的背影。我在想那个不知名的有着精湛技艺的古希腊雕塑家，怎么会忽略维纳斯的背影？莫非故意，还是美人的背部本来就不是那么美的？可是她，我拍的视频里的她，那背影是多么美妙啊！

五

我想再去拍她，拍她的正面和侧面。那个视频是在中南购物广场拍到的，于是我又带着摄影机去了那里。当然白等半天。我知道在一个城市里想要再次撞见一个街上曾见到过的人，犹如大海捞针，但还是莫名其妙地来到这里，想再见到她。我也有点想耻笑自己，觉得自己可能有毛病了吧，她为何不是一个外地人呢，那天她只是路过此地，然后直奔了机场或者是火车站，现在正在一个陌生的城市，在一条相似的街道上同样风姿绰约地走着，或许她已经结了婚，甚至有了孩子，是一个年轻的家庭少妇，此时正在逛商店为自己的丈夫买一条领带或为孩子买奶粉，或者为她的母亲生日选一束花，如果这些都非事实的话，那么也可能是谁包养的小三？为什么不呢，小三的思路虽有可能，但我当时却极不愿意那样想下去，不知为什么我有点伤心，觉得自己蠢得像猪。

连着等了两三天，我开始觉得再见到她是个虚幻的事了，我甚至怀疑我的那个印象是否是假的。美好的东西多半都是虚幻的，这是我有限的不足三十岁的生命总结，我认为这是个真理。我暗下决心，决心不再去那里。第四天早晨出门的时候，我记得我调动了自己的全部意志来压抑和控制我想去的欲念，仿佛在同什么顽强作对，我终于赢了。我去了城西的另一个繁华地段拍照，我使劲地摁快门，咔嚓，咔嚓，咔嚓，听着这些机械般重复的声音，我感到自己与其说是被某种空荡的机械声所填充，不如说是更空虚了。

六

这个项目还没有完工，我却面临毕业。面对将来不确定的新生活我心中惘然。在校时，我的心气和多数同学一样都很高，觉得自己是大艺术家的料，如今行将毕业，心理起了明显的变化，大家都神色不安地四下找工作，然而从几个已经找到工作的职业性质看，分明都改行了。我呢，虽然毕业创作得到了一个什么优秀奖，但在拿到获奖证书和五百元奖金后，我就变成了无业游民。是啊，想到每年全国大小艺术院校有十几万的像蚂蚁似的毕业生，心里就瘆得慌，社会哪需要那么多画画的人啊，但我还是喜欢画画的，不想马上改行，可谋生却很艰难。我手头正在做的那个项目尚没一分钱的进账，可房租和温饱的压力就已逼上门来，所以我不得不找些零活挣钱，以解燃眉之急。我先后给小学围墙画过“讲文明懂礼貌”的壁画，给土豪的小三画过美人像，在大街旁边的围墙上写过大标语和配图，也参加过几个什么小展览卖过几幅小画，但这种零敲碎打的事是难以为继的。记得在最困难的时候，也就是在房租已拖欠了四个月，房东准备把我扫地出门的时候，我不得不再次向父母开口要钱。父母是开小面馆的，起早贪黑，钱来得不易，所以父亲一开始就反对我学画，说你学什么都比画画好，能养活自己。现在我的狼狈印证了父母当初的英明预测，所以当我在电话里隐晦地说出那个要求的时候，父亲的冷嘲热讽甚至是幸灾乐祸的声音就直撞我的耳膜，他对我当初没听他的话耿耿于怀，并扬言不再供我上大学，这我理解，但事情落到这步，总不能不救一把吧。两个礼拜后父亲打来了五千元，后来又收到另一笔一千五百元的汇单，估计是母亲私下寄的，她为我的窘况忧心忡忡，说一个男孩是要谈女朋友的，没钱，穷巴巴的，怎么行！我心怀感激的同时，也很难过，决心不到万不得已之时，再也不向父母要钱了。

没想到的是在我几乎落魄的时候，有个女孩向我示好，她是早我一年毕业的校友，叫严妍。以前在学校打过几次照面，后来在我的画展(群展)上再次碰上了。美院校友自来熟，她没作品参展，但对我能参展很羡慕，尤其喜欢我的画。她的话让我开始注意起她，我发现她有很好看的手，十指纤纤，洁白修长，长相也是秀气的，尤其侧面的四十五度角，鼻子和下巴的弧度都很美。像大多数美院女生一样，严妍留着长发，身材瘦削，爱穿一双装范儿的、皮质做旧的大头皮鞋，我问她在干什么，她说在混，有一顿没一顿的，我说瞎说，你的气色那么好分明是富二代，她说气色好吗，我说好啊，她说那你请我吃饭吧，我笑了，说早知道就不说你气色好了。

没过多久，严妍就向我表白了，现在想来我那时是心不在焉的，我觉得自己并没有动心。记得问过她为什么喜欢我这样的屌丝，她说你不是屌丝啊，你的画很好，那个策展人也是这么说的，他很看好你，我也看好你。你画的人和别人不一样，你懂人，你画上的人都是活的，像在哪里见到过，主要是这些人物里面都有一种可以打动人心的忧郁和孤独。你画的那张维纳斯石膏也好，那么美，我听了心里暗笑，觉得她没有见过真美人，事实上她和所有恋爱中的女人一样，都认为自己是最美的，那天她对我说画画我吧，给我画张肖像，再画一幅裸体，以做我年轻时的青春纪念，你不觉得我比上学时老了吗?

我为严妍画过一幅肖像，没画好，原因可能是和她太熟了，不如初见面时的敏锐了，而那幅画她的人体我却认为画得相当成功，她也满意得爱不释手，总是看啊看，然后问我她的身体真的有那么美，那么白嫩吗，我说当然，她说没骗我？我说没骗你，她听了将信将疑，良久，终于还是选择了相信，转过头来对我那样含笑说道，怪不得你对我那么色！当晚她做了几个我喜欢的菜，像麻辣鸡丁和蹄髈烩栗子，还有她从江苏老家带来的高度数的双沟大曲。

严妍那天喝了不少酒，脸色泛着少见的红晕，不停地对着我微笑又微笑，然后硬实地坐在了我的大腿上，使劲亲我的胸脯和臂膀，我顺着她腿往上摸，感到她滑溜溜的睡袍里什么也没穿，于是就搂住了她，她继续进攻，抓、挠、嘬，齐头并举，咄咄逼人，极富侵略性。那一夜，她活像动物世界里发情期龇牙呻吟着的小浣熊，我看着她那疯狂而扭曲的表情，心里并不舒服，也不好说什么，只好闭上了眼睛，在翻天覆地的做爱中默默忍耐，至少有三根烟的工夫之后，终于，我感到她达到高潮时明显的痉挛以及我自己的瘫软。从那以后，严妍完全黏上了我，既小鸟依人，又像养鸟似的对我体贴入微，关怀备至。不久，在她的鼓动下，我在离学校不远的地方租了一个小单间，和她同居了。

在那些无所事事的日子里，我们在屋里厮混，看美剧，吸麻喝酒，做各种自以为是的美食，给她拍各种臭美的照片。照片里的她光鲜艳丽，而实际上并非如此。同居之后，我发现她生活混乱也不爱收拾，嗜睡懒觉，有时连吃饭都懒得下床，就直接躺在床上吃喝，这和我的爱整洁整个拧巴，心中叫苦。有时候，我上午才收拾好，下午又乱了，时间久了我也懒得动，随它去，后来我竟然在屋里发现了老鼠，它们的毛发看上去好像比我还要干净。

我后来想，如果我和严妍不是那么快地上床，特别是，如果她不是在做爱时像浣熊那样的龇牙咧嘴，我们可能不会那么快地掰了。我属于那种善于掩饰自己真实心理的人，可还是让她慢慢感到了我逐渐冷下去的心，她明白我不再爱她了，我之所以没主动向她提出来，是自己的某种胆怯，我不知道怎么面对她，说白了也就是不知道如何面对自己。不到半年，还是严妍提出分手的，她说我恨你，我恨你，然后大闹起来，凶相毕露，几乎疯狂，她把房间里凡是能摔烂的东西都砸了个稀巴烂，而且居然一下把床也掀翻了，然后突然抓向我，我几乎是仓皇而逃了。当时我真的有种不小心掉进动物园里又从那里跑出来的感觉，那个房间里我的东西我几乎一样也没带走。不能说我一点不伤感，但她掀床时的爆发力给我的震撼更强大。我承认不到两个星期，我又平静地回到自己并不真正讨厌的孤单无聊的生活了。

我渐渐养成了一个新的习惯，就是喝酒，多半是劣质酒，酒量也慢慢大了。我常去附近名叫“白熊”的酒吧，是个半地库，走下几个台阶进去，里面幽暗昏沉。扎啤卖得不贵，只要二十元就有一大杯，喝个两三杯也就有了些醉意了，有了醉意的世界分明要可爱得多。吧台后面墙壁上的各色酒瓶在壁灯微黄的光照下隐隐闪烁。不知哪里弄来的一只鹿头也挂在那里，它的那双黑黝黝的假眼睛，呆呆地望着远方，哎，看什么啊，再看也没有草原和你的哥们儿了。

调酒师有一男一女两位，我常碰到的是女的。想起我和严妍那段并不温馨的过去，分手时她的狰狞在我心里留下了很深的阴影，这个阴影对我影响深刻，它让我从此对女人小心翼翼，不太相信了，应该说对她们吃不透，所以我在那段时间里对于女性有些望而生畏。其实呢，我对自己好像也不大相信了。望着那位女调酒师，心想她的真实面貌又是怎么样的呢，她这张温柔的面孔下，是不是藏着另外一副面孔，是否也会突然凶相毕露，狰狞得龇牙咧嘴，原来那一脸的淑女相瞬间荡然无存？但这些是一时半会儿看不出来的，能看到的只是酒吧昏暗灯光中她的殷勤和蔼，调制鸡尾酒时晃动调酒杯的动作熟练而优雅，这么个昏暗的地方，天天和酒打交道，会如何呢，我想到调酒师的脸上都有夜色，而且我也没见过喝醉的调酒师，特别是女的调酒师，她们太理性，太旁观，总是小心翼翼，和酒永远保持着安全的距离，所以你们并不懂酒，你们只会调一调酒，搭配点好看的、按你们的话说各种“浪漫的颜色”，但你们不会懂得里面的奥妙和精魂，那么你们跑到这里干什么？我一边喝着酒，一边想着。酒杯里的酒不知不觉喝干了。这是杯 Mojito，今天第一次品尝，是这位女调酒师给我介绍的，她说男人可以尝尝，没准喜欢，一般男人都喜欢的，说完她还对我微笑了一下，那笑容很温婉，有点贤惠的味道，我很受用，喝了两口，果然好，也说不上怎么个好，甜酸味，口感醇厚，不错，不错，我第一次发现自己很喜欢这种酒味，它很懂我，甚至体贴我，在这昏暗之处，疲惫的夜晚，我会喝几杯 Mojito。我看到她刚调好一杯，黄绿红三色独立叠加，女性喜欢的那种东西，这时我才想起来作为鸡尾酒中的“底酒”的朗姆酒，威士忌和伏特加，这些浓烈的酒和橘子汁、苹果汁、柠檬汁和薄荷汁等的混合，有点像男女的融合，配的量，选的味对头了，就可口了，不然就完蛋了，我就是完蛋了一次，才跑到酒吧里来的。可是为何要喝鸡尾酒，单喝朗姆酒、松子酒等岂不更好，我觉得自己这个想法有点道理，再想下去却是愚蠢的，是啊，男女搭配，干活不累，搭配不好就打起来了，酒就变得难喝。嗯，差点忘了，以前那位男调酒师就曾经说过，鸡尾酒里的各种酒的量必须精准，稍有不慎，鸡尾酒就成鸡屎酒啦，他说“鸡屎”的时候脸泛红光，我现在脸也有点温温的热，很舒服，想着想着我就有点自鸣得意，觉得今晚在这没白来，“白熊”给我上了一课，我已经有点“微醺”了，“微醺”这个词真好，是谁想出来的啊，一定是个酒吧老手，去他妈的，今晚把钱包喝空为止。

我随手从旁边胡乱堆放的杂志里捏出一本，就着灯光看，好像也是在介绍酒，虽然也伴有寒带、热带、亚热带的各色旖旎风光，主要还是那些设计精美的酒的图片，更准确地说是各种酒瓶的特写，它们好像来自世界四面八方，都是有头有脸的身份。灯光暗，没法细看也没心情细看，只是发现那介绍酒类的几页里，都有一位光鲜亮丽的女人，身材姣好，婀娜多姿，一手握酒瓶，一手作不同的娇态，眼睛深情而挑逗地看着我，我心里笑了，嘴角也咧开了。我终于明白为什么在酒的杂志里会出现女模特儿了，也明白了这酒吧里为什么雇女调酒师，或者说，女调酒师为什么跑到这个男人扎堆的夜间酒吧里来，她是来了解我们男人的，是来窥探我们男人的那些东西的，这些东西就是我们在酒吧里喝酒时喜欢说的胡话，而这些胡话只对男性，有时甚至是陌生的男的敞开心怀说的，是的，一定是这样的。想到这，我看了看手里刚斟满的 Mojito，一饮而尽。其实我原不懂酒，也并非真的喜欢这个兔崽子 Mojito，可是今晚我好像懂了，心里敞亮得可以照亮自己。这时，她正在为另一位顾客配制着另外的一种酒，从颜色上看，肯定不是 Mojito 了，是橘色的。我看了看那个顾客，四十多岁，比我至少大十岁吧，可显得深沉苍凉多了，他似乎是这里的常客，因为旁边一个老板模样的人，也过来和他搭讪，好像在议论着别的什么事，说着说着都笑了。那女调酒师递过来一杯刚调好的鸡尾酒，我看着那杯有三四层多色的鸡尾酒，那粉红色，淡蓝色，翠绿色和淡紫色，绚丽而多情，不像喝的东西，而像是一个城市的幻觉。

七

老师看到了我发去的邮件，对我工作的进展赞不绝口，说够快的啊。我向他提出了一个新的类型，就是：人的后脑和背影。罪犯也是有后脑勺和背影的啊，而且，罪犯作案之后逃跑，想来多半都是掉转屁股跑开的，这时罪犯的后脑勺就会成为目击者所看见的唯一的一部分了，不是吗，老师听了觉得有道理，说他会和公安局联系，建议增添内容，我心里想问经费是否也加点，但没敢说出来。

我活干得快起来，但又担心干得太快以至于项目过早结束而再次失业，因为这个项目听说是计时工资，所以我又故意慢了下来，比如，以前十张照片，十分钟的影像，需要花半个小时处理，而现在时间增加一倍，有时是一倍半；我还添了新的毛病，就是一边喝啤酒一边吃韩国烤肉串一边干活，晕晕乎乎，舒服惬意，我常常就在电脑屏幕前一边干活一边睡着了。

有时做梦我也会看到满目的脸脸脸，还有背影，后来主要的影像都是背影了，它们汇成浩瀚的海洋，海洋远处的背影是模糊的，它们好像在往黑暗的海里义无反顾地走去，然后消失在那里。我忽然冒出一个念头，就是那些背影全都变成了嫌疑犯，他/她们都在逃避我的目光。

那个拥有美妙背影的她在哪儿呢？有时我也梦到她，我想快快走上去看看她的正面，她的脸，可是她仿佛有意地要和我保持距离，不让我走到她的前面去，不仅如此，我和她之间的距离不但没有缩短，反倒扩大了，模糊了，她的身材也在发生变化，一会儿变得粗犷肥胖，一会儿变得更加妖娆，有时竟变成了刚分手不久的严妍，她变成了一匹英俊的白马在城市的大道上飞奔起来，马尾巴也随着张扬起来，我看到它鼻孔冲着我粗悍地喘气，凌空嘶叫，然后很伤感地朝我望来……

醒来后，发现原来窗子忘关了，清凉的夜风吹进来掀起了桌上的纸片和外卖饭盒。我想起已经熬了两个通宵，已把无数的人脸和背影都归了类，增建了十几个文件夹。我为那位绝色女人的背影专门建立了一个文件夹，视为一个特例。特例源自类型又独立于类型，这叫人有些迷惑。我不打算把她这个“特例”作为犯罪嫌疑的造型参照资料交给公安局，我不希望别人注意她，评点她，她是我的，我要独享她。

我不断地将她的身影放大，将她的头部放大，然而越是这样，仿佛越是虚幻，但是我满足于对她的一厢情愿，于是对别的图像和视频画面也做了同样的放缩变化，结果效果是同样的。我开始大幅度地放大那些图片，细细观察它们，结果有些意外的发现。我看到一个老头正在恶毒地注视着旁边一位少女嫩白的脖子，一个朴素无华的妇女把一个男孩踢翻了，还有一个老外正在抬头往天上看，好像在盼下雨。

由于这些发现，我想到前些时候拍的照片是否也有类似的情况，于是回到那些文件夹里，点击，放大，再放大，慢慢浏览，不久，也发现了新的类似的细节，其中有一个人正在对远处的什么人做着奇怪的手势。此外还有一张熟悉的男人的脸，似乎在电视还是在什么报纸上看到过，穿得很低调，却仍然能看出是高档货，尤其是那黄灿灿的手表表带和细的也是黄灿灿的项链，此时他正在和另一个男人说着什么，旁边还坐着一些衣着暴露的女人，表情暧昧，左右张望，我忘了拍的地点是哪里了，好像是本市最豪华的酒店大堂里。这些无意中拍下的东西，使我轻微地震惊了。我不知道是什么时候拍下来的，也没去多想。

然而，当我把整理好的资料发给老师后，我莫名其妙地失去了那份工作，我给老师打电话询问，他说他也不知出了什么事，上面要他换助手，哎，他说你做了些什么事啊，想想是不是得罪了谁？我说我拍照片能得罪谁啊，老师说，他们说你像个贼，鬼鬼祟祟的，还跟踪人。我心里一惊，觉得我的动静怎么人家都清楚啊，莫非我也被跟踪了？但本能的反应是对那些指控断然否定，说除了拍照，我啥也没干，老师听了，沉吟着说道，也没什么，不干就不干了，没什么了不起的，以后再有别的活我会给你打电话的。

八

我毕业了，同时也失业了，变成了无业游民，哎，“游民”多少还是个“民”，是普通阶层的一员，而当你失去收入来源又渺无希望的时候，你其实就是个鬼，无业游鬼。我往哪里游呢?我感到我被一双巨大的手牢牢地挡住了眼睛，以至于看不清那双手后面的东西。我想到小时候数学考试不及格，被老师关在教室里罚抄，抄了一遍又一遍，抄到眼晕头胀，可是还是不行，那是我不会做的题目，哪怕五十遍五百遍我还是不会做。我感到整个世界好像都在与我作对。

好在老师还是向着我的，他往我账户里打了相当于四个月工资的红包。我感到未来的一段时间将是很不安定的，于是我决定换一间租金便宜些的房间，把省下的钱存下以备不测。新换的屋子位处一个尘土漫漫的城乡接合部的小巷深处，是旧院落里的一小屋，没有厕所，如内急了便要去院子外面的那个公共卫生间。房顶上有猫，仅有的那个小窗子外面可以看到另一灰瓦房顶，天黑了，房顶后面的天色悠远而深邃。

很快我发现新的邻居都是民工之类的草根族，他们下班之后，便习惯待在院子里打牌搓麻，有的在天井里的水龙头上接上皮管子给自己冲澡，这是一天里他们惬意的时候吧。每当他们光着身子擦澡的时候，我便看到那些黝黑发亮的躯干，那些只有常年干体力活才有的漂亮肌肉，这种人在城市里很难找，于是我就坐在一旁用速写本画他们，他们也好奇，问我画没画鸡巴，有个也许是湖南来的人，盯着画看了半天说，什么鸡巴，没有啊，给割掉了，都是鸡巴毛，于是大家哄笑了，说鸡巴毛管鸟用啊。

有时我和他们聊天，他们问我怎么混到这里来了，言下之意是我这样的小白脸应该是住在城里高楼的，我胡乱编了个瞎话搪塞了过去，他们懂，绝不再问了。这些人都爱抽从农村家里带来的大烟叶，喝劣质白酒，吃咸菜辣菜，找二三十块钱一晚的女人。有一个四川来的细高干瘦的年轻人，常和我找话说，开始有点犹豫，怕我不理，可我注意到他那像玉米的满口黄牙，有一次，我对他说，你很帅，可以想办法去电视剧里弄个什么角色。他听了张开黄牙嘴乐了，说我逗他，我说人家导演没准就看上你的黄牙，你看王宝强的翘翘板牙还不如你，黄牙听了脸色略微一正，耳朵也直了些，我接着问结婚了没有，他说早结了，娃都两个了，我问媳妇呢，他听了脸色一下就沉下来了，没再说什么，我想其中怕有难言之隐，也就不再追问了。没想到几天后，黄牙反而主动对我说起了他媳妇的情况。

原来两口子来城里不久，媳妇就失踪了。几个月后的一天偶然撞见了。那是在一个超市的收银处，黄牙正在付钱，看到门口出现了一个女人似曾相识，定神再看，像是媳妇，当时眼泪一下就出来了，拔脚就要追，收银员喊住黄牙说钱还没付，等把钱胡乱付完再转眼时，媳妇不见了。他紧追到门口左右张望，看见那个女人在路灯下急速往前走，黄牙想喊，一转念心想万一认错了也不好，就快速安静地在后面跟踪着，这样走过了一些街道和小巷。黄牙发现她穿了一件黑色闪金属光的短裙子，很时髦的样式，头发也烫过，染过了，虽然有点怪怪的，但好像年轻了不少，他似乎明白了她的不告而别。他注意到这女人的背影，她走路时那特有的姿势，那一刻，他完全确定了这女人就是他的媳妇，虽然相貌发生了不小的变化，但某种曾经在一起生活过才有的“关系”，使他迅速对自己的判断确信不疑。

他跟着她走过天桥，走过几条巷子和小街，看着她一路像小鸟一样不安地探头探脑，他不紧不慢地跟着她，打定心思一定要跟着她，看她去什么地方，什么“家”，见什么人，这样越想心里也就越难平静了，他说他当时的心都要跳出来了。黄牙这样心乱如麻地走着，脑袋紧张而空荡，在一个路的拐弯口的地方不料被一辆路过的自行车撞倒在地，小腿肚子被划了个大口子，鲜血直涌，黄牙仍然不顾一切地爬起来继续追，不料腿已不那么听话了，只能一瘸一跛地跟上去，但哪里能追上那女人呢！黄牙眼看着她走远，急了，脱口喊她，她闻声回头看了看，大概认出了黄牙，便走得更快了，后来竟小跑起来。当时有几个在路旁吃麻辣烫的人认定黄牙是个流氓，厉声呵斥黄牙，黄牙见状急了，就蹲在地上哇哇地号起来了。后来，当他站起来的时候，感到头晕和极度的疲惫，但更麻烦的是他不知自己身在何处了，周围虽是普通的街道和楼房小区，但却不知究竟是哪里，他走丢了，他迷失在这些对他来说“长得都一样”的错综复杂的街道和楼宇之中。

我后来和黄牙聊天时，又提起这件事，问他有没有再去找过媳妇，他说去找过，但再也没见到过她，说完咧开嘴，憨憨地微笑道：“这个城市太大了，城市什么都好，就是太大了。”我说你们农村不是也很大吗，他说那不一样，村里再大，走不丢，城里是会走丢的。

我有时也和他们一起抽大烟叶，去胡同口的小馆子里喝两杯，试图把自己喝大，有几次还真的醉如烂泥，一觉睡到次日的下午。我不知道我是在开始一种新的生活呢，还是在逃避正在开始的生活。我需要找个工作，美院毕业好歹也是手艺人，找个工作并不太难，可我什么也不愿意干，我感到自己原来一直力求上进的状态现在松软下来了，也许原来的上进才是个假象，我骨子里恐怕是有着堕落基因的人，从前那些基因在沉睡着，现在可能正在逐渐苏醒，我在倾听它们苏醒的声音，它们的生机和诉求。我想到和前女友在黑暗里的做爱，高潮时她扭曲的脸其实是可怕的，同居时出租房里从破布堆里钻出的老鼠溜光洁顺的毛，还有现在窗外院子门口的垃圾堆中的野猫和野狗们，在路灯下投出的斜长的影子。

那次喝高了，黄牙他们拽着我去找小姐，我也很久没有碰女人了，二三十块钱一晚的女人是什么样的？没见过，便跟了去。那是城乡接合部位处高架桥下的一片农民房，其中有一半都已经被拆毁得看不出原来的面貌了，那些待拆的屋子也已很破旧，暮色中看去，容易被误认为废墟。密枝成晕的秃树影与昏暗中的屋顶和破楼融为一体。巷口的几个小摊贩的摊位上吱吱啦啦地冒着热气，像是卖麻辣烫和铁板豆腐之类，摊主们的脸被自己支起的灯光照得暖亮，每个摊口面前都聚着一些耐心等待的人。走入小巷，便看到一块浴室招牌，招牌里的灯光将广告字映得血红，门口立着一个妇女正把一盆绿殷殷的水往路上泼，湿漉漉的地面上已经浮着一些灰白的泡沫。往前十几步之遥，是另一些小点的广告牌，幽光莹莹，飞蛾缭绕。路的两边都是垃圾，隐约地散发着腥臊，一些可疑的东西上落着些兴奋的苍蝇，估计是呕吐物，一个臃肿的人东倒西歪地走过来又走过去，身上传来一股浓烈的酒臭，我看了他一眼，他眼神浑浊飘忽，鼻子硕大油腻，卷着舌头一边用手指剔牙一边不知道在嘟囔什么。

黄牙把我们带到一家小理发店，门边坐着几个年轻的男人，正懒洋洋地翻看着掌中手机，我看到理发店里的粉红色的灯光下坐着几个女人，都不年轻了。其中一个抬头看了看我们，也没说话。掀帘进里屋，撞见一个女的正扒开裙子，裆对着吹风机在吹。粉红灯光下的女人们的眼光都抬起望了过来，她们中有的人比从外面看起来更老，其中一个女人脸很黑，擦了满脸的粉也没有抹匀，她熟人似的对我们其中的一人说，大哥啊，怎么今天有空啦，早把我们给忘了吧！黄牙则问有没有新妹子，那女人说有啊，东北的东莞的都有啊。我们进了另一个里屋，几个女人坐在那里嗑瓜子夹核桃，空气中有好闻的香味儿。有个女人嘴角长了一颗黑痣坐在角落里，圆盘脸，眼皮鼓鼓的，刷着紫色眼影，怔怔地看着我们，并没有什么姿色，好像很识趣地坐在角落里看别人，我一时觉得她有些脸熟，却想不起在哪见过。我挑了她，她看了看我，然后拍去大腿上的瓜子碎屑，同时似乎换了口气后，站起身来。我跟她进了房间。她很温顺，走到那张像是按摩床一样的垫子前对我说，在这上面吧，要铺干净的毛巾吗，然后，一边脱衣裤一边问我要不要用嘴做，我还没有回答，她已低声甜甜地说这雨天太潮了，什么东西都会发霉的，说着就抓起我的手摁在她已经下垂的乳房上。

我晕晕乎乎地回到屋里，倒在床上想睡，可脑袋昏沉而清醒，地砖上的明澈月光将我沁透，睡不着了，于是坐起来发呆，觉得脏，自己脏，床上脏，画夹脏，电脑脏，烟灰缸脏，酒瓶脏，哪儿都脏，于是出门在院子里用那接着水龙头的皮管子冲了把澡。

天有点凉了，我一边冲一边哆嗦，水花四溅。我打了很多香皂，那肥皂泡泡把自己弄成了“雪人”，月光下觉得自己像一个什么“神”。清幽的檀香好闻极了，可我却更冷了，赶忙擦干身子，穿上衣服缩回屋里，烧水泡了杯热茶，喝了几口后感到稍微暖了起来。打开电脑，重新浏览起不久前拍下的那一张张陌生的人像，人影和背影，我忽然感到所有的这些人都是似曾见过的人，他们，她们，都是熟人了，而且我自己也是其中的一个。

我想到了那女人的背影，那如此美妙的背影，忽然有种称之为歉意的东西冒了出来。我点击那个属于我自己的文件夹，再点开那个视频，一片熙熙攘攘的人群里，她在那里轻盈地走着。

九

她再次出现在中南购物广场的时候，我几乎是一眼就认出来了。

不再是那件风衣，是浅蓝色的连衣裙，晨风中，随着她轻快的步履飘逸着。我有点犹豫，虽然以前也跟踪过女人，但今天怎么了，我感到有生以来第一次真正跟踪一个女人，心怦怦地跳，不敢跟得太近，怕她察觉，怕她回过头来鄙夷地看着我，然后一刀两断我们这种关系。我和她有关系吗，什么都没有，我连她的正面都没怎么见过，但不知何由，我却感到和她有种似曾相识的感觉，我想向前急走几步以便端看她的脸，她的眼睛，如有可能，我甚至想拉起她的手，可是觉得时机还没到，我想到了不久前做的那个梦，现在是梦吗？不是的，因为我听到她那灵巧的高跟鞋走路时发出的清脆的声音了，而梦境再真切，也是听不到声音的。路人熙攘，但都是各走各的，并没注意这边，我于是若无其事地继续跟在她的身后。

她浅蓝色裙子上的玫瑰花在摆动中盛开了，似有恍惚的香水味儿，又好像没有，彼此的距离不过七八来步，我好像离她很近，能感到她的呼吸，一种莫名的亲切感油然而生，心跳也急速起来。

这件浅蓝色玫瑰花连衣裙我似曾相识。初中时，同桌的女孩子也穿过这样的裙子，虽然那个女同学长相并不出众，可当时我却感到她是好看的，甚至是美的，她的名字已经记不起来了，但那件裙子在我的记忆里清晰如昨。在我眼里，那裙子不仅是美的，也是善良的。也许并非在同一个梦里，我看到过我的母亲也穿着一件蓝色的连衣裙，但不是浅蓝而是天蓝的，晴美的蓝天下她和邻居们一起聊天说话，母亲后来转脸时看到我了，那样平常地微笑地望着我，慈爱而美丽，让我惊异，因为平日母亲的眉头永远是紧缩的，她的手指因常年忙碌而显得短粗有力，衣服常年是旧的，只有在节日时才换上新装，那天母亲把我姐姐打扮得美丽极了，什么节日使母亲自己也穿上了这么美丽的衣服？那么这一定是我的梦了，可那女同学浅蓝玫瑰花的连衣裙难道也不是真的吗？她察觉到我注意这件裙子，所以常常穿那蓝裙子，有时还换白色的，但她不知道我最喜欢的还是那件蓝裙子。她的长相似乎是甜美的，她为我削铅笔，把一盒铅笔都削得尖尖的，尖得让我担心别扎到了我的眼睛。她是我第一次那么近地接触到的女孩，我天天感到她的呼吸，她喝奶茶时的咕噜嗓音，她手腕的细瘦，她额头上的腻汗，特别是她微微凸起的胸，有一次她转身，而我正好伸手去接另一个男生递来的书本，意外地碰到了她的胸，现在想想那是柔软的小乳房，还没怎么发育吧，但当时我吓傻了，她也很不自在，脸红了，然而彼此很快都镇静下来，她还那样地瞥了我一眼，并没有怪我的意思。后来据说她因为父母调动工作而转学了。

疾驶而过的公交车的声音提醒了我，那是辆正要靠站的公交大巴，等在车站的一大坨人急急贴了上去。她也停下片刻，然后绕开车站向右侧走去。她边走边抬头望了望左前方的高楼。风吹乱了她的秀发，她抬手整理它，哎，那胳膊多么优美啊，这不是梦，不是的，是真的，现在她在问路了，向另一个女人问路，一边问，一边侧过脸来看着什么，我终于看到她的侧脸了，那是如此美妙的侧脸。一个人的存在是件奇怪的事，我是因为爱这个人而去爱她所在的城市吗？我想是的，反过来也一样，这样想着，我看了看周围的行人，居然多了一点莫名的好感，觉得他们和她们一个个都很顺眼，如果这时有人忽然踉跄了或摔倒了，我会不加犹豫地上去搀扶的。这样想着，走着，如果不是担心她会忽然转弯而跟丢了的话，我会继续这样瞎想下去的。果然，她停了下来，往旁边张望了一下，我感到她随时可能转身改变方向，甚至掉头向我走来……

但没有，她继续往前走，走过了广场，走到古柳街，这条街是一条仿古的旅游街，街的两边有很多卖纪念品的商店，民族风的长裙、披肩和大项链串子。女人们都喜欢裹个大毯子伪装艺术范，幸好她没这样穿，幸好。

她在一家咖啡馆前停了片刻，然后走了进去。那家咖啡馆的墙一半是玻璃的，所以我能从外面看到她，她走到台前看了看，向店员说了什么，然后走到那些桌子前选了个靠窗的位子坐了下来，似有心事地看着窗外。虽有玻璃窗的反光支离了里面的影像，透过它我还是终于看到她的正面了。我至今也没有找到一个合适的字来形容她的美貌，只记得自己不由自主地走进了咖啡馆，小心翼翼地在桌子边坐了下来，一个店员走过来问我要点什么，我说要一杯腊肠，话刚出口，发觉说错了，急忙纠正，要了拿铁。

她喝了会儿咖啡，看了看手机，手指似乎在打着短信或微信，然后就望着窗外的什么若有所思。阳光穿过玻璃窗落在她的浅蓝色的裙子上，由此折射的蓝莹莹的反光映在她的脸颊上，使她看上去仿佛沉浸在天色里。这时她又叫来服务员点了个甜点什么的。我注意到店里的音乐似乎是个怀旧老曲子，歌名却记不起来了。为了招揽生意，咖啡馆在选择曲子上看来是动了不少心思，就是有意地不时地换着不同的歌曲和乐曲，以使来自不同地方的顾客都觉得好听，觉得宾至如归。那么她喜欢什么曲子呢？她来自何方？现在怀旧的曲子快接近尾声了，我才想起了歌名，噢，是鲍伯 · 迪伦的 *It's Not For You*（并非为你而唱）。

她再次把目光转向窗外，然后略微抬起下颌，不知什么意思，后来我发现她那个角度是可以从玻璃窗上看到自己的身影的，也就是说她在“照镜子”？是的，我看到她用手指整理了一下垂在那儿的头发。不知道为什么，虽然看不清她的表情，但有一种莫名的感觉告诉我，她心情并不好。音乐又换了，是个比较吵闹的流行歌曲吧。她又坐了一会儿，起身走出去了。

这条街上的游客很多，促销员吆喝得声嘶力竭，此起彼伏，大人和小孩，本地人和外地人，其中还有零星的外国游客。我看着她的背影在人群中若隐若现，从她身边擦肩而过的人也不时回过头来看她，她似乎也不在意，始终那么不紧不慢地保持着自己的步调，往前走着。

晚高峰了，街上穿行的车辆有点多，我注意到她在过马路的时候有些慌乱，步伐快了些，好像担心过往的车辆随时会把自己撞倒似的，我情不自禁地紧跟了几步，此刻忽然响起一声急刹车，一辆吉普好像从空而降，突然杵在我的左侧，轰隆隆的摇滚乐声即时撞来。那个年轻的司机对我狠狠竖起了中指，眼珠子鼓鼓地瞪着我，我也用中指顶了回去，他大骂了我一句什么，然后那吉普猛地一加油，几乎是蹭着我的肩膀冲过去的，我本想也破口大骂，但犹豫了，怕被她听见了而认为我粗鲁不堪，我立在那里怒目远送着那可恶的吉普，但等我的眼睛再次转过来的时候，她已经不见了，我急走了几步还是不知她的去向，这时我看到许多人从地下的什么出口涌出来，是地铁出入口，于是想到她是不是进了地铁？很可能的，我顺楼梯而下，进了地铁口。人依旧很多，当挤到站台的时候，我看到一辆地铁正在慢慢地驶离车站，站台上人声鼎沸，而她已经消失了。

十

我是两个星期后在同样的地方等待她的时候，被人打了。一个人出现在我的眼前突然一记重拳，我感到被什么硬物狠狠砸了一下，顿时金星四射，眼前一黑就栽倒在地，并没有摔在地上的痛感，只记得在那瞬间水泥地的味道提醒我现在已经趴在地上了，而且可能会更糟，那个袭击我的人还会趁势再次攻击，虽然我意识到了这点，但已无力防卫了。身体很重，挪动困难，十几秒钟过去，第二次袭击没有发生，我才闭上了眼睛，黏稠的有腥咸味的血糊住了我的左眼。

后来我想，如果我是那个袭击我的人，也可能会这样做的。一个人总是在同样地点出现，每次出现都是在跟踪一个美女，而且基本上没有顾忌，旁人会怎么想？当然会觉得我是个胆大妄为的小流氓，如果那人也认为她是个绝色美女的话，那我挨的这记重拳则是迟早的事了。所以当警察在医院问我有关嫌犯的时候，我并没有向他提供什么有价值的信息，警官也没怎么细问，双方都没觉得这是值得挖掘的案子，所以算我倒霉，或者说我白挨了一拳。只是这一拳打裂了左眼的眉骨，皮肉像小嘴一样张开，缝了十七针。一个星期拆线后，我头缠着绷带出了医院，哎，好在左眼没瞎，但要戴眼罩，所以像个独眼龙了。我在镜子里发现自己真有点像《加勒比海盗》里的那个船长，只是船长的船舱里常是金银财宝，我却是个正牌屌丝，那三千多块的医疗费对那时的我是一笔大开销啊。

我银行里的钱已用得七七八八了，也无脸再向家里要钱，我还是不想去找工作，可这么混下去也不行，房租在逼我，胃在逼我，连七块钱一包的中南海也难以为继了，不管如何我必须行动，我得先活下来再说。

我在鼓楼旁边摆了个摊画像，生意不错，显然我选对了地方。那里有酒吧一条街，白天和晚上都充斥着各类像我一样无聊的人和来自四面八方的兴奋又无聊的游客，一天下来，怎么也有一两百可赚，应该说对我这样的已经久无银两进账的人，生意已经算是很好的了。无疑，在几个同样摆摊画像的人里，我的技巧也是最佳的，唉，我差点都要忘掉自己曾是美院的高材生了。我把我画的玛丽莲·梦露和范冰冰等的美女画像往架子上一摆，很快吸引了不少游客的注意，尤其是女游客，原因很简单，我把她们个个都画成了范冰冰，我发现她们根本罔顾真实，而是认定某种美的模式，也就是大眼睛和锥子脸，然后让我把她们往那模式里套。这种对美的认知如同一种偏见，一旦形成，再改无望。我曾经碰到过几个女顾客，她们其实相貌姣好，但都不太满意自己的脸型，手指着我模版中的范冰冰说，就画成这样，就画成这样，画成这样就好，每逢这种情况，我都说这是小菜一碟，只要三十块钱，不用整容，就可以变成鲜活的范冰冰了。后来生意太好，我便及时加价，一张画原本六十元，涨到九十元，而那些女士问都不问就稳坐在我给她们准备好的靠椅上了。这是一条画像挣钱的捷径，我很容易把她们画得飘飘然，让她们觉得物超所值。此外还有一个发现，就是我的那个眼罩，本来随着伤口的愈合可以取下来了，但发现没了“独眼龙”的范儿，生意即刻冷清，无奈又把眼罩戴了回去，让那只已经恢复健康的眼睛暂时继续蒙受黑暗的委屈，果然，生意又东山再起，我心想，这种鸟画我用一只眼去画，也就够了。

画像的收入平均每月能有八千多，除去摊位费和房租吃饭等开销，还能存点钱，这很重要。几个月下来我居然有了点积蓄，身心稍安，日子也稳定下来，可我明白这眼下的生活不是我要的，但什么是我要的呢，我也不太清楚。我还不老，说不出“譬如朝露，去日苦多”这样的话，虽然我认为曹操的诗牛叉，他是懂得悲伤的，但心里暗忖他如不杀人放火，诗也难说写得好，你看曹植曹丕，诗就软了。诗和杀之间果然有那样的互动关系吗？我不清楚，可我却想着：为什么那些自杀失败了的人，之后会安然选择继续活下去呢？他们在留恋什么呢？我在留恋什么呢？我也不知道。

我只知道日子就这样一天天过去了。每天晚上回到屋里，我累得就不想再出那个门，如果房子是我的，我就愿意死在这里而懒得换个好点的地方。想到不久前我还在为公安局的那个项目奔忙就心里冷笑，虽然瞎忙乎了几个月，后来又莫名其妙地被开了，但从那时我开始对人脸骨骼的类型产生了兴趣，这个兴趣不同于我学画画时对人像的兴趣，我想两者是不同的，怎么个不同？此事虽已和我不再有任何关系，也不可能再有一分一毛的工资，我却像吸了大麻似的愣愣地琢磨着，自己也笑自己的痴。

画人之要取其神，这是学美术；画人之要取其型，这是学侦探。虽然侦探要会揣度嫌犯的眼神，但在抓到嫌犯前，你是很少有机会面对面地看到嫌犯的“眼神”的，目击者或摄像头只能给你提供嫌犯的外貌特征，也就是大概的脸型和体型，你也只能依据那些信息来锁定对象。在那个阶段，你还看不到嫌犯的眼睛，体味不到那些眼神，你看告示上的嫌犯的眼睛都是个“符号”或一个“标记”，就是这个道理。如果运气不好，你碰到两个体型脸型差不多的嫌犯，那你就麻烦了，这时就要拿出作为侦探的看家本事：盯着嫌犯的眼睛，揣摩那个眼神。

我大概喝高了点，居然在网上乐呵呵地查起著名罪犯的图片，把他/她们一一巡视一番，逐渐发觉里面有一种什么称之为“犯罪类型”的东西，和“脸型”有关，与“眼神”又难舍难分，飘忽不定，好像是“气质”或者是某种“气息”，这种东西本身就能让人迷惑和微醉，我看到其中一个罪犯的眼神很像邻居养的鸭子，想到一位伟大的慈善人物的脸型居然也是和网上一个罪犯的脸型不谋而合。

从前在学校画石膏，那一排排我们学画时心仪已久的古典石膏像，落满浮尘，姿态各异。记得我画的第一个石膏像是古罗马的“布鲁斯”，短脖厚背，武士之像，那又怎么样，现在想想那不就是一个杀手吗，甩铁饼的古希腊男子体态多么俊美匀称啊，而那优雅的姿态其实是一个战斗姿态，因而也就是一个杀人的姿态，将一枚“投枪”向敌人扔去，对方呢，对方可能也是另一个和他一样相貌俊美、姿态优雅的人，中枪倒地，血如泉涌。还有那位伟大的米开朗琪罗的石膏像，现在想来他的脸型无疑属于“贫”像，表情也苦巴巴，昏头昏脑，低头沉思，是啊，一个一辈子和石头和墙壁和天花板打交道的人，还能怎么样呢，只能如此了。那么“摩西”石膏像呢，卷毛，长脸，直鼻梁，如果不是石膏的白色，而是现实中的颜色，那么他就是栗色卷发，络腮胡子的长脸，直鼻梁，眼睛的颜色是棕色或是棕橘色，这就像电视上看到的恐怖分子的模样了，当然也有点像耶稣的伟大形象。此外还有维纳斯的柔美的脸型，怒目直视前方敌人的永恒少年大卫，学画时，大卫不是作为一个俊美的牧羊少年来画的，而是被视为一个典范，也就是一个标准，美的标准来对待的，他的鼻梁，眼窝，眼眶，嘴，耳朵和手，都被分别切割下来，作为我们初学画的“标本”，哎，标准，类型，类型，标准，弄得人怎能不犯糊涂，怪不得造物主是不露脸的，以免被标准化，类型化，变成我们的同伙了，这颇具深意，我不敢往下想，又很乐于想下去。

我听到自己的笑声。“千岛湖”的酒瓶已经喝空了五个，剩下的一瓶在电脑边急切地等着我。我一边享受着今天对人脸类型的“发现”，一边想着在卖啤酒的小店关门前再去买几瓶来。那天在给顾客画像的时候，碰到一个非洲的喀麦隆客人，那家伙醉醺醺地要我画他，画就画呗，可他喝醉了，东倒西歪坐不直，我说你坐好了，他听不懂，哇啦哇啦说什么鸟语，我扔下了笔，说你滚吧，别人还在等着画呢，他立刻就坐直了，然后用纯正的汉语说，他在通向上帝的隧道里飞翔，飞啊飞啊，快追上了。那喀麦隆人太胖，满面红光，看不出脸型，可既然下笔画，总要画出个脸型来，于是我就把他的脸画得像一张比萨饼，他看了却满口称赞，伸出大拇指叫好，还要和我合影留念，哎，真弄不懂老黑。

那么我的骨骼属于什么类型呢？我是粽子脸和国字脸的混搭，这是中国男人最常见的类型，也就是说无论在北方和南方的男性里，这算是常见的脸型，那么这有什么意味呢？《麻衣神相》里没说，哎，我妈生我时也没说，此时，我忽然领悟到相书的讳莫如深是明智的。明智归明智，可是我左眼的伤口留下了永久性的月牙状的疤痕，像个被封死的嘴，永远沉默是金了。

十一

那段时间画得晚，回去的路上走着走着就剩下自己了。走在回去的路上，能感到嚣骚的市井气寂然在月夜中平息下来，我甚至闻到了路边的梧桐树叶的味道，它们原来是夜里出来活动的。我手中画夹里的样画袒露在外，这是一幅没画完的发式轻佻的范冰冰，路灯一明一暗地掠过了她的锥子脸。月光很好，但我却总觉得有些异样，似乎有人跟踪我，可每当我回头的时候，身后总是空无一人。

那么是我的疑心，可我分明听到身后隐隐的哭声，微弱的哭声，飘忽不定得难以确定，或者准确地说是锁定。我转身望了望周围，除了我，便是黑暗以及把路面上的黑暗照亮的一小块一小块的灯光了。错觉？幻听？我继续走，那哭声似乎没有了。前面的街道依旧无人，路边的垃圾桶散发着精细而浓郁的腐臭味。我走过了柏油马路，石砌街道，然后就是泥路了，这就离我的住处不远了。那么哭声是从前面的十几个垃圾桶里埋伏着的野猫传来的吗，有的猫叫分明是哭，而且像女人的哭声，特别是初春的夜里，猫叫和人的哭声相比几乎乱真。我走近垃圾桶，停步细细观望了一小会儿，没有猫，只有酒瓶，空的蛋糕盒，此外还有塑料袋和烂纸什么的，在风中沙沙作响，莫非有老鼠？可老鼠是不会哭的，至少我没听见过老鼠的哭声，但是想到这，我感到浑身发凉，汗毛竖起，转身四下望望，定了定神。除了我自己的呼吸声，周围和死了一样的安静。

泥路渐渐变窄了，我不知不觉地走在已经熟悉得闭着眼睛都不会撞到电线杆的路上，我注意着街边的那些平日熟视无睹的东西，比如那个水泥电线杆之间的正发出隐隐电流声的变压器，那堆煤块和砍好后堆放凌乱的木块，晾挂在电线上的衬衫、乳罩、裤衩，等等，大概是忘了收回去了，一辆躺在地上的小孩骑的绿色自行车，还有又是一大堆模糊不清的垃圾，还有……

哭声又起了，似乎不像刚才那样飘忽，离我近些了，我觉得自己后背酥麻，双腿有点发木。我知道这是身临危险时的身体反应，很久没有这种感觉了。我现在居然还在这么平静地观察和判断自己的身体状态，这本身就是我的一种麻木？我有点害怕了，躲进了小巷的拐角处树丛的黑影里，我在那里等着，让那个哭声以为我走远了好快步跟上来，这一决策果然奏效，当我躲到那个影子里的时候，我就看到那个影子了。是她，是严妍，我看到了她的脸，她一直在跟踪我吗？一年没见，我搬了两次家，她如何得悉又如何跟踪到此呢？我看到她的脸扭曲而颓唐，犹如嫩草逢霜，我突然想走过去抱住她，她却像看见一件可怕的事物一样盯着我，快速地缩着身体往后退，那表情惊恐而夸张，让我想到了她的性高潮。她一边往后退，一边看着我，这样退了几步后，忽然掉头奔跑了起来，她跑得很快，高跟鞋的声音响彻夜里空荡的街道，不知为何我没去追她，望着她那远去的背影，我听到一个哭声在离我远去，它回旋在路面，然后逐渐消失在黑暗里。我站在原地，隐然感到此生怕再也见不到严妍了，她要以这种方式从我的生命中消失了。

十二

我那天没去鼓楼的画摊干活，放了自己一天的假，也不知为什么，我居然刮了胡子，并把脏被单脏床单等等塞入大包，拿出去送进洗衣店，然后回到街上。天气真好，夜风吹来，感到自己步履矫捷，我忽然发现自己原来并不讨厌这座城市，我甚至又有些喜欢它了，这种变化，使我开始觉得自己不再是个局外人了。我走着走着就走到那天拍那美人的地方——中南购物广场。夜宵店的香味袅袅飘来，顿时感到肚子饿了，要了个炸糕，煎蛋卷和皮蛋粥，外加一杯橙汁，我好像从来没吃过这么多的夜宵。

夜晚地铁站台上人少多了，稀疏零星的人走来走去，精神看上去好的人大概是上夜班的吧，人称“耗子族”，下班晚的就显得疲惫不堪，我现在应该属于“耗子族”。这时地铁通道传来隆隆的声音，一辆地铁将开进来了吧，是的，车开进来，慢慢地停稳，开门，我走了进去。

车厢很空，几个年轻人捏着手机在玩，有的在发呆，瞌睡，有的在聊天。怎么还有高中生？那些鼓鼓囊囊的书包看上去就很重，他们也许是刚刚补完课。一个瞌睡的老汉背着一把二胡，大概是卖艺的，他看上去已经睡熟，他是不怕坐过站的。他这把年纪的人拉的曲子我是知道的，就是那些《二泉映月》啊，《春江花月夜》啊，《乡音》啊什么的，有一次我居然听过一个老头拉改版的《战士打靶把营归》和《东方红》，那速度实在慢得可怕，像在恶搞，但老头子是不会恶搞自己时代的红曲的，他的慢，无疑是艺力不逮，无可奈何罢了。一个女人头埋在自己的胸前打瞌睡，车身的晃动也是惊不醒她的，她那半边脸的青田痣胎记隐约可见，我想到小时候看到的被高压电电死的人的脸色也是这样的。几个农民工模样的人背着硕大的方型牛仔包，包的高宽都是一米多，不知里面装了什么，也许是他们的冬衣和棉被这类所有出门人需要的东西，他们神情麻木而警觉，有些像我当年上大学初来这座城市时的样子。我很理解他们，没想到这么多年下来，如今我也变成了旁观者了。

夜行车的速度因为乘客少而显得快了一些，因而车的晃动也更厉害，车轮子和铁轨摩擦而发出的声音更响，除了报站名的广播女声是清晰的，别的都显得空荡和困意。我看着车厢上端那一溜站名，感到从来没有像今晚这样注意过它们，继而又想到自己在这个城市生活了多年，竟有这么多地方自己从来没有去过，不免有点惊异和感叹。

车有规律地间歇地停靠车站，车门先后自动打开，有的站有乘客进来出去，有的没有，当车门打开而没有人进出的次数变得多起来的时候，我便意识到车行驶到郊区，这时车厢里除了我之外没有别人了。

我下了车，时而换乘不同线路的车，以便能去城市的不同地方。这个地下铁轨的网络真不小，简直是浩瀚无际，可也许这仅仅是我在不断地兜圈子而产生的错觉。每个站台不一样，好像每个车站的氛围和“性格”是不一样的。市区的车站人气浊重，哪怕在冬天，那里站台上也是很暖乎的。城郊的站台人少，显得冷寂空荡，不时有风从站台的入口习习吹入，又在楼梯拐弯处盘旋不去，所以在那里等车，就像滞留在一个奇怪而荒凉的地方，隐约听到地铁出口外野地的风声。墙上和廊柱子上的色彩鲜艳的各色广告，有女人胸罩的，有国内国外旅游胜地度假的，有英猛男士剃须刀的，有豪华楼盘即将封顶的，有某交响乐队的演出的，有大片和国产片的，几乎所有广告上都有面容艳丽的女星，她们目光青春无比地看着前方或者看着我，仿佛囊括了世界所有的旖旎春色。我盯着她们，她们也盯着我，不论从任何角度看着她们，她们都在深情地笑吟吟地看着我。

十三

我是无意间透过咖啡店的玻璃窗看到外面的正在行走的她。她美妙的侧面让我心里紧了一下，我放下咖啡跟了出去。

她今天衣着鲜艳夺目。玫瑰色紧身套装柔软贴身，头发也松松地盘了起来，有那么几缕顽皮地散落下来，微风吹来，有种难以言状的好闻的香味儿。她也许出门前刚刚才沐过浴洗过头，或者这气味是她天生就有的，还有她水滴状的耳环，长长垂下在颈间荡来荡去，裙摆在小腿之上，因而显得她的腿型更矫健和修长了。

去赴约还是派对？眼下是四月，早春时候，没有什么特别的节日，那么是私人性质的派对？我想到至今也没敢和她说过一句话，她也没有正视过我一眼，不免觉得自己的胆怯和可笑，可不管怎么说，我感到我们已不再是陌路人了。

她一路径直走着，目不旁视。路上行人不多，但还是有人向她望过来，也就有人向我望过来了，我感到自己左眼的那块伤疤栩栩如生的存在了，心想着我的右眼今天不知能否安然无恙？记得那个伤疤的新肉刚长出来的时候，有些异样，微微的瘙痒，摸上去有些麻硬，似乎在提示我那小块平滑的新肉好像还不完全属于我，还在适应着我，或者是我在适应着它，虽然自小就有因各种原因留下的伤疤，但是这个小疤不光是最显眼，而且破相了。即使如此，我却没有丝毫的不快和悔意，一点也没有，而且我是快乐的，因为这样一来，我似乎和眼前这位我至今只敢在她身后跟踪的女人产生了一种不可思议的亲切关系，肉体的，感情的，心理的，好像都有一点，可是哪来的“关系”呢？人家都没有正眼看你一眼，即便转身了，正眼看你了，又怎么样，你敢看着她表白吗？你不敢！不敢吧！此刻，我忽然想到如果有个恶棍，或几个恶棍走来调戏她，你敢上前揍扁他们吗？我想我是敢的，我会毫不犹豫，把所有的仇恨，新的，旧的，相干的，不相干的全部仇恨，把迄今为止所遭受的一切苦难和坎坷，一股脑全部凝聚在我的拳头和脚上，向任何企图接近她的人猛烈攻击！可是你会什么呀，你在初中时学的那一点西洋拳不过是点皮毛，也没在实战中用过，摔跤也没学好，你在体育老师那学的几下子，不过是花拳绣腿，经不住对抗，而且啊，小时候你嘴馋时偷邻居马家的油炸鸡腿的时候，还被人家打翻在地狠狠打了一顿，更糟糕的是，当时你还没有从地上爬起来的时候，就被马家的不满十岁的小外孙把鸡腿骨扔在你的头上，被羞辱了一顿，就这个记录，你还能保护眼前的这个女人？是的，是的，我还会保护她的，虽然那些是事实，可都是过去的事了，简单地说，它们和眼下无关，我是一个不同的人了，虽然我的身手并无长进，但你们敢过来吗，不要动这个心思，免得吃苦头，惹出人命。操你大爷的，你们谁敢！你们这些人啊，虽然也是爷们儿，可是你们还不懂这样的事，就是如果你们敢碰她，我是会和你们拼命的！你们敢拼命吗？我可能会吃点亏，挨几下子，但你们记住，只要她在旁边观看，我就会将你们打翻，她如果再瞪你们一眼，我就会把你们打死。可是我就怕她瞪我一眼，那会是致命的，但她至今还没有看过我，是啊，这是我渴望的。今天我要做个决定，我要向她表白，她可能会鄙视我，嘲笑我，对我不屑，但这都是一瞬间的事，不就是一瞬间的事吗？你跟踪她已经多久了？想不起来了？你这个糊涂虫，你还能有这么长的时间跟踪她吗？你还有几只眼睛会被打爆，还会有几个“月牙儿”的小嘴在你脸上绽放？没准你的腿也难保能继续行走，你的脑袋也难免在一顿暴揍中开花，但是，抓住这个机会吧，上前去，迎接那个一瞬间，或者挨过那个一瞬间，了却这一心结，是的，什么事都可以发生的，即便再坏的情况发生了，也会过去的，也会有当天晚上的睡眠，这种睡眠就是为一切失败者预备的，在这个睡眠中，或在一个梦里，一切都会得到自我修复，第二天就来到了，太阳照样升起，我还会走路，呼吸，挣钱，不是吗，但我很难再交女朋友了，我可能很难再碰上任何能和你媲美的女人了，这时我不由自主地伸手摸了下左眉骨上的疤，指尖轻压揉抚着那小块新肉，我觉得那里面是有热血在流淌的，细胞生就的过程记载和储藏了这几个月我的跟踪历程，它是个证明还是旁观？都是的，既是旁观又是证明，现在那块“小鲜肉”似在安慰我，鼓励我，怂恿我，真的，我忽然想，如果她转身看到我的第一眼后，会不会把她美丽迷人的目光转向我眉骨上的这块伤疤，那枚“月牙儿”？她会是什么反应呢，诧异、迷惑、疼爱、可怜，还是无感？都可能的，不会是无感的，不会的吧？你毫无希望，一丝一毫一点点男儿血性都没有，全无出息的可怜虫！那么，可是，她为什么就不可能喜欢你呢，奇迹的发生，就是为了证明你刚才所有的想法全是庸人自扰，是的，庸人自扰，就是这样的，她很可能在看到你时露出微笑，善意的，甚至是一见如故的微笑，如此一笑，便足以表明我和她的亲切关系了，是的，是亲切关系，这是个莫名的有待命名的“关系”，当发生在陌生人之间的时候，它是神秘的，是种缘分！那么你还等什么呢，上前快走两步，轻轻搀起她的手，她不会觉得意外的，也不会觉得你粗鲁突兀，她会说，哎，你怎么啦，这么胆小，让我等你这么久，或者什么也没说，而是顺从地把她的手交给你，让你轻轻握在手里，然后你们就一起走，不管往哪里走都行，只要是一起走，这个世界很大，走吧，上前去吧，上前去。这样想着，我忽然感到自己身轻如燕，于是紧走了两步，可这时我发现她在视线中消失了，她在哪儿啊！去哪了？不会走远的，刚才，就在眼前，我还看到她的玫瑰色的裙摆在路人的童车上蹭了一下，对推车的人好像说了声“对不起”，而且还摸了一下那坐在车里的孩子的头。我赶紧往前走了几步，看到了前两天来过的地方——地铁站口，于是快步走下了台阶。

熙熙攘攘的乘客出来进去，虽然已过了上班的早高峰，站台上还是拥挤，人们刚从一列地铁拥出，急匆匆或是慢腾腾地往外走，有的可能要转车，所以时而向车将要进站的方向探头观望，人人都怀心事，可是你们哪知道我此刻的心事呢，而且，我也不想让你们知道。

我挤过人群，看到了她，玫瑰红的她。

她走到站台，抬头看了看站名，与周围的人相比，她不像是个每天乘地铁的人。其他那些等车的人都在与同伴说着话，有些人站在原地看着手机，或者看着前方的广告牌。她不时望着列车将要开出来的黑洞洞的地铁隧道。我看到她用高跟鞋的鞋后跟轻轻敲击着地面，她在想什么呢，那姿势和节奏使我想到了伦巴舞，跳伦巴舞的女人通常需要蟒蛇一样的腰肢，动作极富弹性。我忽然想到她要是去跳伦巴会怎么样？也许古典舞更合适她，她自己会这样想吗？她是否在此刻也想到了伦巴？我也可能和她一起跳啊！虽然我摔跤不行，但我是会跳舞的。

她的高跟鞋跟稍微停顿片刻后，又轻轻地敲击了起来，我心乱如麻，不知如何是好，这个时候，隆隆的地铁进站了，当地铁呼啸进站的一刹那，她忽然往那车轮下纵身一跳。

不知过了多久，我才能想起刚才发生的那一幕：她跳下去了。她的背影像蝴蝶一样轻盈，似乎想要去扑向什么，又似乎要去拥抱什么。她的肉体几乎没有给车子的行驶造成任何影响，哪怕是让车轮稍微颤动一下呢，没有，一点也没有，车平缓地喘着气地开过去了。我记得她被车轮吞噬的瞬间，她那套玫瑰色的衣裙一闪而过，那瞬间，我分不清其中的血色和玫瑰色了。

翻　车

一

公寓很安静。楼上好像没有人住，只是偶尔能听到一个女人的高跟鞋走路的声音，然后就是关门声，她就走在电梯门边的水磨石的地面上，随之恢复了平静，但是，那个脚步声很久不再出现了。

当初选择这个公寓的时候，也谈不上怎么喜欢，只是图上班的方便，下楼步行三五分钟，就有直达公司的小公交。候车的人也不多，上车后总有空位子，这样，坐下来后还可以再眯上一会儿，这对我很重要，因为我是个不可救药的晚睡晚起的人。后来发现周围的乘客，也和我差不多。

我至今对邻居一无所知。都是偶尔在电梯遇到，彼此一声不吭，低头就过去了。有次碰到过一个女人，满脸胎记，青灰的色素像爬墙虎似的爬满了她的脸，余下一只眼眶的肤色是正常的。还有一个坐轮椅的男孩，不到十岁，也没人帮他推轮椅。这男孩很高兴的样子，自如熟练地转动着轮椅，好像在玩大电动玩具。对门的邻居是我迁入这个公寓很久以后才在电梯里碰见的，是一对老年夫妇，男的秃顶笑嘻嘻，好像不在看我，可眼睛的余光却一直没有离开我，令人惊讶和厌恶的是，有一次他刚走进电梯就放起一串屁来，声音像熬得很黏稠的粥发出的咕嘟的“泡泡”声，而他则神态自若，全没把这当回事。女人则总是以揣测的神色和蔼地看着我，让我很不自在。有一次那女的问我“一个人住？”我说是的，她的脸上即刻显出暧昧的笑，接着又问在哪上班，是哪里人，头发在哪里做的，我开始腻烦，心里想说在殡仪馆上班，以便一劳永逸地结束和她的谈话，但嘴里却说出了我上班公司的名字，她马上说："是音乐老师啊，很高雅的，唉，我喜欢有文化的人！"我低着头，不再吭声，好在电梯的门这时打开了。

一个陌生人对我表示喜爱音乐的事有过无数次了，不知怎的，每次都会引起我的不悦甚至折磨，我想起在卖猪肉的摊子上，那个满身血腥的摊主满面红光地说自己的孩子正在弹马勒的曲子。我也知道自己这种优越意识有失公允，是啊，人家为何就不能弹马勒，人家还要弹莫扎特和巴赫呢，但我还是感到折磨。

我的最后一次个人巡回演出已是很久以前的事了。自从那时起，就不再有新的合约，也就不再有收入，这样，我不得不找些别的工作。开始的时候，我在这座城市里的几家五星级酒店找到了节假日活动的独奏邀请，而平时呢，在一些酒吧里也有点类似的活。这样混了几年，情况有了些变化。五星酒店不再邀请了，酒店找到了一个更为时髦的也更为省钱的办法，就是一切钢琴曲目的弹奏，全被电脑程序的演奏取代了。你会看到一架钢琴的琴键自己灵巧准确地起伏，不再需要什么演奏的人了，更不需要什么钢琴家了。这种无人演奏，我曾偷偷地从旁观看过。

那天，我提前到了。我将自己打扮成一个游客，坐在大堂的沙发上，点了一杯咖啡。这是一个愚人节的活动。哎，不知从何时起，同胞们也时髦过这个洋节日了。钢琴曲目有炫技的李斯特，纯真的贝多芬的《致爱丽丝》，除了这首《致爱丽丝》和《第九交响曲》，估计这座城里的大部分人是不知道贝多芬还创作了别的什么作品的。《婚礼进行曲》呢，我敢打赌，绝大部分人，结过婚的和没有结婚的人，根本不知道作曲家是瓦格纳的，他(她)们铁定认为《婚礼进行曲》是出自一个帅哥作曲家之手，甚至一个小白脸之手。此外便是《少女的心》，最后压轴的曲子是《黄河》。

演奏的顺序是滚动性的，这种轻浮的搭配，使愚人节变得名副其实了。我早已习惯这种将不同类型的经典曲子在公众场合混搭演奏的事，但当我看到那些琴键若有神助地自行起伏弹奏时，我傻了。机器的，无人性的，无人味的又极其准确的声响，使我周身寒彻。那些古典金曲就这样被彻底地奸污了，我看到听众的好奇和酒店大堂经理自我炫耀的神气，继而观众热烈地鼓起掌来。我放下那杯凉了的咖啡，走出去了。

五六年前，我在一家儿童音乐培训的公司谋到了一份老师的工作。收入还可以，但我刻意不去弹奏那些我曾经演出时的曲目，而弹些别的，比如《少女的心》《摇篮曲》《天鹅湖》之类的曲子，这样的取舍，使我在工作时像在做别的事，比如像在餐馆打工，与我自己心中的音乐没有什么关系。我依旧爱我喜爱的那些音乐，但它们离我越来越远了，或者说变成我自己的私密爱好了，有点像我自家后院的花园，杂草丛生中有一个清澈见底的池塘。在那段我职业生涯低谷的时候，我居然有了作曲的冲动，某些旋律不知从何处冒了出来，又迅速消失。我觉得很可惜，虽然不是什么经典大作，可却是出自我自己的心里，不难听，甚至是好听的，几次下来，我就坐在钢琴前把它们记了下来，而有些呢，因在外边，身上又没有纸笔，无奈就永远消失了。我为此感到失落，像丢失了一个珍贵的好友。然而不可思议的是，当我坐在小巴上班的路中，确切地说是每当路过那个同样的地方，那座桥的时候，那个被遗忘的旋律忽然又零落地冒了出来，我又能像背诵一首旧曲子那样把它哼出来了。开始我觉得有点可笑，怎么会这样啊，那就是座普通的桥而已，那种常见且单调的，没有任何特征的水泥桥。我本是不信这种事情的，但在之后又间断地发生过几次。

我已无法靠音乐演奏赚钱谋生，我常弹的那些曲目，现在只能作为私密的音乐体验了，奇怪的是，正因如此，它们也好像越来越亲近我，向我隐隐浮现，尤其肖邦的夜曲和即兴曲，我自认为对它们的理解要比从前贴近多了，我感到那些曲子好像是专为我写的，如果我现在来弹奏的话，我心中的听众也可能只有一个人，我为这个人弹，开始不知此人是谁，那个形象很模糊，后来发现那个人是我的父亲。

父亲生前是个铁路机务处的小处长，日日准时上下班，一杯茶泡开后就在办公室坐足七个小时。春去秋来，如此过去了很多年，直到他死。父亲死后，我去他的办公室收拾东西，发现他的那张凳子都已经被坐出了轻微的凹陷。

他在外面话很少，回到家和母亲的话也不多，母亲曾对我说她嫁错人了，但对我而言，家里有限的欢乐都是父亲带来的，在我眼里，他是个完美的父亲。我喜欢他讲的那些历史故事，听他弹古琴，我的音乐启蒙就是来自我的父亲，我知道他一生都在从事着自己不喜爱的工作，有着巨大的遗憾，所以父亲那个时候总是对我说，不要结婚，婚姻是假的，去做你自己最喜爱的事，那才是真的。记得当时我想，父亲如果不结婚，不就没有我了吗？

我是早产儿，早出生了将近一个月。是雨天，父亲骑三轮车带母亲去医院检查，在回家路上的一个大下坡的转弯处，迎面开来一辆大货车，父亲躲避时转弯急了点，翻车在地，母亲当场腹部剧痛，被送进了医院，母亲大出血，但抢救总算及时，逃过一劫。父亲后来说，要是再晚半小时的话，我也要被脐带绕颈而死了，正因如此，母亲不太喜欢我，而父亲则是格外疼我。

父亲在死前给我留了一笔钱，是趁母亲不在的时候偷偷塞给我的。我理解他的苦心，这笔钱后来在我本科毕业后被我拿来用作研究生升学的学费，我什么也没有告诉母亲，可是她好像什么都知道似的，她总是说在我们这个家里，只有我和父亲是真正的亲近，而她不过是个局外人。母亲后来再婚，找了个和父亲完全不一样的男人，一个喜欢做菜喜欢打牌喜欢热闹的人，头顶微秃，脸色红润，当我看见母亲和这个人一边包饺子一边乐不可支地看电视剧的时候，我感到母亲终于找到了自己的归宿。那年放假回家，进门时，家里摆设大异，母亲已把父亲生前所有的东西都处理掉了，完全没有丝毫父亲生前的痕迹了，就好像他从来没有在这个家存在过。

小时候练琴，我每次一弹，父亲总是以赞许的眼光看着我，弹错了他也知道，这时他会试着弹那个我弹错了的地方，虽然他也不一定弹得好，但这样的事，让我感到他在理解我，体谅我，鼓励我。我知道在他的眼里我是唯一的，他对我寄予厚望，觉得我应该是个艺术家，其实我觉得自己很平凡，不过是芸芸众生中的一个人，我常常觉得困惑，也觉得对父亲怀有愧疚。

父亲生前的另外一个爱好就是摆弄植物，家里的阳台上满满的都是他种的花花草草，山茶，茉莉，文竹和绿萝，有些植物我也叫不出名字，父亲有时候在阳台上一待就是半天，松土，施肥，精心调理，闲时便看着它们发呆，抽烟，不知他在想什么。有一次，君子兰开花了，白色粉色，香味清幽，父亲说，这是它们第六次开花了，每次都像第一次开花似的，而且每次花的色泽不大一样的。一天下午，我练完琴的时候，父亲忽然对我说，他这一辈子还不如一盆君子兰。

父亲也喜欢绿萝和文竹，因为它们好养活，父亲喜欢它们旺盛的生命力。我当时上初二，科学课里正学到植物的嫁接，于是对父亲说如果把你喜欢的这些植物嫁接一下，成为一种植物又兼众物之美，那不就省事了，父亲笑了，那是他少有的开心的笑，说那不就成了“四不像”了！我说那有什么关系呢？父亲说，那就没意思了，文竹应有文竹的样，绿萝应有绿萝的样，它们都有自我，尽管那也许是很弱小的，单调的，可那就是它们的本色啊。当时我并没有觉得父亲说服了我，我觉得他老了，缺乏想象力。

父亲死后，他养的这些植物也很快地死了。我后来把那些死掉的植物的种类，君子兰、绿萝、文竹，都依次买来，放在屋里，我怕它们被我养死掉，便买来植物种植指南，细细阅读，我感到自己正在读死去的父亲。我不厌其烦地给它们松土，浇水，晒太阳，我和它们说话，问它们问题，有时还对它们说着父亲的名字。一天天过去了，这些植物长得很好。看着它们，我心想将来我死了，它们也会死的吧。

有一次我在报上读到一篇豆腐块大小的文章，说植物也是有记忆的，读完之后感到虽然并没信服，但心里却寻思和惦念起来了。那些君子兰、绿萝和文竹在我眼前忽然不再是从前的它们了，我也想到，果真如此，那些父亲死后也随之死掉的植物的记忆，会分解到土壤里流散融合到水里，然后又消失到哪里去呢？

有个乐队名字突然跳进我的记忆里，叫“黑森林”（Deep Forest），既然是森林，树的种类就千千万万，乔木、灌木、草本，里面会不会有一棵树的“记忆”里是有关我父亲的，那棵树可能没有长大，可能是榆树、枫树、香樟、橡树，会不会得了病，会不会影响它的记忆，我和父亲曾经的欢乐时光，我那曾经弹错的曲子，会不会还残存在里面？不知道为什么，我流了泪。我突然感觉得到了安慰，我感到父亲没有死，他还活着，他终于变成了一棵他喜欢的树。我立刻在网上搜索到“黑森林”乐队的音频，发现有四首歌曲，我就按顺序播放。第一首歌并非是这个乐队的，但却与自己的期望契合，没有歌词，但好像什么都含在里面了，尤其是里面的那个遥远的口哨曲子，真是动人心弦，我被深深感动了，然后怀着更大的期待播放下一首，“*Shell Shocked*”，声部是假声，听了很别扭。再换其他两首，意境大异，完全不对了，那个粗野沙哑的男人的嗓音像是一个漏风的塑料袋，嘶嘶拉拉的，这个嗓音跟父亲有什么关系？我想不出它们之间的任何联系，我一时迷惑了。

二

在这个公寓我生活了十多年，搬进来时我还年轻，上礼拜，当续签房租合同时，那个下午，我感觉自己老了，是一个渐渐走向沼泽地的女人。对这个年纪的感受，我已经不再尴尬，再过那么两三年，就要四十岁了，我现在的心思好像全在怎么去体验和适应四十岁，而非对“已经三十七岁了”的感伤。人心的老，不是自己心理对现状的反应，而是对未来老态的超前体验，并沉浸在里面不愿自拔。

认识倪莉已有十五年。这些年里，她似乎唯一在做的事情就是不停地结婚，离婚，然后又结婚，她对结婚的癖好和离婚的癖好是相等的。对结婚，她喜欢它的仪式，排场和鲜花，也许还喜欢誓言的信誓旦旦，从中得到某种安慰或充满喜感的庄严，尽管这些誓词她早就倒背如流，但每次结婚，证婚人问道：“你愿意嫁给你身边这位男士吗？爱他，忠诚于他，无论他贫困、患病或者残疾，直至死亡，Do you？”她每次的回答总是像第一次那样肯定、坚决、感情真挚、毫不犹豫：“Yes，I do！”她总是坚持要在彩色的气球装饰下举行盛大仪式，同样，每次去离婚的时候，她也是那样肯定、坚决、毫不犹豫，一大早就红光满面地跑到民政局去办手续。

我们在西溪湿地旁边的一家叫“懒懒”的咖啡馆一边喝着咖啡一边闲聊，倪莉一般不喝咖啡，她总是说含有咖啡因的饮品喝太多了对皮肤不好，在美容这项女人的终身事业上，她一直都兢兢业业，严肃认真。天气相当好，在这样一个梅雨季节，这么好的太阳很少见。倪莉今天的打扮是一个标准的中产阶级的太太的打扮，是春季色调系列里的杏黄，所以更增添了阳光感。条纹的阔腿裤，上身是紧身的杏色针织衫，围巾依然是她的风格，花花绿绿的，脖子上戴了条金项链，银币那样大小的黄金链带连着一大块甲虫形的黄金。我有点担心那沉重的金块会把她的细长的脖子拉断。倪莉比我大两岁，今年已经三十九岁了，但她看上去要比我年轻，因为不管真假，她总在和男人约会。我不得不承认她比我热爱生活。她曾经去韩国一家知名的美容医院做过微整形手术，因而嘴角总挂着电影明星般的微笑。

倪莉喝了一口柠檬水，灵巧地把牙缝里的柠檬肉弄掉，然后对我说："你知道的，我又结婚了……嗯，这位不一样……"说着，她脸上竟露出了不自在的表情，眼睛也没有看我，继续说："希望你可以当我的伴娘，顺便我希望你可以在我的婚礼上演奏一些曲子，你要知道，这可能是我人生的最后一场婚礼了。"

我扭头往窗外望去，有个小孩在踢一个瘪了的气球，他一脚把球踢到了一个枯草丛里，接着急速地钻入草丛去追寻，好像那个球会跑掉似的。过了会儿，那男孩捧着球无精打采地出现了，走到草地空处又是踢了一脚球，这次那个球被踢得很高，然后落在了男孩附近，一弹一跳地滚到了一边，男孩看了看，不再理会，无聊地坐在草地上。

我答应了倪莉的要求，她满意地笑了。笑的时候，她眼角还是露出了皱纹，看来她注射过胶原蛋白的效果很有限，毕竟，地心引力的作用，不是一两针药剂能够改变得了的。她对于这场婚姻并不开心，我是知道的，正像前几次结婚时一样，我忽然期待看到她离婚时的情景，尽管那也没什么特别之处。

我们又继续闲扯了一会，基本上都是一些无意义的事，然后在咖啡馆一起吃了晚餐。牛排的味道依旧不错，只是稍微烤焦了点，我不喜欢两端烤得发焦中间却血淋淋的牛排，也不喜欢烤得发灰的过熟的，倪莉则不同，她的牛排最多只有三分熟，她切下了一块还带血的肉，张大了嘴，把肉送进了嘴里。

回到公寓时已快十一点了，我已经很少在外面待到这个时间，我不知不觉地在沉寂的夜色中睡着了，醒来时天色还是黑的。我昏昏沉沉，一切似乎都很遥远，我好像在另一个世界里。想到倪莉，想着她面对的漫漫黑夜，是否和我面对的漫漫黑夜是一样的？

公寓外面的高架桥传来的轰轰隆隆的声音，那个声音既像是发自一个沉闷的空间，又像是在一个巨大的遥远的空间里沉沉回响。这么多年，我已经习惯了这种声音，很多时候，只有在听到这种声音的时候，才能使我平静，我幻想着这个声音来自一个巨大怪兽的喉咙中，那喉咙像个隧道，黑暗而血腥地向我张过来，直至把我吞没。我想起有一年在长岛的海滩上，天色暗下来，不知怎的我被冲到海里，我在翻滚的海水里听到了某种怪兽的咆哮声，那声音就是那“轰轰隆隆”，只是它离我更近，更剧烈，我慌慌张张地把头伸出水面，游回岸上。那是我第一次知道什么是恐惧。

躺在沙发上，我看着沙发垫子那精密的重叠的小方块图案，一个方块叠着一个方块，无穷无尽，这个毫无引人之处的图案，今晚看见它，不知道为什么，我却感到害怕，我感觉那里面躲着一个经验丰富的杀人犯，而我是他现在的目标，是他可以预见的一具女尸。“他”将会以什么方式把我杀死呢，是将我勒死还是用匕首把我刺死？我看到自己身上鲜血四溅，处处像玫瑰开放。

在这样一个天色灰冷的凌晨，我幻想着自己的死相，我想我预见的图像并非空穴来风，我知道自己的命运不会有第二个结局。

三

江边总是有人钓鱼。我发现鱼上钩被钓上来的一刻，鱼嘴半张，眼神惊愕，鱼的眼神仿佛永远是惊愕的，好像永远处在不知道发生了什么的状况，我想人倒霉的时候，多半跟鱼一样，被一根无形的线给拽了出来。

据说鱼的记忆只有十五秒，十五秒过去就不再记得原来的事，一切从头来。所以鱼来不及伤感，这是冥冥之中的一种精心设计：不论悲伤和快乐，持续的时间只有十五秒。很公平，因此快乐来不及变成狂喜，悲伤不至于自杀。如果可以变成鱼就好了，这样便可以忘记很多不开心的事。

那年第一次做人流时，我感到了彻底的孤独。进手术室之前关上的是病患者和亲属之间的最后一道门。在那之后发生的一切，就是病患者自己一人必须面对的了。可能什么事也没有，也可能是诀别。我独自一人，没有人陪伴，没有人诀别。我在那张“同意手术协议”的单子上签完字，看着那道门关上后，走进了手术室。

躺在冰冷窄小的手术台上，晃眼的日光灯下戴着白口罩白帽子穿着白大褂的陌生男子的目光，也是冰冷的，我觉得在他眼里自己是个动物，是屠宰场里的一只动物，接下去的一切程序都是既定的，走个过场而已，但我真不知道这个过场走完之后，等待着我的是什么，是死是活，我全无预感，眼前都很正常，可我就是害怕这种出事之前的没有征兆的“正常”，我想细微体会着这个“正常”，力图记住它。

我看到他那戴着白色塑胶手套的手就那么直直地侵入我的身体，另一个男医生则站在一边观看，看着那双戴着手套的手侵入我，屠宰的时刻要到了。这时有个什么硬的“面罩”似的东西罩住了我的脸，之后就没了知觉。

这么多年过去了，每当我想到那一天，我还是会不由自主地感到战栗和恐慌，更准确地来说是一种前所未有的挫败感。

那是父亲死后的第二年。我二十七岁，第一次和男人正式约会，也是我第一次专门为一个我父亲之外的男人做饭。我承认这次约会与其说是想谈恋爱了，不如说我是在寂寞之中试着填补父亲去世后，我心里留下的巨大的空虚。

巷口的那个小超市，我天天去的，天天机械地填满我的篮子，因为他，我对那个店有了新的发现。他喜欢什么？我一无所知，我想到了父亲，父亲是爱吃甜食的，如果他也喜欢父亲喜欢吃的那几道菜，我就不用临时再去学做别的菜了。他会因此像父亲那样与我心心相印吗？或者他因此是个类似父亲那样的男人吗？走在货架间，时间一分一秒过去，我的菜篮子里还是空的。

好像什么都想要，又总是犹豫不决。新鲜的蘑菇和西红柿，还有西兰花，我想应该买些肉吧，所有的男人都爱吃肉，红肉白肉都无所谓，有肉就好。我努力回想小时候奶奶做的红烧肉是什么味道，还有奶奶拿手的萝卜炖排骨。我选了块小里脊，很嫩的一块，我决定做糖醋里脊，鲫鱼炖豆腐，再来一个香菇青菜，甜品就弄红豆汤好了。

我开始打扮自己。有几条裙子可选，如何选呢？我挑了最紧身的那条裙子，配上柔软的羊毛衫。我在浴室待了很长时间，不知道是要用特别的妆容来突出我的眼睛，还是干脆保留素颜？最后还是把化好了的妆抹去了。

他吻了我，就像电影里那样，都没有先关上门。门厅里的延时灯熄灭了。进门时，我们相互挤了一下，我显得笨手笨脚。菜刚做好，我先盛到两个盘子里，然后去了一会儿浴室，把裙子上刚才不小心弄上的污渍擦掉，然后抬头照了一下镜子，端详着自己的脸庞和眼睛，我突然不再肯定自己是否喜欢这个男人。他说话的声音单薄，好像他只有喉咙而没有胸腔，让我有点失望，此外，他也过于拘谨，不善言谈，显然没有任何幽默感，但是现在就做决定还为时尚早。面对一个陌生人，我不确定他能否燃起我的爱火，使我濒临各种爱恨交加的险境。我既害怕去爱，害怕不再能去爱，更怕永远地失去爱。我害怕发展得太快，怕弄错，怕早早地看到结局又要继续佯装若无其事地将剩余的剧情演下去，甚至还要做那些肌肤之亲的勾当。

我微微垂下眼睛，一点一点地吃着，毫无胃口，就像毫无悬念地设想着下一步要做什么似的。他也沉默着，过了一会儿他终于开始说话了，我早已忘了他说什么了，也记不起来他的话题，只记得我当时对那些没有兴趣，我的话题呢，他也就是敷衍着，不一会儿，彼此便没什么话可说了。

这时，他突然说了一句他并不是很爱吃糖醋里脊，然后又宣布不爱吃所有的甜食。我想到厨房还在炖着的桂圆红豆汤，什么话也没说，但我知道，这句话已经变成了我和他之间的阻梗。我们喝着葡萄酒，显然不知道下一步该做什么，一顿吃了三个多小时又没说过什么话的晚餐，能有什么下文?

"下文"总归要来。我们从厨房来到卧室，这个"变位"似乎是唯一避免尴尬的事，可却好像在增加尴尬，可我并没感到预想的那样尴尬，似乎还算自然。虽然在我看来，餐桌谈话之后他最好的选择应是及时告辞而去，但奇怪的是，有的时候做自己不想做的事情要更容易。我是怎么了?

我们做爱了，确切地说是"做了"。我明确地感到这是与他的第一次也是最后一次，这就给了我自由和意想不到的动作上的随意。这奇怪的动作不受任何约束，没有任何暗示，没有爱的做爱，居然还有些投入，我身体里的动物性那天晚上苏醒了，那个动物性引领着我渐入高潮，把红晕泛在我的脸颊，胸和全身，周身的黏汗把身体里的热度传递了出来，汗终于变得湿凉了，我也醒了过来，裹上被子，合上了眼睛。

之后，谢天谢地，好在他没有在我身边睡，而是在黑暗中整理好他的东西，窸窸窣窣地穿好，这当中我听到他的裤带的金属头碰到床框的清脆的声音，他的皮鞋重重地碰到地板上，他屈身系鞋带时发出的轻微的喘息声，然后，他终于走了。我没有送他。我留在床上，又变回原来的那个女人。第二天早上，我把厨房收拾一新，把桂圆红豆汤倒进了垃圾桶，又把整个房间打扫了一遍。

两个月以后，我发现自己怀孕了。最初的反应根本不是像别人说的那样，是奇怪的，我对自己子宫里的那个生命的胚胎没有任何亲近的感觉，甚至感到体内的那个子宫在履行着别人的义务，与我自己则完全是无关的。但让我最终决定做人流的是一个说不清的原因，一个不可思议的现象，我怀孕后，总是有些蚊虫围绕着久久不散，赶也赶不走，就好像我是一个什么更大的蚊虫，甚至还招来了另一种花纹蚊子，它的尺寸近似一粒小葵花籽，身姿矫健，叮人狠毒，从它的兴奋激动中，我感到自己身体出现了变化，两天后，我独自去医院做了手术。可是手术后被护士用轮椅推出手术室的那一刻，我却莫名地不由自主地哭了。

四

倪莉的老公六十多岁了，这点倒是让我略感意外。她以往的几个丈夫里，我见过两个，都身材魁梧，与她年龄相当，那个时期可能还是倪莉的白马王子的梦幻期。眼前倪莉的新郎官，身高只到她的胸部，我不由得看了倪莉一眼，她明白我为什么看她，露出了歉意的微笑。

白色纱裙的伴娘礼服挂在试衣间，在灯光下显得略带一丝微妙的淡紫。倪莉很细心地给我准备了配裙子的鞋子，芭蕾款式，让我想起我十岁时粉色的梦，那是我第一次登台的行头，那次表演，我弹的是一个难度很高的曲子，我很轻松地就拿下了，并获得了一片赞赏。老师们都不停地夸我是音乐小神童，我还记得父亲脸上为我骄傲的闪闪发光的神情，现在想起来就像昨天一样。

今天又要穿上这种东西了，虽然已事隔这么多年，可我依然感到其中的这个循环是这么小，这么快。老女人穿白裙子是可笑的，好像把我忽然放在手术台上的众多的无影灯下，所有的细节都一览无余，我不由得捂住了脸，不想看自己，那个残酷的镜子里面的影像。

此刻，倪莉也在镜子前，正把两片硅胶垫子往内裤里塞，她想把自己的屁股弄得丰满一些，但位置总是欠准确，弄了几次还是不行，于是转身猫腰看着自己的屁股，我想到猫捉自己的尾巴的定格画面，于是上前帮她。倪莉立刻白眼翻了我一下，埋怨起硅胶材质的不服帖，说现在韩国有种新材料的屁股垫特别柔软，经得住摆弄，然后对我的屁股瞄了一眼说，唉，你不需要这些，不然我搞定后，你可以接着用，不用再烦神。

硅胶垫终于贴牢，倪莉的胸罩又因为刚才的猫腰动作松动了，于是她又咧着嘴忙着招呼，把胸罩的肩带往上提了提，又把胸肉往上挤了挤。由于那个地方也有硅胶垫，所以倪莉又开始埋怨了，一边埋怨一边穿那件紧身塑身内衣，颇有节奏地嘟囔着：“我叫你松，我叫你松，我看你还松不松！”后来结果差强人意，她便对我说：“帮我，帮我啊，扣下扣子，快点。”

我说你原来的胸还蛮大的啊，怎么了？她说：“乳腺癌，去年得的，左边的割了，右边的也就萎缩了，唉！”听了她的话，我即有摸摸自己胸的意识，于是也感到它们的存在。这时她贴着我的耳朵说：“别怕，有男人了，也就不容易得乳腺癌了。”我于是想问，你那么多男人，怎么也得呢？可没好意思开口，而她这时已经把自己料理停当，开始套婚纱了。

花童是倪莉的两个外甥女，白色泡泡裙，花冠颤悠悠，刻意华丽，刻意安琪儿，但一切还是动人的，四处都是鲜花，然而那些扑鼻的芬芳不是自花散发而来，而是不知何时喷洒上去的人工香料，巨大的彩色结婚蛋糕，尺寸不等的葡萄酒成箱抬进来，香槟酒杯、葡萄酒杯、鸡尾酒杯、白酒杯，各自井然排列成阵，几个身穿制服的漂亮的礼仪开始往那些杯子里缓缓斟酒。乐队的弦乐手们开始校音了，因此产生的杂音倒也增添了不少热闹，嘉宾来客的人群中永远也听不清的“人声”里忽有爆笑，孩子的肆无忌惮的叫喊和哭闹，背景音乐又悄然换了个曲子，旋转的灯光妩媚地将所有人和物的影子会合起来后又分离开，如此循环往复，整个晚上都会这样的。我终于理解倪莉为什么那么喜欢婚礼了。

随着音乐的升起，倪莉走出来了，灯光下璀璨夺目的白纱新娘礼服，妖娆而纯洁，一层层细浪似的裙摆，裙边钉着亮片，闪闪生光，异常瑰丽，随着轻盈而从容的步态温柔地涨潮又轻微地叹息着落潮。她的发髻上还戴着一顶钻冠，虽然那不过是奢侈的装饰品，但我还是没想到它真可使一个女子如此的容光焕发。一时间所有人的目光都集中在倪莉身上，她美得像一个祭品。

我不由得走过去拥抱了倪莉，说：“你今天美极了。”她说你也是，你今天也像一个新娘。我们紧紧拥抱，不知道为什么，此刻我感到彼此的了解前所未有，同时又含有意料之内的荒凉。

宾客多半都是三口之家，四口之家，再不济也是结对而来，除了我自己之外，看不出有独自一人来的。闹哄哄的一张张圆桌，坐满了人，衣裙窸窸窣窣，酒杯叮叮当当。倪莉兴奋地要我弹几首钢琴曲助兴，我当然欣然应允，我选了《卡农》，弹完后，接着弹《卡门》和《舞蹈至死》。

我的手指热了起来，我已经记不清有多久没有这样在众人之前弹奏了，人声更加喧哗，我斜眼看到人们在戏弄新娘，他们把可乐挂在倪莉的乳房的位置，可乐瓶中插了吸管，有人开始像吸奶似的吸吮着可乐。倪莉的表情我在这边是看不清的，她好像也有点喝高了。

我开始弹《玛祖卡》。肖邦的这组《玛祖卡》节奏铿锵有力，弹着弹着，我自己也兴奋起来，我感到自己整个人畅通了，于是忽然心血来潮，换了自己最喜爱的肖邦的《即兴曲》和《夜曲》中的第三乐章，那是我最喜爱的肖邦音乐，但是，刚开始弹奏的前几分钟里，我就已经意识到这无疑是个愚蠢的错误。这是个前一乐章节奏较慢，第二乐章的强度和节奏起来，第三乐章又回到第一乐章的音乐节奏和意境的曲子，我在第一乐章时根本没有发现这种选曲的不适宜，我自得其乐，沉浸在这久违的音乐氛围里。

因为大堂众人的哄闹，我略加强了指力，音节调高一度，但还是无济于事，于是弹得再强点，然而这样一来，夜曲就不再像夜曲，而像进行曲，肖邦变成军乐队大队长了，怎么会这样啊！我感到不安、后悔和懊恼，但若中途停下，又有违我的多年的职业习惯，也有辱这部曲子，有辱肖邦。我只好继续弹，弹着，弹着，额头冒汗，指尖也汗津津，指感，力度都开始紊乱，错音落了一地，我更加气馁，干脆停下，不弹了。

客人们吃吃喝喝，吵吵嚷嚷，油头粉面，满面红光，所有的人都很高兴，都沉浸于自己关注的事，没有任何人发现我音乐的中断，更确切地说，根本就没人在听音乐。

我走下舞台，随便找了个地方坐下来。周围桌上的人正在划拳起哄，接着又爆笑，我只好站起来，环视大堂看看有没有更僻静点的座位，我看到舞台左边侧门旁的桌子人很少，于是走过去找了个位子，舒口气，平息了一下自己。我感到今晚完全是一个多余的人，或者是一个自作多情的怪物。我忽然埋怨自己怎么会在弹完《玛祖卡》后弹起《夜曲》，多么愚蠢，简直是自取其辱，又让肖邦和我一起承受，而且这种事竟发生在自己离开职业演出，离开舞台之后，有些“晚节不保”的感觉，这样的心情前所未有，我直想哭，这时，旁边悠然传来一个低沉的男人的声音：“你刚刚为什么弹到一半不弹了，像急刹车似的，开始的那部分不是弹得很好吗……”我扭头看去，说话的那男人大约五十多岁，一张阴森的十足恶棍的脸，身着精致讲究的淡灰色平绒西装，系得随意的深灰细领带，鹅白衬衫，袖口的硬挺分明是浆洗过的。他继续说：“你不应该停下来。”

五

那次人流之后，更具体地说是我有生以来第一次经历了全身麻醉手术之后，我的感知和记忆力发生了一种奇异的变化，有点像一个手提电脑被重装了系统。我的视力也更好了，能看见远山上的树的投影的变化和对面楼窗的窗钩的锈斑，记忆里的事也变得更加清晰具体，可是这并非都是享受的事。

培训班里有个女生的爸爸是屠宰场的屠宰工。别的学生的家长都有各种讨好我的办法，而这位女生的爸爸却不知怎么做才好，送了我几次礼，都是血淋淋的猪腿，每次都特别诚恳地看着我说，新鲜的，新鲜的，市场上肯定是买不到的！我理解他，不用他做什么，只要他的女儿喜欢音乐就行。那血淋淋的猪腿让我做了个可怕的相关的梦，我在梦里去了屠宰场，到处都是新鲜的猪，新鲜的猪，它们都被铁钩子倒挂在一个长达几十米的椭圆形的轨道上，那学生爸爸手中的遥控按钮上的小红灯一亮，那些猪就沿着轨道运转起来；当猪转到一个特定的地方，它们肥厚的脖子就被等在那里的不断伸缩的钢刀刺入，鲜血立刻像小瀑布似的泻落，我注意到地上的黏稠浓腥的血没过了我的鞋面，我觉得恶心，一脚深一脚浅地往屠宰场的门口走去，感觉鞋底有些滑，那门口有强光射入，我以为是阳光，可走近时，我看到那学生的爸爸笑嘻嘻地正操作着一个探照灯往我的脸上照，我躲闪着，绕开那光，可怎么也绕不开，那强灯光死死缠住了我，后来我渐渐变得很轻，就从门缝溜出去了，到了外边我回头望，他不见了，也没有探照灯，我只看到那带血的刀依旧在那里极其有节奏地伸缩着，刺入那些猪的脖子，再推出，再刺入，再推出，莫扎特的《魔笛》的序曲响起了，这时，我醒了。

早晨的宁静是忘我的宁静。虽然没睁开眼睛，但无法再继续睡了，只好起来，懵懵懂懂地穿着松散的睡衣喝着咖啡，坐在马桶上闭目养神，好像还能像马那样半睡着，过了会儿，咖啡因开始起作用了，睁开眼，我看着那熟悉而又陌生的卫生间。眼前的那面墙我已经看了十年了，上面的霉迹斑驳，是楼上渗水造成的。房东叫人修过一次，不久水迹又现了出来，原来已经干了的霉迹复又润泽，缓缓地扩散得更大了，斑斑点点像女人脸上的雀斑，而在左面的斑点消融开来，层层叠叠郁郁葱葱得像个原始森林，而墙角处的霉斑的左上角，有点像厂房的墙，那种墙通常也是有风吹日晒的斑迹的，此外还有些漏水的水迹，像各式各样的动物和人的脸交错在一起，难道其中也有戴口罩穿白大褂的人吗？

客厅和厨房之间的墙角上也有一个大霉斑，不知楼上什么地方又渗水了，那个霉迹更大，形状也更怪，颜色泛绿，我想到一只巨型蜘蛛，可惜它的眼睛的位置没有眼睛，而是别的什么，好像又是一条长毛的腿，霉斑颜色近来越发鲜绿了，“蜘蛛”仿佛活了起来，我舍不得打电话给房东让人来修，随它去，让它继续长。每天下班回来，特别是周末闲散无聊的时光，望着它，感到自己有个伴。但后来那个绿色灰暗了下去，我猜楼上的人把漏水修好了，那只“蜘蛛”便开始枯萎了，后来，再难辨识它了，那不过还是一面灰白的墙而已，我因而感到若有所失。

那天，我惊奇地发现自己的脖子在流血，我用手一抹，手上都是血，我不知道血是从哪冒出来的，随手擦掉，不一会儿，血又冒了出来，在那一刻我感到不安，想到如果不管它，就这么任意让它流淌，需要多久能流掉我身体里的三分之一以至二分之一的血？到那时，我还能否像现在这样冷静地判断？估计不会了，那将是什么一种状态？也许不像想象的那么可怕，我也许依旧能够保持美丽的冷静，我想我会的，并为能这样而高兴。

可我不明白发生了什么，我仔细地在脖子上寻找伤口，没有，血还在不停地流出来，那么血不是从伤口流出来的，而是从我的皮肤里渗透出来的？我就那么站着，看那小股的血从脖子流到肩胛骨又流到胸部，先是汇合，后又分散，像一条条吱吱叫的小红蛇，在我的身上匍匐而行，临到乳沟的地方开始分叉，乱爬乱钻，我终于找到了这个血的出口，那是脸颊下面的一个小粉刺，一个几乎就要被忽视，比针眼也大不了多少的小包，却像是被打开了什么缺口一样地往外兴奋地喷血，我用大拇指去摁它，两分钟后，血渐渐止住了，我把血清洗干净，奇怪的是那个刚才还在不停流血的小口子，现在却难找到了，就好像几分钟前的流血事件不过是个幻觉。

眼前的绿萝和君子兰怎么了？也是幻觉吗？绿萝的叶子怎么大半枯黄了呢，落在桌台上的黄叶子已经蔫了，叶子的细叶茎虽然精致如常，可能更精致了，但这分明是植物死亡的征兆。君子兰的花瓣早已脱落，花粉细细地落在桌面上，叶子也开始枯黄了。上礼拜才浇的水啊，怎么了？眼下是暮春，正是它们生长的旺季，而它们却枯萎了。这是从未有过的事。父亲死后的几年里，我视它们为父亲的某种生命的存在和延续，即便这是迷信，我也乐意，对我而言这是个信仰。几天后，我信仰的绿萝和君子兰死了。我决定再去买些绿萝和君子兰。我对自己说，只要品种一样，生命则会继续，我甚至感到，每次新生代的绿萝和君子兰，都携带着新的生命内涵和秘密，为什么不呢？很可能的，这也许是逝者的新欲念的静静延展。

我去了街边那个卖花的小店。多年来，店里生意总是很好的，品种也多，还不时有新的品种。绿萝和君子兰是常见的，任何时候都能买到。可那天走到店铺门口的时候，发现店铺已经空了，我把脸贴近玻璃往里看，除了一些凌乱的枯草、包装纸和破花盆外，再没别的。我转身看着空荡的街道和偶尔来往的车辆。

回到屋里，我感到空空的。无心做事，书看不进去，音乐也不想听，饿了，也懒得做饭，随便抓点垃圾食品往嘴里一塞了事。打开电视，那些吵闹的节目只会增加我的烦躁和不安，只好关掉，继续靠在沙发上，不舒服，躺倒，躺着，什么也不想。公寓外面的那座横跨江面的大桥上又传来轰轰隆隆的声音，沉闷而悠远，不知为什么，今晚，这个我多年来早已习惯的声音，却让我心烦意乱，不再习惯了，我感到一种莫名的不安。

来到街上，我朝着大桥那个方向走去。天色已经很晚了，街上已没什么车，也没什么人，所以那个轰轰隆隆的声音显得更响，更空旷。当我走近时，看到很多大货车轰隆隆地经过，又轰隆隆地向江的对岸驶去。我想到有人说过外地的大货车受到交通管制的限制，只能在夜晚才能驶入市区。

桥面上的照明灯并不亮，而桥外侧的蓝色装饰灯则烁烁闪光。我细细察看那些蓝色的装饰灯，发现自己以前没有注意这些，可是那些蓝色的灯无疑是阴森美丽的，直直地横跨黑暗的江面，江对岸的零星灯光似乎在呼应着这边的什么，又好像什么也没有呼应，只是闪亮而已。

这时，我忽然听到一声急促、沉重而尖锐的急刹车声，是一辆从桥面开来正欲转弯到这条街道的巨型货车，因为急促猛烈的转弯而失控了，它呼啸着轰轰地向我这边冲过来，斜斜地翻倒在地，然后，我听见钢铁与地面强烈摩擦的声音，伴随着这个声音的是货物撞击地面又挤压翻滚的声音，这一切发生得突然、迅速、斩钉截铁、不可阻挡，当我缓过神的时候，一切已经静止了。

我闻到一阵浓郁的血腥味，眼前是一地从货车上翻落下来的黑乎乎的东西，近看，全是牛头，它们有的滚落在空旷的马路当中，有的撞在电线杆下而停滞，有的躺在下水口的铁栏杆处。那成片成片的牛头上的失神的眼睛在路灯下闪烁着刺目而幽冷的绿光，从四面八方向我望来。

黄眼珠

中年之后，我的生活是愈发不堪了。外遇到底还是被妻子发现，一场“沙尘暴”之后，离婚手续于十日内办妥，好在没孩子，程序简单，房子给她，存款也差不多都给了她，我又回到青铜时代——屌丝租房时代了，有点返璞归真的味道。一开始望着那空荡的席梦思床垫有点“独怆然而涕下”，后来觉得一个人生活也挺好，下班出去喝个酒唱个歌混到半夜，不再有人管，顿觉无家一身轻，但不久我又无聊了。老同学们有时吆喝个聚会，开始还有点新鲜劲儿，很快也味同嚼蜡，我也越来越不愿意参加了。我发觉那些同学都和我差不多的无聊。虽然大家奔着旧情来，但毕竟是此一时彼一时，人早已变了，忘了谁说的，儿时的友谊如同儿时的衣服，不是不想穿，而是穿不下了，真是一点不假，而且，虽然大家各有成就，有的混了官，有的混成了学者专家，有的混成了一个混混，混得不怎么样的，自然也就不大热心来聚会，来了说什么呢？时间一久，各自忙各自的，不大见面了，也好。

然而每一次老同学聚会，有一个人是永远也不来的，这么多年来谁也没见过，只有一次，那是前年的聚会吧，有人在席间说见到了，说他在大马路的中间走路，来往的车骂他，他也不理，就那么低头走，好像在地上找什么东西。他戴个草帽，身穿破烂的制服，腰间系根草绳，光脚，手挎个篮子，篮子里有盒火柴。

“我当时在开车，和他也就是一步之遥，我没看错。”说完，这位老同学冷冷地看了我们一眼，说没想到他还活着。

他叫解兆元。

他是我们那届唯一的被学校开除的学生。没人清楚原因，有说是旷课太多，有说是在外面肇事，还有说乱搞男女关系，但都没能证实，只是把他的事当作无聊时的谈资而已。

解兆元那时常穿青年装，立领子，三个口袋，走起路来很快，而且有严重的外八字，可是他的鞋子却烂趴趴，像经不住主人走路速度的折磨而散了架。我和他同届不同班，但即便是和他同班的，也没人和他一起玩。他是何等人，我不知道，能记住的就是他那野兽般的黄眼珠，疯狂的样子，浓密的微黄的胡子遮住总是讥笑的嘴角，见到谁都不理，但有时又忽然亲切地笑了，叫人吃不准他这个人是怎么回事，特别讨厌。

那会儿国内闭塞，除了图书馆那些被翻烂和永远也不会有人看的画册和别的书，我们什么也看不到。解兆元那会儿口口声声抨击学校的教学，说是拾苏联的牙慧，他曾烧了一本从学校图书馆借的俄罗斯的契斯恰科夫素描画册，这可是当时图书馆和系里教学的"镇馆"之宝啊，他为此付出了沉重的代价，照书价十倍赔偿不说，还通报批评。我那时就很喜欢契斯恰科夫，夜晚熄灯后，被窝里打着电筒都看过那本被黄眼珠烧掉的画册，为此，我还和他吵过架，他那架势，差点要把我吃掉。

他画素描的铅笔线条很坚硬，像鞭子抽在纸上，一条条刺刺的"血痕"，看得难受。我认为他有暴力倾向。但他用这"鞭子"线条画大卫石膏像，空间感、重量感、体积感又都不错，居然把大卫那英俊的味道画出来了，构图也妥帖，我真是不知说什么好，想到他那黄眼珠里面的黑瞳孔，我怀疑他的前世绝对不是人，可能是只野猫。我讨厌野猫，猫是阴险的，浑身带着夜气，当你看见它时，发现它已在打量你，吓你一跳。解兆元的眼睛虽是黄的，阳光色，但眼神却是阴的，望去恍惚，谢天谢地，好在我们不是同班也不同宿舍，否则就麻烦了，不是他把我当耗子吃了，就是我把他当猫宰了。可是他好串门，每次见到他，总看到他不时地从口袋里掏出什么东西扔到自己的嘴里，然后咀嚼不停，胡子上总粘着什么瓜子或花生皮屑，妈的，连嗑瓜子的时候他都不可一世的样子。

多年了，要不是那个老同学提到了他，我早把他忘掉了，可那次聚会后，解兆元却不时冒出来，缘由也说不清，黄眼珠子，鞭子一样的素描线条，不可一世的样子，烂趴趴的鞋。

那年春节我从外地回去看父母，票不好买，费了半天劲才买到一张慢车车票，就是那种绿车皮，这种车票价便宜，几十块钱一张，过年过节回家，草根族就靠它了。火车到站时是凌晨三点，走出灯火通明的火车站后，街道就渐渐隐在黑暗里了。

我在离车站几乎一里路的地方才打到了出租，司机一副懒洋洋的样子，打着哈欠问我到哪里去，我说了地名，他说这么近还打什么车，走两步就到了，我操着当地口音说不近啊，至少有四五站路呢，他听出我是本地人，恹恹地叹了口气，说上吧上吧，倒霉！我感到非常内疚地上了车。一路上，司机把广播音量放得很大，一言不发，也好像防范我说话似的，我由内疚转为深感自己的多余，这样两人一路无语，广播里音乐一路高亢地驶入这座正日益扩大的小城市。

父母家在环城南路的一个单位大院，大院大门面朝西南，位处城市的一个小闹区，闹区归闹区，这时却是安静的。保洁工竟已在扫地了，唰唰唰的声音好清脆。我看了看手机上的时间，三点半多一点。我拎着行李下了车，站在单位大门口犹豫了起来。此时也是父母正睡得最香的时候，我虽然有钥匙，也不好哐啷啷地开门弄醒两位老人，怎么办呢，传达室坐着一个保安打瞌睡，另一个人在打量着我和我的行李，旁边一把竹藤椅子空着没人坐，好像等着我，我坐了下来。那一直看着我的人好像总想审问我一下子，结果还是没开口，将目光转向别处。打瞌睡的那个保安的呼噜声更明确了，快天亮的时候，也正是人最困的时候，我刚坐下不一会儿，也困了。

我忽然被什么声音惊醒，是保安的嚷嚷，同时又有一阵急促的脚步声传来，我看到大门口外边有一个人跑了过去，他跑的步子有点像鸵鸟，速度不慌不忙，严重的外八字，头戴一顶草帽，紧跟在后面的那个人分明是追赶他的。此人一身白，连鞋也是白的，矫健地追着他，我觉得他很快就会追上，于是我一下就全醒了，跟着刚才嚷嚷的那个保安跑到了大门口外，果然，“一身白”已经在猛烈地踢着倒在地上的那个人，与其说是踢，不如说是用脚在跺他的头，那鞋也是白的，皮鞋，跺在头上的声音并不响，闷闷的，显得力道非常凶狠，脚脚要命。地上那个人完全不挣扎，只在那哎哎地喘气，那人继续跺，我冲过去对他说，你他妈的要把他跺死啊，那“一身白”有点吃惊地看着我，好像有点意外，说，他妈的，他抢我手机。我说抢你手机也不至于要把他弄死啊。

这时又多了几个围观的人，晨练的人吧。这些人都盯着那个躺在地上的人看，对“一身白”毫不注意，我发现地上那个人已经不再喘了，他满脸是血，头下有一片东西在湿湿地漫开，也是血，很多，越来越多，我于是寻找那个“一身白”，他还在那，这时却装成了一个围观的人，他发觉了我的目光，有点害怕，我说你打一二〇，出了人命你要负责，他说手机没了。旁边一个人打了电话。

救护车约二十分钟后来了，在我们眼前开了过去，又转回来了，估计是司机走了神。车停下，出来了两个人，拿出了一个很窄的担架，也不问些什么，直接把地上那个人拉起来，那人就坐在地上了，昏黄的路灯下的那张“血脸”五官模糊，两眼迷迷糊糊地闭着，像还没睡醒，耳朵里还在往外流着血，救护人员往他头上套了一个像睡帽的东西，然后把他平躺着放在担架上，我这时又在寻找那“一身白”，他已经没影了。

救护车要离开了，引擎却熄了火，于是大家都帮着在车屁股后面推，推一下，司机加一脚油，再推一下，司机再加一脚油，终于启动了。启动了的救护车一溜烟地消失在天色微明的马路上。围观的人慢慢散去了，车来人往，不到十分钟，地上的血迹就模糊得不能辨认了，那落在路边的草帽，也被一个买早点的人拾了去。

我看看时间，五点多一点，就来到父母住的那栋楼。楼道里还是没人声，都还在睡吧，我拿出钥匙哐啷啷地开了父母的门，门刚一打开，就看见母亲已往门口走来，她好像正要来开门，见到我，她说，回来啦。我问爸还在睡？母亲说还在睡。我向父亲的卧房探了一下头，听见了父亲打呼的声音。

父母退休在家快十年，身体都大不如以前了。开口闭口都是过去的事，我每次春节回家除了见见老朋友老同学之外，基本在家陪父母聊天，他们那些往事，我不知听了多少遍了，说实话，早就腻烦了。但为了不让他们扫兴，每次我都假装第一次听见，还不时插话，了解详情。有一天父亲问，你原来艺校的那个老师叫什么来着，就是那个瘦瘦的，有心脏病，说话文绉绉的那个，我说早死了。早死了？多早？我说，五六年前吧。父亲听了没吱声，说大院里那个居老头，也死了，他自己作的，跳广场舞，跳着跳着就栽地上去了，还有那个洪大麻子，身体好吧，每天早晨出去遛鸟，逛旧货摊，有天死在回家的路上。家里人接电话后赶去，人已经没气了，鸟笼子里的鸟还在那跳上跳下，吱吱哇哇乱叫。

那天照例早早吃罢晚饭，之后接到一个电话。从来电显示看是一个陌生号码，接听后没说两句，我就听出是谁了。她是刘悦，艺校时的老同学，那会儿她漂亮，我追过她，没追上，以后也就没有音信了，今天她的电话有点突兀，她怎么知道我电话号码的呢？这么多年了，她在哪儿？她的声音细听也老了，显得“笨重”了，人的模样可想而知，我不由得想到她当年的样子，苗条的身材，秀气的杏仁脸，一笑起来嘴角的酒窝若隐若现，最动人的是她纯净的透着浅蓝色的眼白。

我们大约通了一个小时的电话，也许还要久，彼此沉浸在往日时光里。我忍不住地对她说，你知道吗，那时你是舞蹈班里最漂亮的女生，全校公认的美女，电话那头传来了叹息，说，哎，那都是多少年前的事了，何况当年我们班最漂亮的女生怎么可能是我，是那个后来进了剧团的沈兰啊，人家后来嫁了个有钱人，和现在的我相比，那是一天一地了。我听出了她口中的隐隐的沮丧和失落，于是安慰道，哪里哪里，被绘画班男生公认的美女才是第一美女啊，而且这是群众的意见啊！她听了不由得格格地笑了，这个笑声动人如初，我仿佛“看”到了当年的她，我趁机约了她喝咖啡，她略迟疑，很快也就答应了。我们约好了时间和地点，然后彼此道了晚安。

挂了电话，我站在窗边往外望去。窗外不远处是大院的院墙，外面有一片小树林，冬日雨后，湿黑湿黑的，后面有一条护城河，河面的波纹平静而黝黯，路灯将一个个圆形光斑投射在河面上，使那条“亮链”如同一条长着斑点的黑色响尾蛇。

这么多年过去了，父母不可阻挡地老了，大院老了，水泥楼梯老了，电线杆子老了，我也老了，大门边的泡桐树和那个小树林却年年吐芽绽新，每次都好像平生以来第一次发芽似的那样认真，那样全力以赴，墙上的爬墙虎也岁岁蔓延，当它们爬到楼顶的时候，便无处可去了，有点壮志未酬似的。

刚上艺校那会儿我多大？十八九岁吧，真年轻啊，年轻得我都快忘了自己也曾经这样年轻过。那时，为了参加艺术学校的考试，请假复习，学校不批准，我找了后门，到医院割掉了扁桃体，争取了两个星期的假，我就是在那十二天里，伤口流着血，身上淌着汗，嗓子肿着复习那些可恶的语文、政治和什么鸟历史，连咽水时伤口都疼，不料居然考上，也该考上，不然真是对不起离我而去的两个鲜活鲜嫩的扁桃体了，它们在哪？当时手术医生把那两颗扁桃体放到白色的瓷盘里给我看，并说看看吧。那两块肉真像菜场里刚宰杀的鸡肚子里扯出来的血淋淋的鸡胗，那一瞬间，我琢磨这是否取自我的喉咙，那医生看了看我，略停顿片刻，像在给我和那两块肉永别的机会，然后就端着盘子离开了。

那时的升学委实不易，每个考生可能明里暗里都有自己的故事，不说也罢。刘悦是舞蹈系里的女生，现在想来，她当时真是漂亮，身材也好，腿和胳膊都很修长，尤其出挑的是她的长相有点像是混血儿，骨相眉宇都有点像外国人，后来听她说她父母都是土生土长的湖南人。记忆里，夏天她总爱穿一条灰白格子的长裙，配一双白球鞋，走起路来轻得像一朵云。她的身材比例在我们这些学画画的男生眼里看来，是标准的九头一身，我们常常私下说要是刘悦能给我们做次模特该多好，裸体不敢奢望，但能画画光着的腿也是好的啊。那时很多人追过她，包括我，但都被她一一无情拒绝，大家都觉得她根本看不上我们。有个声乐系的男生不知用了什么招，成功地把她约去了公园，结果差点出了事——那男的在遭到拒绝时使劲掐她的脖子，幸亏当时天没黑，公园里还有些人，听到喊声跑来报了警，才救了她一命。后来刘悦就不见了，有人说她休了学，有人说她去了外地走穴，总之再没见到她了，直到毕业时，在舞蹈系毕业表演的演出上，她才忽然亮相。她演柴可夫斯基《天鹅湖》里的黑天鹅，光芒四射，造成轰动，她那绝佳的舞感和一身黑的打扮，美得让人发呆，远远盖过了女一号白天鹅，那晚整个舞台是属于她的。可自从那晚惊鸿一瞥之后，我们大家就再也没有见过她了，如说起她的时候，几乎全部都一致认为她傍了大款逍遥而去，于是纷纷感叹在金钱面前艺术是何等脆弱和不堪一击。

第二天去约会地点，我特地早到了十五分钟，倒不是紧张，好奇而已，路上我还买了一把小雏菊。经验告诉我，无论如何，女人总是喜欢殷勤的男人的，对大龄女人来说，更是如此，她们需要更多的殷勤和眷顾。果然，当刘悦缓缓走来的时候，我发现她的眼光率先被我手中的那捧花吸引过去了，即露出愉快的甚至感激的神态。

那天她是一身黑的打扮，这个用心，使我觉得她的可怜。这么多年过去了，难道她还活在过去的辉煌里吗？她的大轮廓虽然还在，但一眼看去，整个人有种模糊的暮气。头发梳得精心，口红是泛冷的玫瑰色，这是特别适合中老年女人的一种颜色，因为会显得人年轻，不躁气。可她的皮肤还是不可避免地松弛了，脸色也灰白，像是经常没有睡好觉的那种脸色，我已无法将她与当年那个舞台上的黑天鹅联系到一起了。

她看到我的一瞬间略显矜持，脸色刹那间泛出红晕，这种变化，估计她自己也感到了，知道我在打量她，因而镇定了一下自己，大方地伸过手来和我握了握，搞得像签合同仪式那样的架势。寒暄之后，我们走进那家茶室。

喝茶，吃点心，当然不是约会的目的。窗户被密集的冬青树遮掩得严实，使这间屋子显得幽暗私密，可是我和她并没什么私密可守，彼此虽是同学，但十几年的两无消息，现在又能怎么样，这个“私密”空间好像来得早了点，或者永远不应该来。

我感到她在注意我。她比当年更瘦了，眼袋有点明显，因此眼眶发暗，眼影涂得略浓，有点太浓了，反倒增加了她的憔悴，显得有点像巫婆。说实话，如果不是她那残存的轮廓呼唤着我对她从前的巨大好感，以她现在的相貌，走在街上，我恐怕不会多看一眼的。这时，她那样地看了看我，说："我老了吧？"我赶紧说没老没老，还是美人呢。她听了笑了，可以看出在这个微笑里，她原谅我的不诚实。她说你们男的就不能说点新鲜点的来讨好女人吗，我听了也笑了。

我问她毕业后的情况，她说她早就改行去卖保险了，老同学也来往得少。我问为什么不跳了，你的条件那么好，而且当年的黑天鹅多么轰动啊，她眼睛一亮，说老了，跳不动了啊。她说的是实话，舞蹈是吃青春饭的。我们又继续叙旧，不外是些热烈的废话。我发觉我问了她什么后，并不关心她的回答，她问了什么后，也根本不留意我的答复。这样一来一往，我们俩好像说了很多话，又好像什么也没说。

我们在附近的一家酒店开了房。这个过程很自然，双方默契。我对此曾闪过迷惑。说实话，她曾很美，但眼下她却明摆着即将是个老女人了，青春的魅力早就没了，为何还开房，而且这么自然，是惯性还是别的，我也不清楚，她毕竟是我追过的女人。

她没有当我的面脱光自己，而是跑到洗手间待了很久，出来的时候穿着一件浴袍，然后她说关灯吧，没等我反应过来，灯已啪地关掉了。但即便在黑暗中，肉体也是有年纪的，肉体自己会说话。当我摸着她的乳房、腰、大腿的时候，它们已不再天真了，已变得很"老练"。肉体的气味也怪，由香水和体味混合而显得浑浊沉闷，她平日就用香水，还是今天有备而来？这么多年过去了，她显然不再是那个倩丽的女生。我明白无误地感到我是个后来者，忽然间，我感到自己的愚蠢。

那次的做爱草草了事，完了，她径直去了洗手间冲澡，后来我也起身跟了进去。我看到灯光下的她了，那曾让我想入非非的肉体。她看我进来感到很不自在，让我出去，我赖着不走，她也就拿我没办法。她戴浴帽，不愿意弄湿头发，我想是因为她头发已经稀少的缘故吧。此时，喷头喷出的水很大，水雾弥漫开来，虽然浑身被沐浴液的奶白泡泡笼罩，她的肤色还是黝黯的。我发现她腰部有条蛮长的疤，三四寸长吧。那道像条小蛇的疤是哪来的啊？我没问，我这个年纪已不再轻易地问那些愚蠢的问题了。

洗完后，她从容地一件一件地穿上内衣，毛衣，从容地盘起头发，她那盘头结发的姿势依旧妩媚。她烧了壶水，然后泡上了两杯旅馆里的那种劣质的绿茶。

“我知道我老了，事实上，我早就老了，我也不知道为什么总是提不起生活的兴趣。我对很多东西都失望，包括对我自己，我试着努力生活过，但没过多久就心灰意懒了，像长了一块顽固的皮癣。我年轻的时候你们一个个围着我，追我，可是现在我身边什么也没有，但我也没有到一败涂地的程度，因为我真的爱过，也许也被真的爱过，所以我还是满足的。”

我不知说什么好，对那个她“真爱”的人是谁，也没有问的兴趣，看她那样子也不想对我说，但又为什么说这些？她见我，总不会就要告诉我这些吧，我不明白，坐在那里喝着那杯劣质的茶。我想到那道疤。

夜宵是在酒店里吃的。她的胃口居然不坏，显然是常熬夜的人才有的习惯。吃完后，她说出去走走吧。夜里的空气寒冷清爽，走在路上，我才注意到她穿的是黑色过膝长筒靴，紧紧裹着双腿，夜色里，一下是看不出这是年过四十的女人的。我必须承认她腿的修长和步姿的好看，女人老了，腿居然还是年轻的，这是我那个夜晚的一大发现。她挽起我的胳膊，像真正的情人那样在马路上走着。我们来到一个公园。这个公园很大，但现在已经没什么人了。树丛里的翠绿色的照明灯依旧亮得刺目，把本来光秃秃的冬林照得如同夏天那样郁郁葱葱，被绿光照亮的河水显得绿得不自然，似乎里面有毒，靠岸的水面有些薄冰，绿光之下泛着冷色，仿佛地摊上廉价的翡翠。

走到一个地方，她停下脚步，向那个方向望去。我看到一个也被灯光照亮的塔。我差点都忘了这是一个老塔了，由于光照的原因，黑暗里那座塔透着浓艳的橘红色，显得格外的灿烂，好像里面正在举行着华美的盛宴或舞会，宾客们兴高采烈，人声鼎沸，可是那座塔却明明是宁静的，宁静得可怕。她望着那个塔的神色很怪，好像被得罪了似的，突然，她说那塔好像在燃烧，真是一个辉煌宁静的塔啊。

之后，我们又见了几次，我们再也没有开过房，然而除了聊那些过去的事，也就没什么可说的了。我感到彼此的来往可以到此为止了。可她还是继续约我，再说些什么呢，她感到我逐渐表现出来的冷淡了，也就不再那样无话凑话地闲扯了，那天，终于在完全沉默后，她忽然向我问起了一个人。

“你有解兆元的消息吗？”她问。我说没有。她对我的回答显得不意外，所以没再问什么，她弹了弹指间香烟灰，望着很远的地方，轻叹了一下，稍停片刻，接着说道：“他才是一个真正的男人。”然后把目光转向我，盯着，好像这几次见面她第一次真正地正视我。

“没人能比上他，你也比不上，相比之下，你们都是平庸的人”，说着像男人那样深深吸了一口烟，再缓缓吐出来。她说这些话时的样子，完全无视我的自尊，所以我觉得她好像在挑衅。

这个解兆元，刘悦不提也倒罢了，提了，而且如此夸奖，我几乎要怒了。我本来就讨厌解兆元，现在刘悦这样夸他，引我加倍反感。可细想也没有什么具体的理由，他就是这样的人：你和他说一句话都会嫌多的人。记得有一次我在学校门口的小卖铺里买牙膏，和他撞了个面，他见我手里抓了个新买的牙膏时，便一脸的轻蔑，那意思是你们这种俗人，还买牙膏！我当时就想在后面踹他屁股一脚。可我这个念头刚冒出，他已经外八字地走开了。妈的，那你他妈的来商店干吗？莫非来宣讲康德？！那时学校图书馆不知怎么有人借出了一本康德，在学生中迅速传阅，可很快也就没动静了，那时没人能读懂康德，或者懂了也不敢说。有一次在食堂，解兆元捧着饭缸子，边吃边露出那惯常的轻蔑的神情，说你们读过康德吗？没人理他，他继续嚼着肉，问你们知道什么是“先验论”吗？还是没人理他，“悖论”呢？众人开始不耐烦，白他眼，可他也无所谓。

刘悦说完就起身告辞了。当时我感到不悦，认为她的轻视并非一时的心血来潮，而是由来已久的。我已决定不再和她来往了。

当天半夜就接到了她的电话。电话里她的声音几乎在央求我和她见面，我说现在都凌晨两点了，她沉默片刻，说，那么明天吧，不不，是天亮吧，六点，七点，一起吃早饭？

她的样子显然是一夜没怎么睡，也没化任何妆，显得更疲惫了。摆在她面前的咖啡和三明治她一口未动，好像有什么东西在催促她似的，她说道：

“最近不知道怎么了，老想到解兆元。”我问为什么。她说：“我平生第一次也是最后一次追的男人就是解兆元……周围的男人，我都看不起，都低眉顺眼娘娘腔。我讨厌这些，我爸就是这样子的，我不喜欢我爸，心想将来我找男朋友，一定不找我爸这样子的男人。可我总是碰不到自己看上的男人，我也无所谓，那时我还年轻。那些恨我的人都等着看我的笑话，我说你们看着吧。

“我在十九岁的时候碰到解兆元，一下子就喜欢上了他，他笑起来的时候太可爱了，一口白牙不说，那一笑，那蔑视的味道，简直要把世界都给欺负了。我从没想到我会追男人，可是我追了他，而且没追上，好笑吧！

“为了得到他，我成为他姐姐的朋友，虽然我一点也不喜欢他姐姐。后来我也想成为他父母的准闺女，但他父母早亡，我也想成为他哥们儿的朋友，可是他没有哥们儿，一个也没有，奇怪的很，大家都讨厌他。人人都是无聊平庸的，可个个活得比他好。

“他画过我的裸体，我要他画的，想不到吧。他脸都红了。地点在他的宿舍，那时四人一间房，暑假时画的。你没想到暑假的宿舍楼是空的吧！

“宿舍窗子外有条狗，不知谁养的，脸像人脸似的，苦歪歪的很丑，眼珠子也黄的，一副恶相，可它安静，我都没听它叫唤过。你知道那条狗吗？不奇怪，没人知道。不知从哪里冒出来的。解兆元有时给它蒜吃，它喜欢吃蒜。他和那狗蛮亲的。每当我们在屋里烧饭，放音乐，那狗都蹲在窗外伸着舌头往这边看着。

“我脱光后躺在床上摆 pose，我是第一次在男人面前那样做，紧张地发抖，但过一会儿就好些了，毕竟是我自己追他的，把自己送上门的。哈，解兆元也紧张地发抖，我俩抖到一块了，他黄眼珠子都变黑了，后来他说他那是第一次画女人体，换句话说就是第一次看女人体。以前看的都是画册上的。他鼻头直冒汗，严肃极了，都快庄严了。这个素描高手，第一张没画半小时，就被他撕了，接着画，又撕了。

“晚饭是我做的，煤油炉，暑假没人管，我自己带的菜，我也不知道那天怎么还带了菜，就像早知道要走到那一步似的。可他一直哑巴，我给他夹菜，发现他比看上去还瘦，脸色也不好，大概是老抽烟，一根接一根。

“他忽然对我说，你不要对我好，你这样，我就画不好，我听了，反倒觉得他可爱，一下搂住他，他躲闪，但躲不开，也就搂住了我。

“当晚我想留下来，可他不干，觉得走廊有人，窗外有人，树上有人，我笑了，说没想到你胆子也这么小啊！他听了显得十分不自在。我关上窗，拉上窗帘，他还是什么也不敢做。后来他执意让我走，让我明天再来，很坚决，我只好走了，伤心极了，我没有被人这样拒绝过。

“第二天再画，他虽稍镇定些，但还是心神不定，那只拿炭笔的手还是犹犹豫豫，不敢肯定，总在寻找什么，又总没找到，愣在那里发呆。我唤了他一声，他一惊，似乎不知道该看哪里。我看他这么紧张，便笑了，说怎么了，我吓着你了？他没理我，还呆在那里，我一时也不知如何是好了，我提议给他跳段舞看，他看着我，没吱声，像没听懂，但也没反对。我本想光着身子跳的，可担心那样会让他更不自在，所以就穿上了衣服。

“我似乎没加思索就跳起舞了。自己也弄不清这跳的是什么，反正想把有生以来所学的都一下亮出来。我开始的那个动作肯定是彻底打动了他，因为他瞪大了双眼，十分天真地看着我，我很得意，心想这算什么，有你瞧的，所以我接着给他跳了一段民族舞，但是宿舍太窄了，腿脚完全展不开，我还不小心一腿踢到了脸盆架中的脸盆上，脸盆咣啷啷地摔在地上。他见状说我们出去跳舞吧。时值初夏，学校的小池塘里开着紫色的睡莲，天空是鸢尾花的那种蓝色，清澈又明亮，向路边那开花的乔木投下了朦胧而扭曲的影子，空气中有一股混杂的微甜的气味，知了的叫声好像不知疲倦，偶尔有个什么人走过，像保洁啊，花工啊，偶尔还有老师家属什么的，他们是没有暑假的。

“篮球场算是校园里最大而又平坦的一块空地了，我们来到那里，他眼睛亮亮地看着我，说你跳吧。那时我虽是在校生，但已经常参加社会上各种大小的表演和比赛了，台下那些观众的眼神不仅不使我紧张，反能让我兴奋，所以老师同学都说我是演出型的演员，就是‘人来疯’。可那天来到四面都是教学楼的篮球场上的时候，感到那楼上无数黑洞洞的窗户里有无数眼睛盯着我，我紧张了，四肢僵硬，不听话了。我跳了新疆舞、蒙古舞、朝鲜舞，越跳越紧张，那跳的什么呀，我很不满意自己，觉得自己在他面前出丑了，我想摆脱那种状态，于是就选了一段我当时正在排练的舞蹈——《天鹅湖》里的黑天鹅上场时的那段。因为当时常排练，跳起来顺一些，终于感觉得心应手了。旋转、腾跃、大跳、小跳、急停，跳着跳着，感到血脉流畅，身边生风了，舞感又回来了，我看到天上亮亮的小星星了。他站在一边看着看着，突然也来了劲，在那儿奇怪张狂地瞎跳起来，他的舞是四不像，开始时简直像傻瓜在乱蹦，后来变得嚣张起来，跳得癫狂，动作可笑而让人意外，有时像在打拳，分明在攻击什么，后来更得意了，把带来的一瓶白酒喝干了，然后把瓶子往地上狠狠一摔，破碎而尖锐的玻璃散落开去。我闻到空气中烧酒的味儿了。

“那天晚上他让我留下来。我们很快就睡着了，后来不知怎的我忽然醒来，看见解兆元在脸盆里烧火，他正在往火里加烂纸，目光像野兽，火势倒不大，灰烬已有不少了，我一惊，喊怎么烧火啊，他转过脸来朝着我笑了笑，说火好看。我发现那些烂纸都是他的素描和水粉画，我说你怎么烧自己的画啊，他说画坏了，不要了，我说那也不能烧掉啊，于是我把那些画从他手里夺来，展开看。画我是完全不懂的，是外行，但可以看出这些画都费了很大工夫才画出来的，特别是那几张素描，线条那么密，那么细，要花多少工夫啊，我很喜欢，我说不要烧吧，不要就给我吧，他说不，画坏了的画是要毁掉的，画得再好看，也没有火好看。然后说，火苗多好看，奶奶的，多好看！这是绝对画不出来的，唉，画不出来的！

“接下去的几天他接着画我，可我心里老是想到那天晚上他烧自己素描的火焰，我想眼下他画我的那些素描，会不会也会在某一天毁于那样的火焰之中？我问他会不会烧掉画我的这张素描？他说那要看他的手气，画得不好也要烧掉。我心里想我的这个相貌难道不能让你动心而让你碰上好手气吗？但嘴里没说。他一边画一边继续说有关火的话题，说现在所有人的画，包括很多国外的大师，他也看不上，那些画都是僵死的，没有灵气。你注意了吗，火的奇异，是它自己发光，火焰自己是没有投影的。

“他渐渐沉下心来，画了一上午没说话，完后忽然还要撕，被我拦住。我很喜欢那素描，线条一反他的常态，不是那种‘鞭子’，而是纱窗的‘网状’的细密轻盈的线，很奇怪，没画我的脸，所以画里的我是没有头的，就像被‘斩首’了，问他怎么不画我的脸，难道我长得丑，他没说话。我当时心里一沉，觉得有种什么不祥之感。

“后来我们来往了一阵子。我帮他收拾，一起做饭吃。除了画画，他简直什么都不会做，而我觉得那是他的优点，男的干吗做那些鸡零狗碎的事啊！我替他做就是了。有一天，我正帮他收拾床换床单，发现床垫子下面有很多素描压在那里，我好奇，一张一张地翻看，画的全是狗，因为压在床垫子下面，所以上面的铅笔线都被磨糊了，整个画面的狗群显得云山雾罩，朦朦胧胧的，有点可笑，从狗的特征讲，可以看出是窗外那只讨厌的狗。

“暑假过后没多久，解兆元被开除了。后来，解兆元告诉了我他被开除的原因，他说被开除的正式理由是他宣扬现代艺术，其实真正的原因是他瞧不起系主任，他说这个姓马的主任专业特差，常常出笑话，又特别傲慢，觉得这个系就是他的。解兆元瞧不起系主任的画，说是‘土包子’，结果传到系主任耳朵里去了。

“‘系主任把我叫到他办公室里，关上门，然后点燃一支烟，直直地盯着我，说，你知道我为什么开除你吗？告诉你吧，并不是什么资产阶级现代派，不是的，其实我也看现代派的画，不是这个原因，是我讨厌你，我讨厌你的那双眼睛，那双鸡屎黄的眼睛，你小子太狂了！给我滚蛋！’解兆元对我说这些时，那神态并不愤怒，而是他那惯有的轻蔑。

“被开除后，解兆元没回老家，就在街上混，卖过瓜子花生，摆了个画像摊，我还帮过他。开始还有点生意，挣点钱，但他脾气不好，动不动就和人家吵嘴，也不能全怪顾客，你说人家来画个像，他把人家都画毛了，说画得太丑了，解兆元说这是表现派，而且也是很像的，可顾客不愿付钱，解兆元就不干了，其中一次他把人家脸打肿了，旁边人说，嗯，现在那画像倒是蛮像的了。这样的事发生了几次，生意就没了。他那时很难。被开除的事他一直瞒着他父母，因为他是农村出来的，是他全家的希望。过年他也不敢回家，没钱，一个大男人。后来父亲去世，他赶回老家奔丧，我去火车站送他。我给他买了一些送给他母亲的补品之类的东西，让他带着。上车前，他紧紧地抱着我，像是不愿和我分开，又好像想对我说什么，但欲言又止。他在最后一分钟上了车，我跑到车厢的窗口找他，看着他，他也怔怔地看着我，有点像孩子。随着车的移动，他的脸也渐渐移动起来，远去了，消失了。那时我不知为什么隐然地感到这是最后一次见他了。果然，他回去两个月一点消息也没有，不知道他那边发生了什么事。想写信问问，却没他老家的地址。我独自去了趟黄山，想忘掉解兆元。可却在那个时候发现自己意外怀孕了。回学校后，还是联系不上解兆元，我想打掉又不敢，不得已休学半年，回老家把孩子生了下来，谁知道那孩子先天不足，不到半个月就死了……

“毕业后我去了深圳，一晃二十多年过去了，解兆元的消息一点也没有，最近不知怎么了，忽然想他了，只是同学里几乎没人知道他的行踪。最近我把那张我从解兆元手里要来的素描翻出来看，都发霉了，霉得厉害，我要不要把它装个画框呢……”

那天长谈之后她便回深圳了。走前来个电话，简单而匆匆地道了别。春节后我也离开了这个城市，生活很快就回到原来的轨道，日子日复一日地重复着，大同小异，小异大同，而已而已。

没过多久，我在艺校老同学的 QQ 群里看到一句留言：“你们的老校友刘悦因病医治无效，于二〇〇九年八月十七号凌晨三点四十七分去世，遗体告别仪式定于二〇〇九年八月二十四号早八点半在 H 市殡仪馆举行。”消息来得突然，我感叹不已。春节期间的见面聊天也就三个多月前的事吧，那时她知道自己得癌了吗？也许是知道的。

我谈不上爱刘悦，那么多年过去了，原来的情谊早已褪色，但那天晚上我却坐立不安。晚饭后不再像网虫子那样待在网上，我出了屋子，自己一个人四处乱走。我发觉自己好像很久没有独自一人毫无目的地瞎走了。周围的街景楼房树丛也变得陌生，不知不觉，我走到了旧城区。

斑驳的旧墙长了些青苔，有些墙上的字迹已褪了色，无法辨认了。另外的一段墙面上也有类似的景观，不同的是在那片模糊的字迹上面又写上了新的广告词语，还有手机号码，这些字迹互相渗透融合，因而彼此都模糊掉了。这时小巷里走出来一个驼背老人，乍一看把我吓了一跳，他的左眼上面长了一个核桃大的瘤，黑红色，水汪汪的，像行将腐烂的水果。店铺门前搭在木凳子上的两个粉红色的旧枕头大概是主人忘收了回去，白色路灯下，变得冷红。过了座小石桥，路的转弯处在一片广告牌投射过来的大黑影中，有个窗子，里面的暖光中传来流行老歌。那是家咖啡馆，我想起来曾在这里约过朋友，聊过天，里面那个女老板年纪不大却通晓世故，几乎所有的顾客都被她服侍得舒舒服服的，成为她的铁杆回头客，可今晚我一点不想进去。胡同越往前走越窄了，也越来越破，墙上开始出现“拆”字，这些“拆”字写得都很果决而潦草，表明写的人知道这些墙和房子很快就会被拆掉的，但从字迹看，那些字却是很久以前写上的。房屋窗子里也漆黑寂冷，像已死掉。继续往前走还是掉头回去？然而，我的脚步没有停下来。

年底的一天，出差时我在一个小城市里滞留了几天，看到一则寻人启事，启事上照片里的人有点眼熟，竟有点像解兆元，但不能确定，毕竟，那黑白照片太小，又经风日侵蚀，显得模糊。我又读了一遍文字，从年纪，籍贯等方面看，此人和解兆元没有任何关系。可是他真的有点像解兆元，特别是那轻蔑的眼神，模模糊糊地望着前方，我想，如果他死了，他的黄眼睛会首先烂掉，失去了眼睛的头颅想来是不会和别人有什么区别的，那么，解兆元在哪，我想是没有人知道的。

桥洞里的云

一

阁楼上的老鼠又在吱吱叫了。这次的叫声有点像在吵架，感觉在龇牙，爪子的声音也零乱和尖锐，一会儿跑到这儿，一会儿跑到那儿。从脚步声看，天花板那面并不光滑，好像还有些别的什么，也许房东把什么破烂堆在那里了，变成了老鼠的乐园也难说，我想把天花板弄破一个口好探头看看那里，又怕被老鼠围攻。曾有一天下午，我正欲从床上起身去烧水的时候，遭遇了一只老鼠，很小，当时它正从烧水壶后面探出头望过来，和我打了个照面，我清晰地看见它的眼睛有点奇怪，没有眼白，眼睛的形状像东北大米粒儿，闪着豆油的光亮。刚搬来的时候曾向房东提出屋里有老鼠，房东白了我一眼，说，那没办法，村子里每家都有，家家都有吃的嘛，不像过去穷。他说完还想要再说什么，话却停在舌尖和牙齿之间了，我感到他这时嘴里含着口水。

虽然我不怎么喜欢这个屋子，也不喜欢这个灰秃秃的城乡接合部的村子，但离学校比较近，也便宜，就凑合了，一手交钱，一手拿钥匙。屋子在顶层，并不高，但勉强能避开楼下和街面的人声，此外还能远眺一下窗外，懒洋洋的暮霭不知什么时候已经漫起来了。搬进去之前，我打扫了一下房间，扫出一大堆垃圾，里面有烂报纸、脏袜子、图钉、皮筋、啤酒瓶、白酒瓶、药片儿、踩瘪的矿泉水瓶子、菜汤已干的外卖纸盒儿、死虫子，还有好多别的东西我就不想说了。

从这些垃圾看，前一个租客恐怕是个男的，可能也是个学生，一个穷学生，熬了几年，终于毕业，就滚蛋了。我一边扫，一边想几年后我滚蛋的时候，也会留下这一堆垃圾的，如果这座小楼还没拆或者还没倒掉，可能也会有另一个人搬进来，打开窗子，扫着我留下来的垃圾，然后大包小包搬进来。我之所以这样想，是因为我这两三年考学的日子，就一直到处漂着。我后来总结了一下，那些日子——也许我的一生——就是打包开包，至于别的还有什么，也都乱糟糟记不太清了。现在我的东西还不多，能照顾得过来，以后就难讲，我喜欢东西，也喜欢扔东西，我是一个喜新厌旧的人。

也不怕说出来，我租这间屋子还有一个原因，是出于自己的一个小小的偏执：我有点迷信奇数，我生日是奇数，第一次来大姨妈的日子是奇数，中学第一次得了什么烂奖的日子也是奇数，这儿上楼的台阶数的总数也是三十七阶，所以就决定租下这个房间了。这也许是个巧合，但我却喜欢往别处想，有时我认为那是某种征兆，但好坏难以预知，这要走着瞧。知道我的这个秘密的人都笑我，但我无所谓。我的手机号的后四位数也是奇数：三七九一，是我考上美院来到这座新城后新手机的号码，我从很多号码中一下子就看中了它。其实，很多事情我都说不出原因。那些既定的原因，我是不以为然的，比如我考美院，并不是出于对美术的热爱，只是玩玩，后来两次没考上，就不再是玩玩了，我继续考，绝非什么“不气馁”“不言败”“有坚持”，我一听到这些词儿就恶心，就像我在屋里第一次听到老鼠的爪子尖尖地刮在天花板上发出的声音一样，所以我的再三报考，其实是生物性的偏执。

接到录取通知去学校报到之后，那种浮光掠影的新鲜感很快就过去了，新课本的油墨味儿我曾是那么喜欢，觉得里面有许多说不清的希望，可现在我已经没有感觉了，甚至厌烦。我对上课也兴趣缺缺，不仅课程内容和考前班差不多，有的课连老师也是同一个，他们早就没有什么新东西可讲了，见到我也像没见过一样。我发现他们更喜欢说八卦，一碰到谁谁谁的私事，家长里短，马上就像通了电似的，很亢奋，语词也生动了，有个四十多岁的老师还不时说到二婚的滋味。当然也有不是这样的，有个教我们色彩课的张老师，他就很好，课件做得认真而干净，有一说一，有二说二，从不废话，虽然刻板了点，但看得出他真的尽了力。据说他信佛，安安静静的一个人，夏天闷热的天气里，他脑门上常常清凉无汗。

我更喜欢待在自己的屋子里，画画也好，懒着也好，都可以，无所谓，旁边的电脑播放着自己中学就喜欢的古装连续剧，我只是需要一个碎碎的轻微的背景声，这种声音一点也不打扰我，因为它和我的生活毫无关系，它噪它的，我做我的，不喜欢了，烦了，就换个节目，或干脆关了它。想想也好玩，屋里的背景声说关就关，屋外的背景声就无法关掉了，我只能躲开，可是能随便躲开的地方很少，比如，有时教室里有些老师滔滔不绝的讲话我就不得不忍着，我发现有些同学戴了个微型耳机，这是个好办法，而且我是女生，长头发里更方便藏耳机，后来我很快就养成了戴耳机的习惯，走到哪，戴到哪，连学校图书馆那样安静的地方我也戴。

图书馆倒是有不少书，而且还有很新的外文期刊，但没什么人借。其实图书馆里除了电脑室因为打游戏机的人而常常爆满之外，别的地方总是空荡无人，只能偶尔听见从外面传来的人声和大货车隆隆而过的声音，有点像得了急性哮喘病。在图书馆打工的那些人闲着没事，就用湿毛巾把书架擦来擦去，于是空气中便散出那种淡淡的湿阴阴的气味来了。照在书架上的阳光也无聊，静静移到左边，又默默地移到右边，好像要往那些无聊的书里撒点灵气，但我看画册并不挑剔，里面的画好玩就行，所以我总是借了很多书，一次一次囤积粮食似的，把书带到屋里堆在地上，然后一本一本地翻看，十分惬意。我在画册里学到的远远超过在教室里学到的。在享受独自占领自己的小屋子的日子里，我也不像一开始那么害怕和讨厌老鼠了，因为我需要一些戏剧性的声音来调剂调剂，何况老鼠也不是那种有攻击性的大个头，应该是小白鼠那样的吧，这可以从它们的脚步声听出来，于是我想，人家不过在那儿走走，找点吃的，而且又在天花板上，碍我什么事啦！有时我甚至会觉得自己和它们属于同一类生物，喜欢灰暗，卑微，无声无息，我没有什么资格藐视它们。想到动物世界的节目里描述的一种小鱼，它们永远生活在热带雨林那些溶洞中黑暗的水里，慢慢地它们的眼睛就瞎了，因为生活在黑暗里是不需要眼睛的，但我的视力却很好，我的屋里也不暗，桌子上那只仿古的小台灯白天也常常亮着，我喜欢这样，如果我聚精会神盯住一个点的话，我能辨清三四十米以外树叶上的浮尘和露珠微微闪动的高光。

二

每天见过的地方，有时反而不会去注意，比如半年后，我才注意自己住的地方是没有邮递地址的，自己收发信件都要用学校的传达室。此外，还有那个去学校必然经过的桥洞，直到那天大雨忽至，我躲到洞里面的时候，才第一次打量起那个桥洞了。

说是桥，其实是个公路桥，从破败的程度上看，上面的公路应该建成很久了，可好像一直没有通车，因为一直很安静。桥洞深黑，约七十多米长，有时夜深，走在洞里就黑得看不到自己，奇怪的是不知为何，我从来没有害怕过，也许正是这个原因，在多次穿过桥洞时没觉得有什么特别之处，而进来躲雨的时候，我才注意了一下这个地方。桥洞内地面的两侧，各有一条小排水沟，沟内的水正在涓涓流动，墙面水迹斑驳，而在一片干燥一点的墙面上，有一些被人用石子或别的什么利器划出的“涂鸦”，实在看不出划的是什么，但上面的一些字却能认得出，不过完全读不懂：

打无皮人……三天查上电话……罚站罚到酒花山……强代火战场皇帝本人偷走余金旺家庭，经常到旧新常……山清水秀层层绿……皇帝穿连衣裙男变女……推死树人……银鱼堂……捉别姓人……鱼鞋串钉……预防“非典”全民借兵……

字体有的很大，有的只有蚂蚱那么小，有的干脆看不清，有的应该是错别字吧。多可爱的错别字，字迹新旧不一，字体也不同，还夹带“草书”，谁写的啊，村子我已烂熟，但我在村里的熟人却没几个，我总感觉哪怕我永远住在这里也还是个外人。我有点心虚，好像听到墙上那些字的声音了，而那声音，其实是自己在心里念着它们的声音。

风雨更大了，斜歪歪地刮进洞里来，漫起凉凉的风声雨味儿——还要在这里等多久啊，我的手机也没电了，耳机也快变成哑巴新款耳环了。这时又有一个人跑进来躲雨，男的，进洞就骂雨，浑身已被淋得透湿，像个美院学生，看了看我，就住口了，然后转脸望着外面，嘴里在吃什么，一边嚼着一边又看了看我，没再说话。我注意到此人青皮短发，脸色灰白，像个“犯人”，心里淡淡地笑了。之后又有几个人跑进来躲雨，嘴里也有骂雨的。过了不久，雨小了，又过了一会儿，只剩下偶尔的雷声，人也就散了。

大约几个礼拜之后吧，那天房东上门收房租，她精明的豆眼在我脸上扫了扫，又越过我的肩膀，往我的屋里扫了扫，想说什么，欲言又止，她那样子像是我窝藏了什么不法分子，接着她低声说，朋友不好来住的，几天可以，长了不好的；然后又说，有人看见你常在桥洞里待着，不好的，你们学生不知道，那桥洞以前死过人，我问怎么回事，房东说她也知道得不细，据说是一个拾荒的老头追一个老太婆，后来……具体情况她也不晓得，只说反正要小心，这地方还有讨债的人，外地雇来的，砍了人就走，拿刀子砍胳膊砍手的事也是有的。我听了，心里吓得麻酥酥的，觉得自己的眼睫毛都立起来了。

但是，那桥洞依旧是个平凡的桥洞而已，我依旧天天路过，如此到了第二年，夏天来了，雨雾漫进洞里的时候，桥洞里面的阴暗也会变得亮了一些。有一天我回来晚了，正是雨后放晴，满天繁星，只有乡下才有这样的夜空了吧，我这样叹着。快到桥洞的时候，看见洞口附近和稻田上飘着成片的萤火虫，它们闪烁着微弱的蓝绿荧光四处飘游，偶尔也会飘到桥洞里，并在里面散散漫开，流连不去，有零星的几只从桥洞的另一头飘飘忽忽地穿过去了。此时，我忽然想到了奇数，我很愿意和期待它们是以奇数出现的，那样的话，我心美矣，我意悦矣。可我怎么也无法去数那些飘忽的光点了。它们飘啊，飘啊，忽兮恍兮，我终于捉了一只捂在掌中，它轻微的几乎难以察觉，我以为没有捉住它，又感到掌中有异，我屏住呼吸，然后慢慢张开掌心，我看到它肚子里冷绿的荧光一闪一闪，那是一个奇妙的液态的光亮世界。

三

我在美院学的专业是“屁话”，哦，不，对不起，是“壁画”，刚刚打字打错了。老师姓刘，叫刘国平，第一堂课他就露出懒相，觉得我们大家都麻烦了他，打扰了他，后来才知道他那时正在干一件大私活，一个伟人的坐像。在美院，老师干私活是极其普遍的，他们把教室和实验室变成了自己的工作室，美其名曰“研创活动”或是“社会艺术实践”，刘老师外接的私活并不算最多的，但他总做不完。最近接的活是一群伟人像，伟人们有站着的，坐着的，有的手里拿了本书，也有的是背着手和指引方向的。但另外一些未完成品就不同了，它们的形象还在形成当中，所以大多数都暂时被放置在教学楼的走道里，也有放在教室外面的。这些伟人的头部已完成了，只是胳膊和下半身尚是一堆泥巴，所以，看上去像是从泥巴里“生”出来的，我想到“拖泥带水”，还有在海水中蚌壳里华美诞生的维纳斯。

完成的雕塑都散放在校园的路上、草坪上、屋檐下和走廊的拐弯处。有趣的是，那些伟人的雕塑和别的老师的私活——不同的人物，比如变形金刚、嫦娥奔月、半人半兽和各色的金鱼——夹杂在一起，散落在校园里，它们同时共享这个校园，或怒发冲冠，或嬉皮笑脸，或凝视远方，或垂首沉思，下雪了，他们还在那儿，身上的积雪慢慢厚了，下雨的时候一个个淋得浑身闪着雨水的亮光，我看着铜像的绿锈，想到如果这些雕像忽然活转起来，四处慢走，或向我微笑走来，大喊大叫地跑来，追来……

因忙私活，课程安排就常有临时变动，如果他的私活要占用教室时，就会安排我们到外面画风景，风雨无阻，号称“场景写生”，当我们扛着画架，背着画板画夹子，打着雨伞在风雪中艰难移步时，心里多半想着中午饭怎么也得加个热汤，酸辣汤。有的人感冒了，正好就势请病假，幸福地躺在宿舍床上，捧着笔记本电脑，十几个小时地看着韩剧、美剧，在微博上起劲刷屏——那时还没有微信，否则同学们会刷死在床上的。

话说远了。刘老师圆胖，中等身高，面相好像是国字脸的跑偏版，勉强有个侧颜，看着像猫头鹰。记得有一次上课时，他情绪忽然大好(可能刚做完一件收入不菲的私活)，满面红光地说：“画画啊，搞艺术啊，最重要的只有两句话，你们记住了，只有两句：一是要把地扫干净——你们要注意听啊，不要窃窃私语。”说完他起身拿起事先准备好的扫帚，在教室的地板上佯装比画了两下子，接着说："第二句是，画完了之后要退开来看，只有退开一定距离，你才知道你画的大效果是什么。"说完眼睛亮闪闪地盯着大家，期待着反应，结果全班鸦雀无声，刘老师非常失望，他镇定了一下，调整情绪，说："哎，这个道理你们以后总会明白的。"

他的雕塑成名作叫作《奔小康》，在系里一楼的大厅里长年陈列着。所雕的是三个以劈叉造型奔跑的中年人，也是肥胖型的，上面落了层寂寞的尘土。都这么胖了，都小康了，还往哪奔啊？中康，大康，特康？对这种"主体性"创作，我历来无感，但据说这种活来钱多、来钱快。我曾注意到上课的时候也会有些三五成群的甲方模样的人来找刘老师，热烈的寒暄之后他们就去了刘老师的办公室，久久不出，我们这些群龙无首的学生正好被动地偷得半日闲，要么奔向网吧，要么就奔向宿舍，反正不管奔到哪里，都比傻待在教室好。

"你们啊，说什么好呢！"有一天刘老师仰天长叹，"我在课堂上教给你们的艺术，可你们往外面一跑，就又被美院墙外的那些低俗的东西影响回去了，我真是白白浪费精力啊，你们要注意呢！"停顿片刻，又接着说："听说你们现在就男女生同居的，不好啊，影响学习的！我问你们，这么年轻就同居过夫妻生活，那以后怎么办？我跟你们说，不要这么早就过夫妻生活，你们会厌倦的。"

那天刘老师收课外作业，一个女生说她没做，而且一点没有要补交作业的意思。那女生身材娇小，蓬松的头发里扎了个发带，手里总叼着细烟。她极少到学校来，据说在校外和一个派出所的人同居了半年，有一天煤气外泄，两个人差点中毒死掉。这次不知怎么突然出现在教室里了，而且有点酒味。刘老师跟她要作业，她说没做，刘老师问为什么不做，她说没时间做也不想做，刘老师火了，骂了她一通，说不想做的话你上什么学！没想到那女生却后发制人，直起脖子说：

“是我爸妈逼我上的，我根本就不想上这个破学！作业做了又怎么样！？好成绩又怎么样？！找到工作又怎么样，成就感？……对不起，我没有成就感，我觉得对着一张纸要死要活地画，一点乐趣也没有。不就是一张破画吗？你说好，我说不好，他又说好，争来争去，比谁做得好，谁牛逼，谁是九十分，谁是六十分，没意思。打分是你的事，不画是我的事，而且凭什么你说了算？艺术也不是科学，科学还有不同观点呢！我喜欢的画我自己说了算！您是老师，就可以对我们指手画脚吗？我这辈子干什么？我也不知道要干什么，无所谓，什么不懂？我不要懂，我不要懂你们懂的东西，我怕懂你们的东西，因为那样的话，我就会变成你们了，我不要变成你们……无所谓，我不要分数的，你打分吧，我不在乎的……”

后来我再也没看见这个女生了，也不知道是退学了还是被开除了，但我有种预感和信念，就是她一定会活得很好。

四

暑假很快过去了，九月开学，听说一个博士生跳楼自杀了。

这消息是一个同班男生说的，还说死者是他的老乡。我问他去现场看了吗，他说去晚了，啥也没看见。我忍不住又问了些细节，比如是从哪跳下去的，哪座楼，多少层，什么原因，导师是谁，遗物有什么，等等，弄得那男生斜了我一眼，蔫蔫地坏笑，说你问那么多干啥？你是便衣警察，还是想踩点啊？还是和他有一腿啊？

我也说不上来为什么要问得那么多，可能好奇吧，可一个女孩子怎么一听这种事，就来劲得像金钢钻似的，这我就不知道了。 记得上小学的时候，大马路上忽然有人嚷嚷压死人了，压死人了，我转头朝喊话的人那边望去，马路的远处围了一些人，别的女孩都不敢去车祸现场，而我却是一溜烟地跑去看的，当远远看到事发地点围着的人群已经里三层外三层的时候，就后悔自己来晚了，好像看电影来晚了似的。电影看晚了，还能再看一遍，看死人就不可能了，人家不会为你再死一次。当时的情况是怎么回事呢？我那时就觉得，那些比我早到的人都比我知道得多，了解其中的奥秘。

据说那个博士生的导师是院长。院长的行政级别也就是厅局级，但此人通天，所以消息不久就销声匿迹了，不过还是吊人胃口，八卦多得像天女散花，我记住了有关死者的信息要点：他是安吉人，父母是茶农，即将毕业，专业是美术学，有抑郁症。

抑郁症？对，这点据说是确实的，有病例为证，可这种病很多啊，我恐怕也有，但不至于会跑到楼上往下跳吧？伤心事？谁没点伤心事。绝望？这倒是可能，但也不一定，我就绝望过，可我还活着，还在马路上走来走去。太脆弱了？可我觉得他勇敢，因为自杀很难的，不信你试试！自杀要足够的勇气，我就不敢，我这小半生曾经有一次抓起了菜刀对准了手腕子，但就是不敢下手，为此我曾深深鄙视过自己，觉得自己根本就是个苟且之人。

但对于这位自杀的博士生，有一点我还是不解，既然他选择了开学之前，也就是宿舍楼还是空的时候采取行动，那么分明是他不大想让人知道，可既然如此，干吗不去一个偏僻的地方，不选在晚上，或干脆足不出户，就在自己屋里悄无声息地把自己解决掉呢？为什么大白天跑到那么显眼的高楼的楼顶啊？那高高的一跃，分明不就是个“空中宣言”吗？不就是想让别人看到你吗？我想他大概有个坎，有一个或几个敌人，可他没有直面那些，没吱声，而是把目光朝向了泛泛的虚无，盯住了空冥。最后他看到了什么？

我想到那年撞死在玻璃窗上的鸟。三四年前的春天，我听见一个什么东西突然撞在屋里的玻璃窗上，撞得声音真响，真坚决，真沉闷，我吓了一大跳，以为哪个混蛋往我窗子上扔东西，虽然没有撞碎玻璃，但显然不是无意的。听到声响后，我感到有什么东西从窗子外一闪而过，落到楼下了，我跑出去，跑到窗子底下，发现一只褐色的小鸟在大口大口地吐血，我蹲下来，拾起它，轻轻把它捧在手心，它的目光开始暗淡失神了，不过仍有体温，温暖而柔弱。怎么会有那么小的心脏啊，这时它还活着，还有意识，看到我时目光还闪着一点点微亮的光，几秒后就暗淡下去了，心跳也逐渐消失。它死了。

那天我难过了很久。以前，我还偶然在地上发现过死鸟，没有外伤，也没有被撕碾的痕迹，那么就是病死的。既然是病死的，就可能是死于“抑郁症”——鬼知道——可鸟飞在那么大的天空里怎么还会抑郁呢？难道天也是墙吗？一大片蓝色的浩渺无际的墙？想想也不可理喻，但不管鸟怎么想，怎么抑郁，有一件事可以肯定，那就是鸟是无法跳楼的。我忽然想到去年九月开学的时候，我在学校某一面墙上看到过一些涂鸦，其中就有些鸟，好像有向下飞的，不知道什么意思，我想再去看看。

那是美院的校园西侧，在一座小山上杂木丛生的树林里，我大一的时候去过几次，后来懒，很久没去了。选了个好天，我登上那座山顶。那面墙原是此地的看守所的房子，后来看守所迁走了，房子荒败，墙体露出，涂鸦就画在那露出的墙上。

那面墙倒是还在的，但却出现了新的涂鸦，也就是说，那些新的涂鸦覆盖了旧的。在形象上，这些新的涂鸦沿袭了旧的造型风格特点，也就是率真的、自由的、无拘无束的，反正都不是我在教室里看到过的那些。谁画的呢？为什么躲在这个偏僻的荒地画呢？难道山下面就有人制止你、驱逐你吗？

我打量着这些涂鸦：多头人，多眼鸟，人兽双面动物，它们张着大嘴，看不出是在唱还是在哭，又像在吵架。有个人的脸没有五官，手里握了把刀，另有一条蛇盘在云上睡觉，可是，我怎么也找不到那些向下飞的鸟了。

太阳开始毒起来了。正午时分，昆虫声阵阵，我开始沁汗，还是下山吧。可沿着老路下山多无聊啊，于是我从山的另一面下。山毕竟小，路也断断续续，能走就行吧。山道旁时有水泥砌成的蓄水池，可能是在干旱季节用来灭火的。池里积满了雨水，有些枯枝败叶。池底阴森深绿，茸茸的苔藓自池底向上蔓延开来，可当它们离开水面时，就被太阳晒干了。每次路过蓄水池，我都忍不住探头看一看，总疑心里面有些什么，结果除了水面上的那些浮游生物外，更多的时候，我只在那水面上看到了自己暗暗的影子。

五

相对平和的日子在快放寒假前戛然而止——我遭小偷了。那天我从学校回来，开门，傻了：眼前一片混乱，我的衣服、裤子、鞋被抛到不同的角落，我想到乱葬岗，觉得那整个被掀翻搅乱的衣物像是我的肢体。

走进屋里时我踢到了一个东西，一个有点厚度又有点弹性的东西。我拨开看，是由很多双袜子层层叠合的类似腿的东西，想来是这个贼把我的丝袜全抖了出来，然后一双一双穿在他的腿上。我看见了旁边的胸罩和内裤，心想会不会他也动手摸过了？那些内裤上有粘沾物，床上还散落着我的照片，也有些皱，我感到一阵恶心。我忽然觉得脏，所有的东西都脏，包括地上的太阳光也脏。

抽屉也都被撬开掏空了。我突然想到旅行箱，里面放着我所有最重要的东西，当我把箱子从床底下拽出来的时候，发现密码锁果然被撬开过，里面的照片被翻得乱成一团，但当我发现自己儿时的全家福、父母的婚照和爷爷奶奶唯一的合影都完好无损时，我便松了口气。接着我又发现当年父亲给我买的那只白色的小牛闹钟，是从后面上发条的那种老钟，也还健在，我几乎要感谢那个贼的手下留情了。这只小白牛钟是父亲怕我上学迟到买的，我从小学用到高中，摔过几次，破损之处我已用透明胶带用心粘好，这么多年过去了，胶带发黄变脆，显得与闹钟浑然一体，像是一个永恒的旧伤疤。还有一只咖啡色的小布袋，里面有我从小学到高中的学生证和成绩单，这是爷爷去世后我在他书桌的抽屉里找到的。虽然破损之处我已用胶水粘好，但现在它们还是被再次扯破了。

我把箱子里的东西都整理好，重新归置在一起，这是我的全部家当了。我环顾了一下这间混乱的房间，觉得已没力气去收拾。该做些什么呢？我不知所措。眼前这个烂摊子，就像我的生活。

这时，房门突然被人轻微推动了一下，我有些紧张，问是谁啊，门外没声了，然后时间好像静止了，紧接着又传来急促的离开的脚步声，动静很大。第一反应告诉我，是那个小偷，我冲了出去。

那人跑得很快，只见他的身影在三楼的拐角处一闪而过，溜进了过道里，但那是一个死道。我连忙跑下去把出口堵住。三楼过道黑黑的，我按了一下灯的开关，没亮，灯坏了。我心虚忐忑地大声说："你别跑，我抓到你了。"楼道里没回应，我说："你出不出来，不出来我就报警了！"依旧没人应，安静得我心都慌了。

我慢慢走了进去。地上都是已散发酸臭的垃圾，走廊尽头有一堆杂物，顺着手机的照明光往下看，我看见了一双脚，一双肮脏的穿着拖鞋的男人的脚。

他躲在纸壳的后面，双手抱头。我突然害怕起来，我怕他站起来，冲过来，拳脚交加……他毕竟是个男人，他干什么我都毫无招架之力，于是我退了两步，退出过道，把楼道的门锁上了，然后报警，之后就守在门前，两眼紧盯着门把手。时间过得极慢，风吹来，我突然觉得自己在一个荒岛上，这世界上只剩我和眼前的这道门。

警察赶来了。当那个男人被我们团团围住时，我才看清楚他是房东的儿子，十三四岁。当时房东也在场，她的脸腾地一下子就红了，暴跳如雷，大声嚷嚷，然后转脸冲着我，极其凶恶地说："我对你这么好，你恩将仇报啊！我的儿子怎么可能是小偷？你个穷学生能有什么，我儿子要去偷你的东西啊？"她的嗓音干瘪尖厉，像刀片在玻璃上刺啦啦地刮。

我感到愤慨、委屈，又不知如何是好。过了会儿，一位相貌温和的中年警察走过来，说你少了什么东西没有？我说少了几张照片，别的东西倒还在。警察听了，说没有现金损失，我们是立不了案的。房东的儿子是青少年，我估计是在打你的主意，这种事现在也很多，好在你也没什么损失，我看你最好尽早搬走吧。

往哪搬？今晚怎么办？夜里，我趴在那堆垃圾般的衣物上，没有睡意，觉得自己像个拾荒人。此时敲门声怦然大作，开门一看，又是房东，她带着几个人，一脸凶相堵在我的门口。房东脸上的怒色未褪，说，你把房租付一下，你住了两个多月，就付三个月的好了，马上给我搬走，马上就给我滚蛋，明天一早我不想再见到你，不然，我马上找人砸烂你的床。

房东撂下这话就走了。我收拾了一夜，大部分东西必须扔弃。次日清晨，我带着两只箱子离开了。我不知去哪，也来不及想要去哪，先快快离开那个地方再说吧。太阳晴好，田地里的庄稼青翠欲滴。走在这条乡间泥路上，想着这场突变，不免惘然起来。几乎是一天内，我就变成了一条丧家之犬，上下左右顿失着落，天地很大，却没有我落脚栖身的地方。我像被风扬起的灰尘，被水波涌起的水草，不知何去何从。这种发生在成年人身上的落魄感是痛彻难忘的。我忽然想到死去的父亲，逝者果若有灵，我却不愿被看到，被知晓。我想，假如我这辈子真的彻底完蛋，也是我自己的私事，不想让别人知道。此时，前方路上有个骑车人在晨雾中由远而近，是那个贼，房东的儿子，他和我擦肩而过时斜了我一眼，这个十三四岁的少年，眼神透出那种成年人才可能有的深渊似的邪恶。

六

我在学校的教室里偷偷过了几夜。蚊子，油画颜料，调色油的味道，桌上的马赛克小瓷片，英俊的大卫和断臂的维纳斯石膏像……我至今记忆犹新。

最可怕的是那个吊在支架上的全身人骨架，它原本是放在教室里，大家随时可看可画的，没想到现在忽然和我“同居”了，我用了块衬布把它罩住。当时是上色彩静物课，教室里有不少摆静物用的衬布，所以我挑选的余地很大，有黑的、粉的、灰黄的、白的和红的，还有樱桃花、玉兰花、苹果和葡萄图案的布，让我挑花了眼。最后，我挑了那块大红的衬布。我觉得红色有冲击力，可以降妖镇怪，杀住某种不祥，可是始料未及的是，那个人骨被罩上大红的衬布后，却有点像新娘。新娘就新娘吧，庆幸的是一切也都过来了。我重新在另一个村子又租了房子，也是顶楼，房间面积也和原来的差不多。

只是没想到，从新租的屋子去学校的路虽有不同，但绕来绕去还是要经过那个桥洞——这是不是有些宿命的意味。有时我想，桥洞那边是另一个世界就好了，一个不同的世界，我走入那里后所有的记忆和意识全部更新，或者干脆格式化，一切重起炉灶，换上全新的经验和意识，我的家谱变了，自己的名字也变了，是另一个奇怪的陌生的名字，我与此名字相处，厮混，变得不可分离，我的荣耀和悲哀都与这个名字共存亡，然后我又走入另一个桥洞，如此循环，直到有一天，我自己变了，变得没有任何“我”的意识，也就不再有“变”的欲望，这样进入一个无心国，大家在一起谈论日出和狡诈，谈无心人之间的一见钟情和相亲相爱，谈论植物神经的意识和升华，或者进入一个小人国，和小人们一起周游列国，发现新大陆，荣获小人国里的种种登高探底的世界纪录，凯旋后再由萤火虫把我带回到现实世界来。但是，如果那里很好的话，我就不回来了，我愿意在那安度余生，然后埋葬在那里。可一切都没发生，天冷了就见不到萤火虫了，桥洞这头和那头始终是一样的灰暗破旧的村镇，我的生活也始终在以惊人的相似重复着。这个“重复”是脱口而出的，和什么重复呢？据我所知，我是第一次来到此世，我是第一次来到这个城市。

我偶然地认识了一个人，他是我的新邻居。那天大风忽起，我晾在窗外的衣服被风吹落在下面的窗台上了，我并没发觉，是有人敲门送上来的。他说是你的衣服吧，掉到我窗钩上，我想是你的，因为这楼上没有别的女人。你新来的？

我抬眼看，觉得此人眼熟，一时又想不起来，他掏出烟，点上一支后，问我抽不抽，我说不抽，这时却想起来他是谁了，就是那个在桥洞躲雨时见到过的“犯人”。他瘦，薄眼皮，面色灰白，那个曾经让我觉得像“犯人”的灰白脸色，今天看上去，又好像不太像犯人了，倒显得斯文，或有点像不大出屋的人的脸色。我把这种感觉告诉了他，他听了眼睛顿然发光，说好眼力！又问我是不是美院的？我说是啊。这时，他的目光在看我的时候，同时又迅速往我身后的屋子里扫了一眼，我感到不大舒服，但还是谢谢他送衣上门。

一来二往，没几天我们就熟了。他叫韩冬，也邀我去他屋里坐坐。他屋里乱的程度超出一般男生，往哪坐？窗台应该是唯一干净点的地方了，可是我有恐高症，不然我会坐在窗台上的。这时他好像忽然感觉到了什么，伸手把小沙发上的落着苍蝇的饭盒挪开，说不好意思，就坐在这里吧。

墙上挂了些素描，品质不一般，有股野气，没驯服的草莽气，我很喜欢，而且技巧非凡，就是说画得极其熟练。以我自身的经验来看，这熟练是靠“量”堆出来的，量要到一定程度，才能出这样的熟，这样的果断和随心所欲。我问你是哪班的，画得这么厉害，怎么没听说过你啊。他说你要听说过我就怪了，我问为什么呀，他说他去年就退学了。

我说，倒是听说过考试作弊被查出来而退学的，没见过画得牛逼的人自己退学的，为什么？他冷笑了一下说，以后慢慢告诉你。我说，就现在说吧，有什么不可告人的啊。他问我几年级了，我说二年级，他说二年级的人还嫩，还傻着呐，我说二年级怎么了，你是不是还没上到二年级就退学了？他说我的嘴有点尖刻，我回击道你肯定有难言之隐和不可告人的秘密吧，不然叽叽歪歪什么劲儿，直接说吧，他说你有点像我妈了，老是问这问那，啰嗦个不停。我说其实你挺牛逼的，说退就退，多少人打破头往里面钻呢。韩冬听了，把烟头上的灰往饭盒里弹了弹，说："那帮傻逼，还当真把本科的文凭当回事了。文凭有什么鸟用啊，就是傻逼证件，失业证件，你看每年全国十几万美术专业毕业生，社会哪需要那么多能画画的啊，我在大一时就看透了，这个社会，没钱，你就是狗屎一泡！"

在之后的日子里，我们虽是邻居，但他大部分的时间都在外面，所以见面聊天的机会并不多。他说话爽直，我喜欢这样，彼此说话也就随便起来，并不提防，有时碰巧双方同时得空，他会请我吃馆子，我也会用电炉做一点东西给他吃，请他来我屋里坐坐，没想到的是，我做的便饭让他感动到眼眶都湿了。一来二往，我们开始走近，成了朋友。他很有趣，但我的好奇心还在继续盯着他的退学不放，那天，我又开始追问，他说了：

"好吧，好吧，我是被开除的，不是退学。"说完，他露出了非常快乐的神态，简直像忽然亮出久藏深处的一个宝贝！我也被他的神态传染了，也乐了起来，说，我猜就是！

"……我在一次期中历史课的考试中作弊被当场抓获，本来嘛，预习时间是很够的，就是学校的要求太扯了，什么‘三要三不要’：一要引经据典，不要自己的观点；二要注明引文(包括标点符号)，不要自我发挥；三要按格式写，不要自作主张，否则就不及格——这他妈的还怎么考啊？有啥意思啊！不都成了应声虫、跟屁虫了吗？我记得那个从教务处来的人在宣读规则的时候，煞有介事，嘴唇红红的，读稿子说话都咬文嚼字，特别自恋，还假装语音优美，节奏也抑扬顿挫，自我陶醉得要尿了。考试规则宣讲完毕，他好像还没过瘾，还想再接着读下去，真虐！可是规则宣读完了，他念什么呢，哎，他还要再强调一下，又把那个‘三要三不要’和那个相关细则读了一遍，这一遍读得更肉麻，我觉得他有讲演瘾。

“这样一来，全校学生考试都要遵照‘三要三不要’了，怎么办？如何是好？作弊老手、高手就纷纷浮出水面了，切磋技艺，反复操演，臻于化境。考试当天，大家八仙过海，各显神通。得手的很多。其实，说实话，我本来倒是想认真考一次的，毕竟也是个大学考试，自己又交了不少银子，不料遭到大家耻笑。一个满脸青春痘的女生给了我一张小纸条，说，拿去吧，别傻傻地自己憋，我问她你还有吗，她说还有好多，包括期末考试卷的标准答案都准备齐全了。

“不料考到一半，那监考忽然冲了进来，大概谁走漏了风声。我的小纸条原本藏在试卷下面，看见监考走来，我便迅速抽出塞入衣兜里，但这个动作可能稍微扎眼了一点，而他是有备而来的，所以发现了，我看他眼睛一亮，捷足近身，明媚地朝我一笑，我的考试就中止了。我被带到办公室，那里已经有一溜从别的教室抓获的人，都齐刷刷地低着头站在那里，听候发落。教务处的一个女老师坐在办公桌前，这位老师是有名的作弊杀手，面容白净，眼神楚楚动人，双手交叉在平胸前，看着抓获的学生，很像看着被猎获的野猪和猴子，心满意足，同时又努力按捺着内心的兴奋，也难怪，平日这些人很闲，也寂寞得很。

“我也被推入了那一溜人的行列，在那里站了好几个小时。水都没给喝一口，因为有个学生在可口可乐瓶子上也做了手脚，所以在我们受审前，不准喝瓶装的水，最后有个秘书弄一次性杯子装了点水，及时浇灌了我们这些干旱冒烟的瘦弱身体。我知道此时自己已是考官的嘴里肉，随便怎么啃怎么嚼啦，也好，不考一身轻。根据有关条例，我被记大过一次，留校察看，就是说，如果我再犯一次，就会被开除，踢出校园。我自己其实倒无所谓，可是实在怕爷爷和母亲知道，因为每个学期的学费是母亲和爷爷凑的血汗钱，他们真的不容易，如果他们知道了会崩溃的，所以我心情糟透了，心里矛盾，患得患失，无所适从，直到遇到了一个人——她是教我们线描的外聘老师，叫苏梓琪。

“线描本是我喜欢的课程，也是我的强项，但分数却一直是全班垫底的，原因呢，据一位年轻些的老师透露说是我的题材问题，也就是说任课老师认为我画的东西太暴力了，不够积极向上。我不服，我说历史上画战争题材的很多，为什么我画的就不积极向上啊，那位年轻老师开始还强作慈祥和宽容地听我说，所以我就继续说了下去。

“我说表现真实本身就是真正的健康向上，而非虚伪造作，故意矫饰才是有害的，换句话说，健康向上的内容是反映真实的人性，而不是对人性的掩饰和扭曲。没料到那年轻老师听了忽然被激怒了，说我有病，我一听就火了，谁有病啊，学生表达一下自己的看法就有病啊，我一气之下和他吵了起来。我很纳闷，那人年纪没比我大多少，可是出奇的固执和凶狠，认为我说的一切都是针对他个人的，这让我十分无奈，又有口难辩，哎，和他说不清，结果分数更低了，我只好装怂，可为时晚矣。我是在那种情形下碰到苏梓琪老师的。

“她竟然很喜欢我的画，评价的第一句话我到现在还记得，她说你的根子是长在野地里的，不属于花园，根本不需要园丁。野生的动物和植物都能自给自足，所以，韩冬，你自己画就够了，然后她向我提供了一些世界别国的野兽派画家的信息，说我跟他们是一伙的。我听了差点没搂住苏老师，但转念觉得不可，于是乘势跳到桌子上，高呼苏老师万岁！单元课结束，我得了全班的高分，我很得意，却不踏实，得了这个高分就像捡了个钱包或中了个六合彩，我对她说，你是美院老师里第一个喜欢我的画的，她说不可能吧，然后也没再说什么，看得出她对此不意外。

“苏老师教的单元课结束后，在接下来的素描课中，我的分数马上断崖式滑落，又掉回到原来的低分。很显然，除了苏老师，这里没有人在乎我的画。其实分数不分数的，我原本并不当回事，但是如果评分是针对你作业的品格，而不是针对技巧的话，那评分本身会对我这样的人有影响的，会觉得被打压。我很不服。

“他们喜欢文艺兮兮的东西，‘一个人的乌托邦’啦，‘一个人的风景’啦，‘观看的姿态’啦，还有‘远望’‘临风塑形’

‘诗意栖居’‘激浪铸山’啦，这种矫揉造作、故作风雅的东西，会让我起鸡皮疙瘩。

“我怕那些文艺兮兮的东西。我怕‘美化’，因为那一点也不美，就像现在什么饮料都爱放糖放香精一样。我爷爷是小学老师，我很早就拿他备课的课本认字儿，里面有首诗，是描写祖国原子弹首爆的，其中一句是‘美丽的蘑菇云腾空而起’，我当时觉得那得多大的蘑菇啊，多美啊，很想看看，一饱眼福，可原子弹又不能天天炸，哪里能看到啊。等上高中了，心想不对啊，那可是‘大规模杀伤性武器啊’，你欣赏那个蘑菇云的同时，你也就被炭化了。”

说到“炭化”，我即刻毛骨悚然，可韩冬没反应，仿佛是在说烧烤，我说你病态，他说哎哟，对不起，吓着我的美女啦，我今晚请你吃烧烤。我说烤你个球！他马上说你不慈悲，那玩意儿可不能烧烤的，而且趁机立刻防守反击，说我是外表温柔，内心烧烤，我正要伸手掐他，他说别别，我有个亲密的梦，要向你汇报：

“跟你说实话，就是小时候在爷爷的课本上看到的那个蘑菇云，让我做了个奇怪的梦，我觉得乳白的蘑菇是很性感的，说来你别笑话，梦里我钻进了那个蘑菇里面，原来都是奶腥，可是周围是圆的，像个大管子，而且在伸缩着，好像在呼吸……

“有时我一闭眼，看到各种各样被炸塌的楼，栩栩如生，还有被人打得头破血流的脸，根本不用我来杜撰，也许是基因的原因吧，或者我的前世有什么，我不知道，我太爷爷在‘文革’时是被红卫兵打死的，父亲说太爷爷就是被人打得满脸是血，人家说那是‘墨面毁容’，后来被人踹死的。奶奶投河，叔叔扒火车串联被火车压断了腿，我老家邻居里有个复员军人杀死了大院里的一个最漂亮的姑娘，我还记得那个自制的冷冻棺，里面的人，脸生了薄霜。

“中国的历史就是杀来杀去的，在历史上恐怕是战争最多的国家之一，可翻开中国传统画册，你见不到任何战争场面，都是猫啊狗啊，雪啊雾啊，鸟啊，草啊，蚂蚱啊，一会儿听风声，一会儿听雨声，一会儿又是下棋什么的，就是没有真实历史，没有战争，哪怕是所谓的‘正义战争’也没有，一幅都没有，也没有像《荷马史诗》那样的战争史诗，苏老师说那是我们古人选择的‘雅’，而我觉得那是‘假’，是害怕真实，也就是‘虚伪’，是‘弱’。我很不服，但苏梓琪老师容忍我，觉得我没有‘瞎闹’，她说我讲的有道理，哎，我没见过这样的老师，说学生有道理的，你见过吗？老师都是对我们说教，挖苦我们，考试还要‘三要三不要’。

“那天我多喝了几杯，对苏老师说，咱们古人怂，不敢面对真实，北宋人做了蒙古矮子的俘虏，后宫六院都被掳去玩了，结果南宋人屁都不敢放，还躲在那里偏安弄雅，恶心！我把美术史和历史放在一起看的，北宋亡国，南宋偏安，国破家亡，可你看南宋的画，都是山明水秀，锦绣河山，你看李唐是河南人啊，继续画青山绿水，家住杭州清波门的刘松年也画青山绿水，著名的马远是山西人，逃到杭州还是画青山绿水，他的《寒江独钓图》是名画，可国家都亡掉了，他们这些人怎么就无动于衷呢？像他妈的一堆木头——那些画家是外星人吧！我不喜欢魏碑，对行书行草和楷书无感，太装逼，讲究气沉丹田，稳如泰山。我喜欢草书，狂草，人好像忽然活了，撒开了，不稳了——其实那也是很稳的，一种在动荡中形成的新的稳定，而且是在瞬间形成的，没有什么准备和预设的情绪。情绪能预设吗？全是即兴的，本能的，我觉得那才更牛逼，是活的生命，是不压抑的浩浩荡荡的焦虑，我喜欢，因为我也焦虑。”

我没想到这个韩冬满脑子都是这些乱七八糟的，就说开除你不冤屈啊，韩冬听了，说我幸灾乐祸，我忙问苏老师怎么看，韩东说：“苏老师说画家画雅，估计主要是画家的御用身份，所以要画歌舞升平，画喜庆，吉利，看着让人安逸舒适，日子就能好好地过下去，这也有它的道理，毕竟画家要吃饭，没办法，得投其所好。不过那样画也是画家的心理寄托，是在给自己编织一个梦，一个自欺欺人的美丽的梦，因为不是所有人都能承受现实的残酷和不堪的……而且，对待国破家亡的态度，也不一定仅仅是愤怒，还有别的，比如逃避也是个办法。我觉得苏老师说得有点道理，但对我来讲说服力并不够，但我也不能说服她……你说谁不要谋生？谁都要吃饭，可是美术史里许多真正‘写实’的画，也就是‘接地气’的画，比如石涛，西班牙的戈雅等，还有许多的前卫艺术家，他们怎么就敢画那些真实的东西呢，人家也要吃饭，人家肚子饿了也咕咕叫啊。至于对待国破家亡的另外一种态度，我无法理解，反正我自己不会那样的……”

听到这，我问那苏老师还有话说吗？

韩冬听了，有点奇怪地望着别处，微笑了一下，说：“她竟然摸了一下我的头，亲了我一下！”

我立刻觉得酸溜溜的，说："讨厌！你编的！不可能！"

韩冬忽然脸红了，说好好好，是我编的，是我编的。

他这样一说，我反倒信了，而且有点急，问苏老师真的亲了你吗？韩冬望着我说，你激动什么，又没亲你！我听了忽然站起来，使劲推了他一把，竟"轰"的一声，把他推倒在地，他笑了，嘴里没咽下去的菜还呛了出来，于是我也乐了。

韩冬爬起来，说不准动手，不准动手，把我摔坏了，你得伺候我。我说伺候就伺候，我们女的不怕伺候人的。然后，我们坐在那里，一时无话。

韩冬喝了五瓶啤酒，我一瓶没喝完，他也没有任何喝高的迹象，正在用筷子把碟子里的花生米一粒一粒准确无误地夹到自己嘴里。我问，你被记过处分，但可以继续上学啊，怎么被开除了？他说你说得对，我的开除不是因为那次作弊，是因为别的。然后，韩冬抬起头来，看了看我，说他和几个要好的哥们儿有次做了一件牛逼作品，做完后在国内参展，受到几个搞前卫的策展人的注意和鼓励，我说然后呢，韩冬说然后什么下文也没有了，就是有一天，我被开除了。我说，别装神弄鬼地玩神秘，不就是一个破作品吗，还能开除了你？我不信。他听了继续吃花生米，这回不用筷子夹了，用手指头代替，边吃边说："我可没有装神秘，是人家在装神秘。"

我看到他在嚼的时候，咬肌蠕动，很坚决似的。花生米很快被吃完，然后他将酒杯里的酒一口喝光，左右看了看，说，酒呐？再要点酒吧。然后他又低头继续吃开心果，吃了两粒，忽然表情很痛苦地说："妈的，坏的！不吃了，不吃了！"

我说那你后来当了枪手，会不会有点虎落平阳的感觉，大材小用了？他说老子会东山再起的，但现在老子要挣钱。我说钱可是没底的，你要赚多少才算够啊？他说这很简单，赚够中产就金盆洗手。我说那你这几年就没法清高啦，你也就是个枪手，天天和那些无聊的人、无聊的事泡在一起，他说是的，可没办法，谁让我是精神分裂人格，说一套，做一套，现在都是这样，我不是说过吗，这个社会，你必须有钱，钱，是他们唯一理解的东西。我叹了叹，说，我懂你，可就是有点可惜，他头略抬起一点，看着吧台上的那些喝酒嬉闹的人，说道：

“不过你也别太担心，我对美院那一套太熟了，闭着眼睛玩就够了，根本不用动脑子，也不需花多少精力，我冒充考生，得手后一次代考可以赚一万，没得手也能有三千到五千的进账。”

我听了，呆望着他，他对我的反应很满意，说：“每年我有十万到十五万的进账，而且是只花了两个礼拜赚来的，剩下的时间我就去干点正经事了，有没有被抓？当然有的，但抓也白抓，因为代考属于作弊，只是违纪，不犯法的，所以就算被逮住，也就是送到派出所一顿训话而已，顶多半天就放出来，并不耽误赶下一个场子，有一次，嗯……说了也没关系，派出所的一个人还向我打听能否替他熟人的孩子代考呢，我还真帮了他。”

七

三年级才有的人体写生课，我就从不翘课了。这倒不是男生看女裸体的那种心态，我们女生将那讥为“低端”，我觉得女人看女裸体是不一样的，什么心态，我也说不好。

当女模特在大家面前一件件脱掉自己的衣服，外衣、内裤、胸罩的时候，教室里的空气都有点凝固了，如果是年老的女模特，教室里的氛围要好些。当她们露出干瘪的乳房和松弛的皮肤时，我便不安，甚至会有恐惧感，好像那些肉体在提前通知，将来你也是这个下场！我不知道别的女人会怎么想，肉体对女人恐怕意味着一切。肉体老了，一切都完啦。

身段长相都好的女模特难得一见，却有那么一次，她虽远不算完美，但在我画过的裸体模特中无疑是出挑的。她的乳房是少女的那种，如一只小碗，却已明显隆胀了起来，小小的两颗乳头是粉色的，个子不高，但腿形很顺溜，臀部的形并不好，上宽下窄，有点像男的，但这种男性化的女人屁股很普遍，有些男生在画的时候，故意篡改这个特征，使之上窄下宽，“欧美”化了。我不喜欢这种移花接木的伎俩，是什么样，就画成什么样，刻意“美化”和“理想化”这些，那绝对是一种陋习。

图书馆里画册中欧美古典绘画的女人体，照例都被“理想化”了，可在美院几年的人体课中，我没见过一具画册里的人体，她们都有缺陷，而且正是这些缺陷，才显出她们各自的生动活泼来。有的女人胸部的乳晕特别大，特别深；有的女人乳头特大，像耷拉着的发暗的枣核；有的女人隔着衣服，胸部还算丰满，胸罩一落，乳房就滑坡了；另一些女人的脸由于护理而显得挺年轻，可身体却是不可挽回地衰老了，有的肚子上依然留有浅色的妊娠纹，像青蛙的肚皮，极个别的还有剖腹产留下的缝针的疤痕，如同暗红的蜈蚣。她们每个人都是独特的，有各自的“故事”或“事故”，彼此不可取代。

已故的英国当代大画家小弗洛伊德笔下的人体，我在上海看过几幅，也买了他的画册。从画册的序言里得知，小弗洛伊德画人体，动笔前要走近模特儿，像狗一样闻一闻模特身上的气息，然后把它一笔一笔地画出来。他的裸体男女，常躺在老旧的席梦思床垫上，沙发上，一只脚穿着袜子，另一只脚光着，好像很久没洗过澡而洋溢着某种体味，人不同，体味就不同，写实油画，能画出精微细节，譬如把毛桃的绒绒毛画出来，不足奇，因为那是视觉的，而气息是嗅觉的，如何画出来？可在他的人体画中，我确乎感到了人的“体味”，更确切地说，我好像看到了“体味”。我还记得父母的体味，小时候父亲带我睡觉，冬天怕我着凉，把被子盖到我的鼻孔下，捂得我闷得慌，热出大汗。父亲的体味像某种中药，是板蓝根和别的什么东西的混搭，而母亲的体味则有些像罐头桃子，模糊的甜腻，难以描述，也许和我的体味太接近了吧。我曾想如果我画父母，就画两样东西，一是板蓝根，一是罐头桃子，而我自己就是板蓝根上结了个水蜜桃。高中的时候，我与坐在身后的男生偷偷约会，比赛奔跑，他腿短，虽然爆发力好，但也不是每次都能赢我，跑过终点线后，我们喘着气，手拉着手走，接吻了，我闻到从他头发中散发出的汗酸，类似某种植物，对了，像那种刚刚割过的青草味，有点暧昧的味道，我对他说了，他愣了愣，尴尬得头都不知往哪里放了，后来忽然说，青草味？很正常啊。他后来考上了一所西部大学的数学系，我们再也没联系过了。

时间久了，有些女人体模特会和我聊些各自的私事儿。中年的都是迫不得已出来做活的，其中有的丧夫，有的丈夫赌博和吸毒，有的是失地农民，等等。有个女模特姓朱，哈尔滨人。四十多岁了，很白，有点混血，一只眼灰蓝的，身段保养得还不错，不过总显得很累。二十多岁时，跑运输的丈夫死于一次车祸，从此就只好出来工作了。她每天上午在美院做模特，下午做家政，她怕现在不多攒点钱，将来就老无所依了。我问她为什么不再嫁个人，生个孩子什么的，她笑了笑，没说话。还有一个女的，也是中年了，一张疲惫的脸。进教室，一沾椅子人就困了，眼皮睁开又合上，合上又睁开，姿势也总是在变，弄得大家怨声载道，但一点办法也没有，是我们最无奈的女模特。后来，我们知道她跟老公离婚了，每天晚上都要在 KTV 当一晚上的通宵保洁，一人养三个娃。她的背上有一条刀疤，约十厘米长吧，没好问是怎么留下来的。话最多的是个体态很胖的女模特，她说她是安吉附近的乡里人，是当地知名的一枝花，因老公又懒又赌，养不了她，只好出来打工，后来发现丈夫拿着她寄回去的钱跟别的女人厮混，便要离婚，她婆婆说一个女人在外面，谁知道干什么，这钱肯定也挣得不干净，滚，滚，滚。她说滚就滚，我不怕找不到男人，到杭州第二年，就有男人追，老是老了点……她说着说着，声音越来越小，我探头一看，她已睡着了。此外还有一个男模特，模样还蛮斯文的，但透着猥琐，一天上课时，他突然凑上来，似笑非笑地问我信不信这个世界上有神，我没接话茬，他说“神太玄妙了！”，然后又说他经常一个人在屋里打坐，有时灵魂会冲出体内，贴到天花板上去了。我边画边听，并不吱声，但他却引我为知己。下了课，他容光焕发地跑来对我说道：“你知道吗，红尘是黑暗的，地域是温柔的，红尘就是个酒店……哈哈……”第二天上课，他忽然说他其实是个发明家，刚发明了一种没有臭味的马桶，而且很省水……

一个学期后，我已画了不少人体素描了。我画她们的困倦，她们磨损到有些变形的肢体，画那像青蛙肚皮色的妊娠纹，蜈蚣般的剖腹产刀疤，包括她们的某些男性化的肢体特征，等等。虽然并没有所谓的“女性美”和“古典美”，但我自得其乐。我觉得美术史里那些名画的“人体美”，只活在画册里或者博物馆里，而我画的人体却是活的，就在周围。她们普通而真实，这就够了。只是我得到的分数却是很低的，当然，我也不在乎。

那时壁画系里分了四个工作室，“一工”是主体性创作，“二工”是材料，“三工”是什么我忘了，“四工”是自由创作。我糊里糊涂地被分到“一工”，成天画“抗洪救灾”“抗震救灾”“抗非典”“抗日纪念”“抗美援朝”等重大历史题材，我于此完全不熟悉，也没兴趣，只好应付应付，但分数就更惨不忍睹了，常常不及格，不及格就要重画，重画也不及格。我跑到系里要求换工作室，换成“四工”，系里一口拒绝，说这个口子不能开，要是大家都来换，那就乱套了！

于是我开始频繁翘课，整天待在屋里，足不出户，吃饭基本叫外卖，因为没钱，每天只能订四块钱的炒米线，吃得直恶心，后来人家也觉得两里路送个四块钱的米线太不值，坚决不接单了，我在电话里好言相劝，并说自己会成为一个永久性顾客，但人家只哼了一声，就“啪”的一声把电话给挂了，我只好上街买了很多方便面和几把青菜回来，囫囵度日。

拉上窗帘，在昏昏沉沉的屋里，一边播放着古装连续剧，一边画我自己心爱的小素描。我默写教室里画的人物，并加以改造和变形，人物多半是男女混搭，人兽混搭，真假混搭，虚实混搭。在我的画里，乳房像坟墓状，坟墓像蛋糕，人群像白蚁，路人像蒙古矮马，学校办公室里的人都像幽灵。

八

楼下一大早就人声鼎沸，不久就传来尖锐刺耳的猪的嚎叫声——要杀猪了，那么就是红白喜事啦。我从窗口望下去，不少人悠闲地挤在一个院门口，也看不出是红喜事还是白喜事。韩冬跑上来问我要不要一起去看看，我说这有什么好看的，他说不是看白喜事，是去看杀猪啊，我说那好那好。

于是我们跑下楼，心情急切地朝猪叫的地方一路小跑。路上已经很多人了，披麻戴孝的男女和没有披麻戴孝的男女都显得蛮高兴，看来是白喜事，这使眼前的死寂无聊的村子终于有了点节日的气氛。吹鼓手们不知从哪儿请来的，他们拿着长号短号大喇叭，竟然还有双簧管，可衣着疲沓，一副痞子样儿，估计这个殡葬公司自从成立以来，那些行头就没洗过，人一样也没有训练过就上岗了，我忍不住把这个心得告诉了韩冬，他好像不知我在说什么，心思根本没在这上面。

杀猪地点的人已围了两三圈了，前面一圈是孩子，眼瞪得溜圆，直直盯着那肥猪出神。肥猪此时已被摁在一条木凳子上，肥肚子贴着凳子面，两条前腿已被绑得死死的，另两条没绑，只被人用手摁住而已，那意思是说：反正猪一会儿就死翘了，省着待会儿还要解绳子。

那杀猪人还在咧着嘴霍霍磨刀。看来平常也是任凭刀锈在那里，不过临时磨刀，杀气即起，气氛就出来了。猪大概懂的，所以嗷嗷直叫，可为时晚矣，都说猪的智商不低，但我想还是低一点好，不然怕早已造反，那样的话麻烦就大了，就轮不到人杀猪了，想到这我心里不由一紧。

韩冬已挤到前排，我也跟了上去，贴在他肩膀后面看那把寒光闪闪的刀。猪的叫声更加惨烈了，企图挣脱，而这时那刀尖非常迅速而滑润地就溜进了猪的肥脖子，口子开了，顿时血如泉涌，哗啦呼啦地花似的绽开了。我闭上了眼睛，又睁开了。

这时，猪原来绷得很紧的肉身，逐渐松软下来了，那嗷嗷的叫声，也在那把刀刺进脖了后逐渐弱了下来，现在一点声儿都没有了，只剩下喘气，喘气，喘气。

人群里有人开始说话了，我忽然看到韩冬正低头在画速写，正画那猪脖子的刀口，一层层的翻开的脂肪和皮，猪的含有笑意的眯缝眼，猪的斜耷拉出的舌头，杀猪人的手，上面的血迹，筋脉，污秽，等等……他已经画了好几张了。

也许是我一个女的在这种场合太扎眼，或是我的扮相在村民里太出挑，当我挤向韩冬时，引起了众人的注意，于是大家发现了韩冬在画画，便凑了上来，好像韩冬速写本上的杀猪还没杀完，杀猪人也凑了上来，看了后眼睛瞪得圆圆的，似笑非笑，嘴里嘟囔着“画什么呢，画什么呢，杀猪？杀猪有什么好画的？给我看看，给我看看”，这时，旁边有人笑嘻嘻地对杀猪人说把你也画上了呢，杀猪人听了脸色严肃起来，嘟囔着什么，伸出沾着血的手要拿韩冬的速写本，韩冬见状立刻合上速写本子，拔脚就走，并回头对我使了个眼色，让我跟上来。

猪叫消失后，村子里的人声便闹起了，里面还掺杂着哭声，鞭炮也噼噼啪啪地响起来，乐队开始呜呜啦啦地吹起来了。接着天色渐渐暗下来了，前来吊丧吃饭的人络绎不绝，大红大绿和白花圈一溜一溜地摆满了楼下的那条小路，给这个灰蒙蒙的村子平添了并不协调的艳丽，终于有人唱起“往生咒”，听上去让人昏昏欲睡。

院子里摆了好几张大圆桌，各色菜肴纷纷地被添上去，热气腾腾的，村民们成群结伙，招朋引类，然后缩在宴席圆桌旁不停地吃啊吃啊吃。江浙一带的农村都是这样，从人咽气那一刻开始吃，一直吃到出殡，停尸几天就吃几天，停尸一周吃一周，停尸十天吃十天，所以也叫“吃死人”。眼下天色渐渐暗了，灯亮起来，借着灯光，周围的人脸色陡增神采，红光满面，不知是喝高了还是当真喜气洋洋，反正这些显然是和死完全没有关系的。一个牙都快掉光了的老太太坐在墙角，手捧着一大碗什么，瘪嘴正努力蠕动着咀嚼。她嚼得专注庄严，目光无神。

我倒是真的有点饿了，甚至想喝点酒，对韩冬说了，他说好啊，我带你去一个地方，不远，就在河边，我说什么河边，他说就是那条臭水沟嘛，我瞪了他一眼，说不去，他说你不去会后悔的，我说你就打电话叫个外卖吧，他说不，我只好跟着他去了。

走近那家餐馆时，才想到我其实来过，只是没留下什么好印象。就窗坐下，窗外就是韩冬说的那条河，还好，河水还没有臭味，于是定下心来，想着点什么菜喝什么酒。韩冬一副老主顾的样子，说这里的酸菜鱼，辣子鸡丁，酱爆螺蛳还可以，你要喝酒，不能少了酱爆螺蛳，或者鱼香的也行，你点鱼香吧，甜滋滋酸叽叽的，不就是你们女人的菜吗。我说那好吧，你可别吃啊。

老板是个四十多岁的女人，肤色黝黯，油油的滋润，坐在柜台后一边磕瓜子一边斜眼看电视。我点好菜，问可有洗手间，老板娘没说话，眼睛也没离开电视，用下巴翘起，朝左边的一扇门指了指。我接旨走去，转身插门，身后忽有异声乍起，是鹅叫，嗓音粗糙沧桑，回身看，果然是老鹅，六七只吧，本来是趴在地上的，现在纷纷地站起来了，仰脸盯着我，嗓子里发出呼呼噜噜的声音，这厕所怎么上啊，于是站在那犹豫着。这时一只老鹅走来，歪脸仰视过来，冠肉饱满殷红，目光浑浊，眼神不良，脖子里发出闷闷的咕噜声，似有越轨企图。小时候我的大腿根部被鹅“哈”过，至今心有余悸，见状快步退出了洗手间，果然，我听到身后有老鹅撞到木门上的声响。我找到老板娘后即抱怨厕所里的鹅，她说没关系，不碍事的，说着站起来，终于恋恋不舍地将目光从电视屏幕上移开，起身向洗手间走去，几声呵斥，把鹅们统统赶了出来，然后对我说，好了，去用吧，没关系的。

如厕完毕，回到饭桌，老板娘又把鹅赶回洗手间。我对韩冬说了那里的鹅的可怕，他听了，说，刚才看到鹅从厕所出来，倒想起这个餐馆的一个特色菜就是红烧鹅肉，我差点忘了，于是要来菜单补菜，我看了无奈，说你啊就知道吃。

天黑下来，窗外的那条河便看不见了，船橹在船帮磨动的声音依稀可闻。我说这么脏的小河还有船呐？莫非还有鱼？这鱼能吃吗？韩冬刚才要的酸菜鱼此时已经上来了，我心情复杂，就近细看了看，心想这鱼是不是从那河里捞出来的？啤酒是千岛湖牌子的，两瓶，我酒量不行，可上来就喝了一大口，我有点累了。

韩冬说，你知道那只有越轨念头的老鹅是怎么回事吗？不知道吧，我知道。看韩冬这么得意，我说你瞎琢磨什么，他说不是瞎琢磨，这种鹅都是吃荷尔蒙打激素针催大的，你看它的脸色，红扑扑的像喝醉鬼，就是证明。另外，鹅是有领地意识的，这样就有攻击性了，所以，人家守着卫生间，你一个美女去了，玄！我说去你的，那待会儿你也去一趟那里，我在外面等打一二〇就是。韩冬笑了，说它们是公的，我说也有母的啊，母鹅就不咬你啦，他说他不怕，他对付母鹅有一套，说着吸了口酱爆螺蛳，非常享受，然后喝光了那瓶千岛湖。

“你为什么不问我干吗画杀猪呢？”韩冬问道，我听了，一想，是啊，于是就问了为什么，无非是表达感情的一种方式，他笑了，这回的笑不是一般的坏，我知道里面有戏，进而逼问，他说，“哎，说也无妨……我接了一个大活，其实是一幅大画，是一个教堂的画《圣经》故事的订件，一幅耶稣受难图，耶稣肋骨处不是给刺了一枪吗，那伤口的细节，我就是参考猪脖子上的刀口的，还有血，这些不能编造，也编不好的。苏老师有一次说，中国一位老油画家叫冯法祀，当年他为历史博物馆画刘胡兰就义，为了画好血的质感，就宰了只鸡，照着鸡血画的”。这时韩冬抬头看了我一眼，问，你不是基督徒吧？我说你看呢，他说你不像，所以我才敢这样说。

韩冬又要了两瓶啤酒，一边喝一边接着说，什么时候给你介绍一下苏老师。她也想见你呢。她的身世有意思。有一次，她提到她家乡从前在运动中的吃人事件，说自己差点被村民吃掉，她说当地村长有肾病，要找个坏分子活体取肾，因为当地有个说法，吃什么补什么。苏老师提前得到消息，所以逃过一劫。你猜当地人为什么要吃苏老师的肾，他们说苏老师是书香世家，是文化人，识文断字，吃了沾光，说不准会给后代的血液里加点什么，而且他们觉得年轻女人的肾，更嫩、更补，而且口感好。

我有点恶心，说别说了，这叫我怎么吃啊，韩冬说，对不起，对不起，不说了，然后笑了，说反正也说完了，哈哈！

我不得不承认韩冬相貌并不出色，但他的坏笑，我喜欢，我不喜欢那些模样止儿八经的，那种人吃不准，也许真坏，这样说吧，我觉得坏在脸上的，坏不到哪儿去，而且坏笑也是憨态，甚至是一种单纯，只是这点，我不肯对他说。

半瓶啤酒下肚，我有点晕了。窗外凉风吹来，终于有了河腥味儿，河面上似有黑乎乎的船影静静驶过，船舱上有隐约的烟头的红光。

我说，韩冬，你人聪明，技巧又好，干吗不画点自己的创作呢，把精力都消耗在做枪手上了，岂不可惜？韩冬叹道，也许以后会画的，会画的，不过，也难说，谁知道呢！苏老师说这个时代是个投机者的时代，不是出艺术的时代，她是对的。我说不对，她在害你。

回去的时候已经很晚了。黑夜笼罩住了一切，也笼罩住了那条臭水河，路边废墟般的农民楼也不那么明显和突兀了，植物的气味清晰起来，木芙蓉的气味白天是几乎闻不出来的，而在夜晚人静气清的时候，它们就绵密温柔地包围着过来了，它提醒我说，我在这里啊，我在这里啊，别忘了我啊。柚子树叶的气味此时分外清冽，闻上去像吃了润喉糖。不知谁扔出来的路边废弃的马桶里开出了野花，路灯下，它们鲜艳得像假的，在微风中簌簌然盈盈然。丝瓜缀满了竹架子，再不及时摘下来就会老了。丝瓜老了可以做别的用场，别的老了，就只能毁掉。

九

由于不常去学校，与韩冬见面的次数多起来了，这个无业游民，不做枪手的时候，闲得像个野狗，老是串门，话实在不少，也难怪，他是个走南闯北的人，笑话多，见闻也多，有时说累了，就弹起电吉他来，说我给你来一曲不插电的现场摇滚吧，然后假装很酷的范儿，在那一惊一乍地干吼起来，实在难听，看样子这个人是有点憋坏了。我也无奈，只好忍着，权当个调剂吧，不过他吉他弹得好，曲子虽老了点，好在多半是洋曲子，不常听，乍听也蛮新鲜的。他嗓子不行，干巴巴的，紧紧的敞不开，却被他唱出了忧伤，我能说什么呢。低头听着，想到某些往事，许久没说话。他看到了我，手指下的弦声轻了一度，问我怎么了，我说没怎么啊，于是他继续弹唱起来，过了一会儿，他忽然放下吉他，走过来，伸手揉了揉我的头发，说你哭了吧，别不承认，然后就去烧开水了。

那时，田地开阔，桥洞上的公路没有通车，我们无聊了就跑到那些地方晃荡，尤其是黑夜，大风的天气，我俩就在空荡的公路上大喊大叫，别人有“喊山”的，我们是“喊野”和“喊路”，因风大，我们可以放开喊也不担心被人听见而大惊小怪。

韩冬那天喝高了点，忽然大声胡言乱语起来，开始全是脏话，我也被传染地喊起脏话啦，那个解气爽快！他说那我来点文化点的吧，他把外衣掀起罩住自己的头，然后大喊道：

满地的落叶在大笑
满天的星星在胡闹
满街的傻逼冲过来
满路的石板在嘶叫
满脑的回沟隆隆响
满心的记忆是毒药

喊完，冲着我哈哈大笑了两声，转身面朝着我向后面的方向逆跑着，继续高声大喊：

满天的风筝缠死啦
满楼的窗子飞掉啦
满河的浪花疯癫啦

满门的人影唱歌啦
满身的大风吹散啦
满目的舞台拆光啦

喊着喊着，韩冬跑远了，只剩了风声围着我打旋。我也跑了过去，冲着韩冬喊道："你磨磨叽叽呼呼啦啦地在喊什么啊，我就是听到'满'啊'满'的，你有病吧！"韩冬大笑道："你不懂我这屌丝的情怀，我是相当文艺的，秒杀天下文艺傻逼。"说着韩冬念起这首"满"：

满街的谎言在瞎跑
满街的轱辘在尖叫
满街的路灯在狂舞
满街的太阳在拥抱

接着，韩冬又继续在大风中喊道：

满世界的垃圾在洗澡
满世界的瓦砾在说教
满世界的说教是垃圾
满世界的瓦砾是我你

喊完就乐得哈哈的有点失控，听上去好像是呛了一口风，方才安静了些许，可是我却跑了起来，一边跑，一边转身对他喊：“跑啊，跑啊，跑起来！”那个夜，那大风，现在想来真是难忘。

十

村边的“阿林面馆”是附近唯一的馆子，是我们常在一起吃饭的地方。菜单上仅有三样，番茄鸡蛋面，肉丝炒年糕和水饺，虽如此，在点菜时我们依然专注而严肃，涣散而贫穷的生活里难得这样的小小庄严的时刻。

有次吃完饭，韩冬突然说，你为什么不剃个光头，你剃光头会好看的。我抬头白了他一眼，然后目光回到碗里的鸡蛋面，决意不再理他，没想到这个家伙滔滔不绝地演讲开了，他说，你们女孩子就知道留长头发，还烫发，烫卷卷的那种，或是落汤鸡的那种，虽也OK，但是，我看多半也是为了迎合大部分傻逼男人的胃口，俗气巴拉的。你要有种，就剃个光头，才牛逼，敢不敢啊。

我依旧低头喝汤吃面，故意弄出呼噜噜的喝汤声，他呢，一点感觉都没有，反倒凑近亲切地说：“真的，你头型很好看的，可以留光头的，你知道金庸的《笑傲江湖》里的仪琳吗，那个长相最标志的女人，不就是一个光头尼姑吗！所以，你看，相信我，剃光头，就是要和别人不一样，要不，你要是害怕的话，我来给你剃？”我瞪了他一眼说，滚球，他说真的别怕，就算理坏了，你不满意，扎个头巾也照样出得了门，而且光头系头巾很有魅力的，真的，相信我。我听了，想想也是，就对他说，那就滚回来吧，但是要先说好，你先拿你自己的头试刀，他说当然，没问题。

那天下午，我将中午没吃完的乌冬面盒饭移至一边，阳光透过肮脏的玻璃窗子照在那里的面汤和露出一半的乌鸡蛋上，小飞虫在我头上嗡嗡盘旋不去，有几只还粘到我的眼睫毛上了。我觉得那只乌鸡蛋就是一个完美的小光头，光滑细腻，色泽温和，像女人的皮肤，我于是叹了，斜卧在被子上，望着那只乌鸡蛋发呆，正当睡意要漫来之时，有人敲门，咚咚咚，咚咚咚，我起身开门，是韩冬，哎呀呀，一个亮闪闪的光头青皮男，他倒是说做就做，真拿自己的头开刀啦！我本能地摸了他光头一下，嗯，手感就是好！

“去不去苏州？”还没等我对他发起攻击，韩冬就往我的手里塞了一张火车票，低声说道：“明天下午两点。我在苏州接了一个活，算你一份。”

在大巴上经过不到三小时的颠簸，到了苏州北站。那个司机为了省过路费，尽走国道，所以一路黄尘漫漫，又磨磨叽叽地在路上多花了大半个小时，到了苏州已是下午两点多了。我们住在苏州城南的一家民宿酒店，周边都是还没拆掉的老街，虽破烂，倒有几分颓废，这是我喜欢的。可我实在不喜欢苏州甜食糟鱼和软语，韩冬安慰了我，沉吟道，也别以声取人，你不是说你喜欢苏州评弹吗，那不就是苏州软语嘛！我白了他一眼，说那可是两回事。

头天夜晚，我们去了平江路。那是一条沿河的长街，河面虽窄，河水一侧的古旧老屋则被苍绿的灌木丛掩映左右，暗暗露出某种“资深老街”的味道。时值四月，春意嫩嫩生，柳絮在空中纷纷飘漾，碰在脸上丝丝的痒，石砌的街面微湿，也许是昨夜的宿雨吧。当天虽不是双休日，街上人却不少，唉，哪来这么多闲人啊！转念想，我们不也是闲人两个吗！

路灯下，有个老婆婆银发灿烂地朝我们慢慢走来。她一身素静，挎着一篮颤悠悠的花，满身花香地提议我们买点花吧，买点花吧。花香甜润，是茉莉花，篮子里花束之下，还有些由小细铝丝串成的手环，手环的款式居然蛮新的，简洁洗练，又不失委婉的细节，它们层层地铺在篮子里，清新地彰显自己出自民间而又不俗的身段，也确实是的，那造型完全不是常见的玲珑的民间风味，而是经过时尚的洗礼专为景区游客定制的，显然，不是家里有年轻人做她的艺术总监，就是这老太太是个天才。

对这些茉莉花，我是很熟悉的。小时候爷爷奶奶在阳台的院子里种了两大盆茉莉，迷人芳香，奶奶有时摘花泡茶，也有时取一小朵别在自己的发髻上。年轻时的奶奶长得美极了，老了，姣好的骨相依在，她习惯穿青色和灰色的罩衫，显得素静平和，梳了一辈子与她永远合适的“包包头”，后来她老了，头发稀少得无法再插那茉莉花了。

所以我本能地对茉莉花串怀有好感，就身拿起两串闻了闻，香味虽在，却委婉不足生猛有余，我疑心是不是喷了什么香精，正犹豫，韩冬已经付了钱，说戴上看看，戴上看看。他的语气不由分说，也不容置疑，说话间已郑重地替我把手链戴上，同时又取了一朵插在了我的头发上。我承认在那一刻茉莉花是无价的，而且飞过一念：幸好没剃光头，不然这花往哪插啊！

韩冬说他也是第一次来，可却老马识途地带着我到处走，看看这，瞧瞧那，总是喜欢当讲解，我看着他，心里想，得了，碰上了个好为人师的家伙了，不过也许是被压抑太久了吧，那就随着他吧，也怪可怜的，一个男生，总要有个自我存在的感觉。

我们在一个摇滚歌手地摊前停了下来，寥寥几个观众，多数都是女孩，坐在河边石头矮墙上，心不在焉地一边玩手机，一边听着，有时还拍几下巴掌，我本想往地上那个纸盒里投钱点歌，韩冬阻止了我，说别别，你看他们那油头粉面的小样儿，能玩什么摇滚啊，莫非是花花摇滚，哈哈，别恶心我了。我说你的偏见也太深了吧，花花摇滚怎么了，于是我赌气地甩开韩冬的手，径直走到那个挎着电吉他的人面前，转脸对韩冬说，我们点首歌好吧，他说好啊，什么歌？我本想让他们唱首我熟悉的，像陈奕迅的《十年》或王菲的《闷》，怕被韩冬讥为小资，他以前就嘲笑过我的音乐品位，不愿意再次给他这个机会，于是转过脸用眼神瞪着韩冬，说你点啊，你不点，我就要点了，到时你别后悔！韩冬见了，笑眼眯着，假惺惺地说你点吧你点吧，你点就是，我眼睛一瞪，说你点，韩冬听了，无奈了，只好深深吸了口烟，说那就让他们唱《一无所有》吧。

那年轻人听了，略微一怔，转脸对旁边的同僚说："《一无所有》，会吗？我不会。"那人听了说我也差不多忘了，歌词记不全了，这可是老歌，我也很久没怎么唱过了，不过他说着还是接过电吉他，轻轻拨弄开来那几根弦，然后轻轻地哼了起来。

韩冬在旁愣愣地听，像是盗贼在听挖地洞那样专注，又像碰到了什么突发事件那样在旁边凝神观看，我觉得他有点可笑。我从来就没听过《一无所有》，韩冬点它，那么就乘机听听吧。

吉他手开始唱了，声音不大，然后稍微高了起来，但也高不到哪里去，就在那个调门上稳住了往下唱，可唱唱就忘了词了，吉他手面露尴尬，但同僚在旁似是而非地提醒着鼓励着，所以又可以使那歌手断断续续地往下唱。

我大概听出来个歌词，觉得有点无病呻吟，故作深沉，自以为是地瞎折腾，这些八十年代的英雄们，一曲苦巴巴的嘶喊，要叫个天下白吗，一帮傻逼！好在那个歌手并没有全力以赴，而是浮光掠影，意思意思就 OK 了，我觉得这歌特别不适合在这里休闲的旅游一条街旁边唱，这是韩冬故意捣乱。

旁边的游客走来走去，没人停下来，人群中，有的手执棉花糖，有的正用彩色吸管喝着奶茶，有的互相调笑打斗，有的似有心事慢悠悠地在那闲溜达，有个母亲正在埋怨孩子什么，忽然从什么店铺门口传来了什么特制卤鸭的叫卖声，此时，从另一个方向的河面上，又晃悠悠地行来一船新绿的莲蓬。

韩冬这时乐了，露出了他那几近幸灾乐祸的坏笑，我也笑了，觉得这些乱七八糟的声音搅在一起，简直就是交响乐了，我因而对那些歌手升起歉意来，不该点这首歌，不该点他们不熟的歌的。韩冬还在那乐啊乐，然后他转身对那船莲蓬摆手，问莲蓬多少钱一斤。

我们一边吃着青绿的莲蓬粒儿，一边继续走，韩冬把我带到了小桥对面的一家茶馆。暮色中，这家古色古香的茶馆入口处，浓郁的红色照明灯光把周围的石墙和绿树也照红了，有点血色茶馆的味道，来往的游客笑吟吟地站在红灯下合影，他/她们在融融红光之中显得楚楚动人。正欲进去，门边的服务员已殷勤迎来，和悦地道了晚安，并轻声让我们跟随其后，穿过花木繁密幽深的窄道，来到了一间灯光明亮的大厅。大厅空荡，时间还早？我们随意挑了一张离表演席最近的座位坐下了。要了两份茶，我的是碧螺春，韩冬的是铁观音。

走了一天，难得坐下来享受这安详舒适的时光。服务员递来一份曲目单，有上百首吧，价位自八十至两百一首。浏览几圈，我脑子还是空的，对那些曲目没有一点概念。这时一男一女已经分别登台，两个人的年龄均在三十岁上下，男的长衫是橘黄色缎料，女的旗袍则是柠檬黄。两人抱着琵琶和三弦坐下，男的对台下的仅有的我俩说了个开场白，说怎么欢迎啦，怎么有缘啦，怎么高兴啦，之类，语词文雅，听得我俩像被按了摩那样舒服，我觉得他俩能如此从容应对这空荡的大厅和萧条的生意，着实不简单，恐怕也早就习以为常了，而我则觉得有点不太自在。

开场白之后，男的说先免费献上一首《紫竹调》，吱吱呀呀地弹唱完毕之后，两个人便在屏风后面脱下各自的外套，换上长衫和旗袍，等待我们点下付费的节目了，于是我点了《潇湘夜雨》，是红楼梦里林黛玉一个人在潇湘馆里感怀身世的一段戏。两位演员见了我们点的曲子，即夸赞我们的品位不低，继而从容自若，弹起来了。我至今仍记得那第一个弦声多好，多空旷，多动人啊！我想我是很容易被某种氛围所影响的，忽然莫名地有些伤感起来，当然我是没显露出来的，光头韩冬没有丝毫的察觉，可是我知道我是很难受的。

我又点了一首八十元的曲子，曲名现在已经不记得了。他们弹唱得依旧认真自然，自始至终，我暗生敬意，心想这事轮到我，也许早就要怠工偷懒了。韩冬在一旁则慢慢地呷着茶，练达、老牌的架势，后来，在弹唱间隙中，还和两位演员聊起苏州评弹的一些历史啊，技巧啊，特点啊，创新啊什么的，我则在一边继续喝碧螺春，渐渐地也觉得茶味开始寡淡了。

休息的时候，那女演员蹬掉了脚上的两只高跟鞋，顿时解放了自己的双脚，享受着宝贵的自由时光，手指捏着手机不停地玩着什么，这时的她已和台上端庄优雅的形象判若两人了。男的呢，则和一个模样像保安小头目的胖子聊起来，好像已是老友。韩冬开始露出无聊了，他把手上的无花果不停地捏来捏去，然后扔到了烟灰缸里，他扔得很准，那无花果在空中形成了一个美丽的抛物线。

十一

再次坐下的地点是一家“半梦”酒吧，一进门，气氛大异，满屋子的噪音，一个一身黑装的女人正在一个大鸟笼子里大嗓门地唱歌，她穿着红色尖头皮鞋，身上黑色蕾丝吊带裙暴露得恰到好处，演唱风格装酷，声嘶力竭之中，尺度却把握得细腻委婉。酒吧的中央是一个圆形的吧台，四周上下左右好像全是酒酒酒，昏暗的各种酒瓶钢杯高光闪亮，氛围使整个酒吧沦为一个地下活动的场所，我们这些人都好像是些不法分子。韩冬要了一个“轰炸机”，一口吸光，没过瘾，又要了一排“轰炸机”，又一口吸光，还是没尽兴，便咧了咧嘴，露出对那酒很蔑视的神情，其实是为没能快速发晕而有点遗憾吧！然后，他又点了瓶苏格兰黑啤，低声骂：“妈的，希望黑啤是正牌货。”韩冬喝到第四瓶的时候就有点高了，这个从他的眼神的恍惚样可以看出来，我知道他肚子里的“轰炸机”和苏格兰黑啤恐怕都是真的，它们此刻正在他的肚子里绞杀起来。

“苏州拙政园里有杀气……”

我说“轰炸机”把你炸傻了吧！韩冬听了，眼睛眯眯地慈祥地说：“是把我炸醒了……你们女人不懂，酒是一种药，越喝心里越明白的，可你们以为我们醉了，呵呵……其实……”他没说下去，停顿在那里。我于是也点了个“轰炸机”，一口吸光，韩冬见状笑了，说你真够哥们儿。我说你得意什么，你知道你剃了光头有多傻啊，像个逃犯！他听了，乐了，说，我就是逃犯啊，我这一辈子就是逃，我听了，一下子捂住他的嘴，说这种话不好瞎说的，他掰开我的手，又继续说：

“你真土，逃犯就是驴友，满天下跑，你干嘛捂我的嘴啊……”，我笑了，说，不捂驴嘴了，那你带着我吧，你去哪儿我去哪儿，他听了说那是绝对的，然后闭上了眼睛养了会儿神，神态严肃，接着，慢悠悠地说道：

“……拙政园，说什么高超的园林设计？！一句话，就是个‘躲’！弯弯曲曲，曲曲弯弯，说是穷变化之妙，显实中之虚，其实不就是躲躲闪闪，不肯坦荡吗，这和那些回避现实，不敢直面战争的绘画是一回事！”

我白了他一眼，说胡说些什么，直来直去，一目了然，那叫什么，太简单了吧。

韩冬不理我，继续嘟囔着：

“……拙政园里面藏了一首诗，而且是打油诗，谁猜到，谁就倒霉……”

说到这，他睁开了眼，看了看啤酒瓶，继续说：

“一首好猜吧，所以要当心，最好别猜，自找倒霉就傻了……不过倒霉是倒霉，可也许并不坏，不然多乏味啊……”

我说你猜到了？韩冬看了我一眼，没说话，吐了口刚吸进去的烟，说道：

“哎……是真货……是真酒……我开始还以为又碰上假酒了……酒是个多好的东西，江浙人现在都喝黄酒了，以前喝白酒的，肯定是喝白酒，你不信，我信，真的，我做过研究，我偷过一只古玩，一只酒盅，吴文化的见证，夷蛮之人，喝的一定是烈性的白酒，唉……怎么说呢，苏州人从前不是这样的，因为从前的酒不一样，从前苏州人，‘人性并躁动，风气果决，包藏祸害，视死如归，战而贵诈，此则其旧风也’。”

酒吧声杂，我没听清，觉得他喝高了，怎么还能这么溜地背古文呢，让他再说一遍，韩冬笑了，说我喝酒的时候记性最好了……我问从哪来的那些臭词啊，他说是《汉书》，我说你还读古书啊，他说没有啊，是苏州博物馆里墙上挂着的地方志啊，你不是也在吗，今天上午我俩一起去的啊，真粗心，不过别当真，别当真，也别当假。

“那……那你把我当真还是当假呢？”

“……假亦真来真亦假！”

“去你的臭拽，你知道我在问什么！”

“女人啊！怎么说呢，太清醒也不好……你嘛，我当然喜欢你……”

“不，我觉得你喜欢苏老师，不喜欢我。”

他听了没吱声，沉默不语，眼看着调酒师。

“说中了吧，我就知道！”我话刚出口，即觉得是多余的，心收紧了些，我觉得自己眼眶转着眼泪。

这时，大鸟笼子里那身黑装的女人换了一民歌与流行混搭的，正在那里一五一十地唱歌，眼睫毛轻微地颤抖着，红艳的口红，油润的嘴唇和皓白的美丽的牙。这时管乐响开了。

“……没有你的日子我不瞒你说唉，我有别人，那个别人呦……让我想起了那个里格儿小曲儿来，那我已经忘掉的曲儿……

……想起那个曲子唉，不如忘掉那个里个儿好，因为你就是那个里格儿曲子里唉，你是你是那个曲子里的痴情人……

……今晚，我为你庆祝我的爱情，这似乎是一件很自然的事。

……今晚，没人能找到我，我们将把世界抛到脑后。

……今晚，希望你也和我一样感同身受，让我靠近你，让我们亲密无间……”

这么混搭，让两种歌曲似乎都变了味儿，而那歌手一边唱，眼睛一边无神慵懒地环视周围，然后抬高视线，环视着酒吧四周的墙，然后把视线抬高到模糊昏暗的天花板，如此递增，嗓音也逐渐上升，上升上升，我怔怔地望着那女歌手的眼睛和涂得艳红的嘴唇，心中隐隐觉得既是空的，又是沉甸的。

韩冬也好像在听，但可以看出他心不在那歌曲上，片刻之后，他转过脸来对我说："我喜欢你，你年轻，可爱，傻子才会不喜欢你这样的女孩，可是，怎么说呢，我也喜欢苏老师，我不知道怎么回事，你们不一样，但这是实话，我也本不该这样对你说的……"

看着他，我终于明白他更喜欢苏老师了，我无话可说，能说什么呢，责怪他说实话？我失落极了，心里空空的。

"……本想……本想以后再说，可是以后之后，还会有以后，还可能不会说……

"……初中的时候，我母亲死了，车祸，我就在旁边，血溅到我脸上……不久，父亲又娶了别的女人，没人管我了，后来父亲给我钱，让我自己买早点和午饭。那时我和班主任好过，她每天给我带早点，其实是她自己给我做的，我能吃出来，煎鸡蛋，煮鸡蛋，还有热牛奶，吃着这些，我就想起母亲。她也给我买过衣服，很时尚的，鞋也是名牌，那时我从没穿过任何名牌，同学瞧不起我，班主任给我买。班主任上门家访，父亲不在，就和我好了……嗯，其实那个时候我他妈的什么也不懂，当时我也就十五六岁吧，可发育快，个头都已有一米七了，虽遗过精，但完全不懂，有点慌慌的，班主任说我的脖子像马，喉结像块鹅卵石……我其实好像也喜欢她，记得那是下午两点，她穿着白羽绒衣，牛仔裤，和我母亲当年穿得很像……后来记起来，我对她说过我母亲喜欢穿白色的羽绒服。

"……那是第一次……我很疼，不舒服，但她对我真的很好，后来她还哭了，让我原谅她，以后她又来过几次，有时在家，有时在外面……”韩冬说得虽然有些犹豫，但很平静，然而他越平静，我则越不安和苦楚。

周围很吵，韩冬的脸隐在灯影里，继续断断续续地说着，我却听不进去了，可他似乎没觉察到还在说，完全沉浸在自己的往日了，说着说着，他转过脸来，我终于看到他转过脸来望着我时的眼睛是湿的，他流泪了，这是我第一次看见他如此动情。突然间，我感到疲倦，感到持续一整天的精力和愉快忽然烟消云散，这本是愉快的一天的收尾，酒吧里，喝点酒，晕一晕，说说话，一天就这样过去了，可却出现了这样的情况。哎，许多不祥的事，不好的消息的降临，都是意外的。

我觉得他说的一切都无懈可击，可我就是觉得受不了，心里不断地在拒绝，我说：“你……喜欢老女人吧？”

他听了，眼神低顺下去，脸好像轻微地痉挛了一下，但只是一瞬，又恢复常态了。他仰起脸，轻声道：“说实话，我没想过这个。”

“可她不是你的老师吗？比你大很多吗？”

“……确实是的，但我并不觉得她老。”

“那你不觉得……”我想说“病态”这两个字，但却是另外几个字从嘴里说了出来，“很怪吗？”

“没有……没有，不奇怪，我没觉得奇怪。”

我看着他，听着他说出的每一个字，没有犹豫，没有吞吐，都是脱口说出来的，如果说在听评弹时他说话心不在焉，此时他是专注的，他知道自己在说什么。

我们又喝了几瓶啤酒，慢慢地喝着，但没再说什么了。回到了旅店，彼此都像是很累了。韩冬有那么几次欲言又止，但终于没有再说出什么来，但在他回到自己房间时，忽然吻了我一下。这是他第一次吻我，原本是我所期待的，但却发生在这种时候，我心里有种说不出来的味道。

进了房间，我把自己关在浴室里，灯光显得很强，明晃晃热烘烘地照着我，我感到镜子里的自己有些陌生，脸色有些灰白。手上戴着的那两串茉莉花上的花瓣，所剩无几，不知掉落在哪里了，只留下两个细细的铝丝环依旧空洞地套在我的手臂上。

十二

她的口红是暗褐色的，长发松散自然，作为一个四十多岁的女人，我不得不承认她风韵犹存，有一种让年轻女人侧目的气质。眼下她身着松散的原色亚麻衫，看得出质地优良，不像国产货。她抽烟，并非只是图个“范儿”，而是吸入肺里的。

她是苏梓琪，苏老师，是我们这次下乡写生的带队老师之一。路上我悄悄地观察她，而她似乎也多少意识到这点，但我们的目光并没有真正碰上过，确切地说，我朝她看的时候她没看我，她看我的时候我假装在看别处，我们已明确地意识到彼此的存在了。本来我还在琢磨着怎么见她，什么时间和地点，是约，是故意偶遇，还是上门，等等，都没想好，而这次她带学生下乡，我就想躲都躲不开她了。

渼陂村是一个古村。美院在这里有个固定的写生基地，我们被安排到村里的一所小学的宿舍楼，学生住在一层，老师住在二层。楼在一个不大的院子里，院子里有不少树，其中有泡桐和樟树，来的前一天可能下了大雨，枝叶湿亮，泡桐树的白花不少被雨打落在地，白白的散落一地，残香弥漫，我想到现在是五月的暮春了。

我在寻找机会单独会会苏老师，可是很难，她的房间常有很多学生，有的给她看画，有的聊天，反正总有人在。望着苏老师房间的明亮的灯光，听着那边传来阵阵欢闹声，我不由想，如没有韩冬这一层的原因，我肯定将是她屋里常客的一个，没准是铁杆常客。我会有事没事都待在她屋里，看她的眼脸，谈吐，化妆，她的服饰，她的人，她确实与众不同，那天太阳好，我在顶楼凉台上看到她晒出来的一条毯子，多漂亮！一看就知道她很有品位，可她却是情敌，而且还要打败她，哎，我注定是她的敌人，可惜，还有希望做朋友吗？只有来世了，来世我一定会是她的朋友，是一个死党的，可现在我要精力专注，等待机会，我想我会有机会的。我要有耐心。

渼陂村也和许多别的村子一样，青壮年都外出打工挣钱了，所以是个空村，一整天都是安静的。有条自西向东的长长的老街，每天清晨，一个村夫挑了一担豆腐，从街的这头一路吆喝到街的那头，还有一个邮差准时在中午的时候，晃悠悠地骑车来到村头一家小卖店，留下信件和报纸，差不多就算这个村子这一天的全部经济和文化活动了。

街两边原本是些店铺和民居，都已人去屋空，门窗紧闭，好像久无人迹了。偶有开门的房屋里，枯坐着的老人老妇，目光无神地望着屋外，若生人路过，便引起老人目光的格外注意，怔怔地看着你。有一个瘦老头子那天看到我们，竟然惊恐地直喊“女干部，女干部”，吓得我们拔脚就跑，而旁边的邻居看了则憨憨地笑着，说不用怕的，不用怕的，他得了病的。能看到的家家户户的室内正屋，墙上贴着自家人的全家福之类的黑白照，这些黑白照片多已发黄，人像显得模糊了。上面有些草体小楷题字，以记下当时的年份，多半都是六七十年代的。房屋后面有一条与这老街并行的河，百米宽，水清流缓，对岸是油菜花和深绿色的树林。听说原来河面上往来的商船是很多的，后来逐渐萧条冷落了。年年汛期，河水会漫到街上来，所以那条街也叫“水街”。民屋的墙上可看到河水留下的印记，离地面有一米多高吧，据说，每年那时外边打工的人都会匆匆赶回，打理堵水搬家具的事。

村里最大的建筑是一个庙堂，村民叫它“万乐宫”，据说当年船商沿河运货到此，买卖完毕后，便到此行乐、赌博、看戏、洗浴和嫖娼，繁华一时。旧的院墙还在，墙面上嵌有一块黑色石板，上面俊秀的阴刻小楷，记录着当年捐款造万乐宫的诸位商贾的姓名，几千银元到二三十银元不等，按款额多少排序，并有碑刻日期：民国十九年。每次看到那块石板，我都禁不住地赞叹那娟秀的字体，而对那些陌生的人名儿，年月久远，只是纯粹的符号了。

有时，我看到苏老师在这些墙上的标语前发呆，拍照，也会在那块刻了字的黑石板前仔细端详，空闲了，她也会对着树木花草画速写，那天我路过一片阳光姣好的庭院，正撞上苏老师和几个学生笑语盈盈地走来，各自手里好像都捧着什么，见了我，苏老师含笑走来，伸手递来一串什么，说，尝尝，好甜呢！我看见是桑果，紫红色的，苏老师的手心也被果汁染红了，我伸手接过来，低头品尝桑果，说好鲜美，其实我并没太注意果味，只注意到她说这种桑果是野生的，树龄年轻，果子正是好吃的时候。

果子确实甜美，可我心里却怎么也是酸的。

次日夜，都静下来了。我敲了她的房门。开门了，苏老师正在用毛巾擦自己湿漉漉的头发，好像刚刚洗完头，见我，略显意外，但好像知道我迟早会来。

屋里飘着某种清淡的香水味，真好闻，说不出是什么香型，但无疑是我喜欢的又从来没闻到过的那种，在那一瞬，我的敌意似乎模糊了，同时又好像加深了，我一时也说不清。

苏老师微笑地看着我，这是她在来到渼陂村后第一次与我真正的对视，没想到的是，她有着怎样迷人的眼睛啊，可惜这样的眼睛，这样的眼神，来自她，来自苏老师，苏梓淇。

苏老师说你坐吧。我没坐，依旧站在那里，她笑笑，看了看我，自己坐下了。

彼此无话。她说喝茶吗，我说不喝，她听了便没再说什么，在自己床边上坐下，点上了一支烟。

我发觉自己开口说话了：

“我知道韩冬喜欢你，可我更喜欢他……而且，而且，你也有四十多岁了吧。”

她没说话，看着我，吸着烟，又徐徐地吐出来。

我开始脱衣服，外衣，内衣，一件一件，不紧不慢，当最后一件内裤脱下来后，我年轻的、雪白的、皮肤滑嫩的裸体便出现在她的面前了。我的乳房是丰满的，乳粒嫩红隆起，双肩圆润，腰腹遒劲有力，臀股饱满，两腿修长，脱了鞋，我身高也不下一米六八，唯一不足之处就是肩胛处有一个胎记，但那是在背上，她是看不见的。我的头发也极好，乌黑茂盛，不像别的女孩子那么细软，可我却忘了洗头了，如果洗了发，再吹一吹，就会显得更加蓬松，我为自己的这一疏忽懊恼不已，不过好在屋里的灯光略为昏暗，看不出来。我目不转睛地看着她，捕捉她眼中任何一丝一毫的神态的变化，很快，我感到我是个胜利者了。

她掐了烟，慢慢地站了起来，犹豫片刻，也开始一粒一粒地解开自己衬衫的扣子，脱下来，扔到了一边，再解开胸罩，除去外裤，又去掉了内裤，这样，不一会儿，她也一丝不挂地站在我的面前了。她的肉体是衰老的。她的乳房下垂，乳晕发暗，小腹有赘肉，脖子也露出了筋，皮肤也没多少光泽了。可以看出，她虽然曾是个好胚子，但岁月已使她不再丰润，腰肢、胯部、双腿微枯萎，包括她的手腕手指，都躲不掉我的敏锐的目光，她是没法和我比的。

她那样地看着我，我也看着她，都静在那里，我忽然开始觉得不知如何是好了，接下去该怎么办，说什么，如何收场？脑袋里原本清晰的思路，现在乱成一团。我忽然觉得很尴尬了。

还是她替我解了围。她轻轻朝我走过来，哎，步姿依旧轻盈自然，优雅有弹性，这种类似风度的东西，时间是磨不去的吗？走到我的身边，她注视着我的眼睛，然后，她的目光看着我的身体，我的乳房、双肩、胳膊、胯，等等，她伸手轻轻地摸了摸它们，嘴里模糊呢喃，眼神恍惑走神，我感到她目光里隐约出现了嫉妒，可随之被抑制住了，继而被某种慈祥和爱怜取而代之。

她弯腰从地上捡起我的外衣，披在了我身上，喃喃地说，傻孩子，穿上吧，天还冷，别着凉了，然后她走回去，自己先一件一件地穿上了衣服。

“回去睡吧，不早了。”她又扭过头来，轻声说道。

我突然觉得自己幼稚极了，脱下的内衣和胸罩还在我的脚边，最初的瞬间的胜利感，此时已荡然无存。我觉得我被什么击中了，准确地说，是被什么击败了。

十三

在接下去的日子里，我都有意回避集体行动，回避苏老师，我也无法确定她的目光是否在寻找我。也许不会再在意我了，两天后，是个深夜，她来宿舍找我。

“出去走走？”她微笑着问道，我几乎没有丝毫的犹豫，顺口就说好，这让我自己都感到意外。

从小学大门口出来，我们走在村里的石板路上。这是我第一次在天黑的时候走出小学校。校门口的那几盏路灯，把我和苏老师的影子斜长而硕大地投在了路面上，随着我们的走动，那两个人影也移动起来，一会儿变短，一会儿又变长了。

骤雨初歇，刚才还有散散的凉凉的雨点子落下来，现在已经完全停了。可以听到树叶在微风中窸窸窣窣地摇曳，空气中弥漫着植物的气息，月亮在银亮的流云中隐现。我和苏老师走着，咫尺之遥，我们好像都被黑夜吃掉了，彼此却看不清对方，只能听到各自清脆的落在石子上的脚步声，不知怎的，此时，我忽然想到那些长期待在山洞水里而失去视力的鱼。

我问苏老师可知道那些没有视力的鱼。她答道没听说过啊，真有这样的事儿？我说当然，而且进一步说，不仅那些鱼在山洞里失去了视力，而且因为在浅水里待久了，身上的鱼鳞也变得细弱，容易受伤，弄不好就会感染死掉，游的速度也不比江海里的鱼那么快和灵敏，所以一般都长得偏肥大，再有，再有澳洲的一种地鼠最初是候鸟，后来进化成……我怎么说起这些话题了，有点奇怪，甚至觉得愚蠢，于是不再吱声了。

继续在石板路上走，过了一会儿，苏老师说，完了？我说完了，苏老师说很有意思，然后，她忽然停下来，转身，微笑地对我说：

“怎么啦，小雯雯，昨天你还直率。”

小雯雯是我的乳名，除了家人，身边的人中只有韩冬知道，苏老师居然这样称呼我，让我很意外，也有些怪怪的。苏老师说完又转回身去，继续走着，然后说道：

“我是喜欢韩冬，怎么说呢，也差点爱上他。但我不能，不管怎么说，他和你一样，都还是孩子。”苏老师说到这，停了一下，又继续道：

“……说起来，我已经很久不爱人了，我这个年纪大概很难再爱男人了……”，说到这，苏老师忽然问我：

“你猜我多大了？”

“四十多，韩冬说的。”

“我很开心，其实我五十多了，过了今年，就五十二了。”

“五十二了？！看不出来，真的看不出来，真的！”

“我是属马的，你算算呀……虚岁快五十三了，哎……”

我停在黑暗中，没说话。苏老师继续往前走，我也就跟了上去。

“我的第一个丈夫是我大学的同学，那是很久以前的事了，他那时疯狂地爱我，我那时喜欢波德莱尔，他就去读波德莱尔，我喜欢德国新表现绘画，他就去找德国新表现绘画的画册，说都很喜欢，而且比我还喜欢，还说出更多的内容细节，还能背诵一些句子，你说好玩不！我那时年轻，和你差不多大吧……他也没错，因为他爱我，爱一个人就会做傻事，也会做一些自己原来根本不会做的事，所以，后来我才发现，其实他是个家庭型的男人，也根本不喜欢波德莱尔和德国新表现绘画……

“……大学毕业后，我们结了婚，他父亲在新西兰做生意，我们就去了新西兰，在海边有了栋房子，海很美，他觉得此生也就是这样了，彼此要厮守一生了，但是，没几年我们就离了婚。开始我以为是丈夫在婚后变了，后来想想是不是我变了？再想想呢，我们谁都没变……我没想到一个男人也会那么喜欢平静安逸的生活，一天到晚守着家，喜欢买菜做饭，养蚕养金鱼和下围棋，把家里弄得非常温馨，还养了一条比特犬，说我喜欢这种大狗，他一切都围着家庭转，家具也是按我的喜好买的，还有别的，拖鞋也整整齐齐地在门口摆好，抹布用完后，会整整齐齐叠好，放在原处……其实，他是个好丈夫，作为一个女人，我无话可说，还有什么可求的呢，是我不好，我没想到自己并不是一个传统女人……后来，后来我碰到另一个人……

“我第三个丈夫是画儿童卡通的，你问我第二个丈夫？哎，不说第二个了吧，以后再慢慢说吧，我第三个丈夫是个老头子，四十年代去法国留学过，回国后在大学里教书，我曾是他的学生，我浪漫？是的，是吧，同学朋友也这样说，什么浪漫不浪漫的，真傻的啦，其实大家说我傻的多，还有更难听的，就因为看了他的几本图书，结果昏了头，嫁了他。哎，现在想想也是命，读书是危险的，我现在虽然还在读，但……哎，今天我话真多……

“我是独生女，父亲是大学教授，教心理的，他给我买的第一本画册是莫奈的，可我当时一点也不喜欢莫奈，他问我喜欢什么，我说我也不知道，我父亲听了说好吧，那我们去书店挑吧。他领着我去了一家当地最大的书店，那时开放，书店有很多进口的读物，古典现代的都有，包括二手书店，也很丰富，种类繁多，有钱就能买到。结果我在那儿发现了本儿童画册，喜欢得要命，什么书名？我想想，是《重新找回夜空》，是的，是那个书名。那不是一本普通的儿童画册，其实是成人题材儿童心理的画册，里面有一幅图我现在还记得，就是在一个大城市里，有一天，不知怎么回事，好像是一阵突如其来的狂风之后，所有的孩子都走丢了，孩子们都大哭起来，四处找各自的父母，于是孩子们在那座城市的大街小巷里转啊转啊，一无所获，孩子们继续找，于是来到了城市的郊区，不再有楼房，也不再有街道和桥梁和工厂、医院和邮局，他/她们来到了自然界，看到了树林和河流，看到了彩虹和更遥远的星星，听到了鸟叫和瀑布，还有很多奇怪狡猾而又和蔼的动物，于是都不再哭了，有的发呆，有的欢喜，有的爬到树上，还有的飞到了天上，还有……我看了十分震惊，父亲见状，指着那些做着不同事情的孩子，问我喜欢哪个小孩，我说我喜欢那个飞到天上的……”

黑暗中流水声隐隐传来，可能走到村头的那条河了，白天看到的景致和夜晚是不一样的，哪怕是同一个风景呢，也是景象迥异；白天的心情和夜晚也会不同，谈兴也一样，黑夜，有时让人敞开心扉，很少顾忌，这些，我是事后才体会到的。

“……有时我想，爱情是年轻人的事，青春时的爱，等年纪大了，爱就是另外一回事了，这个，你现在可能还不懂，以后慢慢会懂的，为什么？我也说不清，我不觉得一个五十多岁的人就比你们二十多岁的人懂得多，不一定的，真的，即使懂了点，也说不清，我有时也幼稚得可笑得很呢，不是吗，真的很可笑，也难为情，你不会介意吧。”苏老师在黑暗里说着，声音微颤，并不平静。

我说我一点也不觉得你可笑，而且，我很喜欢你。

“说实话，我也喜欢你，你虽话少，但敢作敢为，我喜欢，你的画我也看了，也很喜欢的，你知道吗，你的那些画让我想起了我小时候看到的走丢的孩子……年轻才是一切，我已有点老了，这一点，我最清楚，我这辈子差不多就这样了，我知道我在走下坡路，除了肉体，别的也快不行了……女人老起来，是很快的。”

我说你并不老，你很美，真的很美，我不如你。

“我很想念我父亲，我在上海长大，住在徐家汇，父母有座小洋楼，三层的，过生日要过好几天，蛋糕上的色调真好看，很多又灰又亮的漂亮的奶油花，南京路商店橱窗里的设计也漂亮，圣诞节，下大雪，橱窗里的灯光是黄黄的暗暗的，有羊羔，还有烤火炉，羊毛像真的似的，那时中国也过圣诞节，当然过啊，反正上海过，走在南京路上，外面下着雪，我看着橱窗里面的雪，看着，看着，雪花飘到脸上了，痒痒的幸福，要什么，爸爸就给我买什么，有一种呢子布，爱尔兰花格子的，就是拿到现在也是好东西，爸爸给我买了，做了一条裙子，也记不得穿没穿了，那时东西太多，穿不过来的，唉，那是什么年月的事了。

“父亲死时，躺在医院的床上，对我说，女孩子，找个好人家好好过日子吧……我爸知道我的命可能不好，为我担心，可我没听他的。

“几年前，我在上海徐家汇，一天在报上看到的广告，算命的，是个女性南美人，我算了一次，真准哪，后来我就不算了，尽捅伤疤。价钱倒不贵，算一次三百元，人也不用去的，写封信，把自己的姓名、地址、出生年月日寄去就行了，真怪，哪有这么算的，国内算命都是要见人的，要面相手相一起看，她不用，看看你的姓名地址出生年月就行了，记得那次我很快就收到回信，说我最近要丢一件东西，当时我在一家艺术展览策划公司做艺术副总监，结果几天后在争论一幅有争议的参展作品时，我一意孤行，固执己见，与几个董事争了起来，因为我认为董事毕竟不适宜介入具体运作的事，结果被炒了鱿鱼，你说多有意思！那个董事指着我的鼻子说，这不是你当年当学生的时候，想干什么就干什么，只有一点是一样的，出了格，就要承担后果，哦，韩冬没对你说我学生时搞前卫艺术吗，那是八五新潮的时候，不提了，老黄历了，算算已有二十年了吧，二十七年了。”

我真不知道还有这等事，八十年代的事，我听说过一点，于是对苏老师的敬意更多了些，心里也琢磨，苏老师这么文气的女人，怎么也曾那么激进，那么新潮啊！对了，还有那二十七年，奇数，我想到了我租房的楼梯台阶。

“对了，那一年，算命的说我会有祸，而且很难躲掉，我心提起来了，心想，怎么办，我不出门总可以了吧，能把我怎么样，那些天我格外小心，还烧了香，不说了，难为情死了……反正我尽量小心，心里却没底，几天后什么也没发生，我开始心静如水了，心想怎么样，不能让你都算对了，读信算命，对你们南美人灵，对我们中国人最多只能灵一半，结果呢，结果我得了腰间盘突出，为了躲一只绿眼睛的野猫闪了腰，笑死人了，几乎走不了路，在屋里躺了一个多月，日常食物也是打电话叫店里人送来的，苦死我了，哎，以后我不算了，我命不好，不用别人老提醒我。”

不知为什么，我忽然能理解韩冬为什么爱她了。

“那……那韩冬是怎样的人呢？”我问。

苏老师看了看我，没说话。

“……他，暴力吗？”

雨又下起来了，雨点落在脸上胳膊上。苏老师说我们回吧。眼睛真的是能适应黑暗的，回去的路上，我已能看到路边模糊的房屋的轮廓和树影了。走着走着，感到一阵花香扑面袭来，我隐约望见前面的路上横躺着一棵大树，满树花香的大树，大概是前两天被大风刮断的吧，我们这才意识到走错路了，于是原路折回，当找到了来时的路径，忽然下起了大雨，我和苏老师被淋了透湿，当苏老师走到自己屋子的门口时，转过脸来对我说：

“韩冬说过苏州拙政园里的打油诗吗？”

我想了想，说好像说过，苏老师说，他说出来了吗，我说没有。

苏老师听了，说那不是打油诗，是别的。我轻声问是什么，她说：

“垂石彝荒。”

我问什么意思，苏老师正欲说，又犹豫了一下，说你自己上网查查吧，沉默片刻，又说：

“韩冬是很优秀的，你不觉得吗？”

十四

自渼陂村回来之后，韩冬便没了消息。房东来催房租，说给他打电话没人接，问韩冬跑到哪去了。我说不知道啊，我自己也刚回来。房东说，他再不接电话，就要撬锁开门，换新房客了。

我给韩冬打电话，他也没接，换个时候再打，还是没接，于是想这个鸟人怎么回事啊，好在他没停机，只好等等吧。

等人的日子是多么痛苦！那段时间我睡得早，原因是睡着了就不会再等待，而白天起来，我就想快快天黑，这样一天就又过去了，韩冬出现的日子也许就会又近了一天，可是白天的时间过得是多么缓慢。望着窗外的灰色的村庄和丝毫不动的树叶，我觉得时间是静止不动的。

我做了一些怪梦，醒来发现梦的出现，是可以缓解等待的焦虑的，因为梦可以分神，白天的时间度日如年，梦里好像是没有时间感的，或者梦里的时间过得一点也不慢，而且难以理喻，我看到的东西栩栩如生，有阳光，有鸟鸣，有开门，有眼神，有被人追赶，有从高楼上掉下来。

有一回，我梦见了黑暗中的放着光辉的夜市，熙熙攘攘的窄街，摊贩都戴着帽子，蓝帽子，肉铺上摆着许多鲜花和雨伞，巨大的多媒体屏幕上轮番放着许多人像，其中有些人我很面熟，但说不出名字，也不知在哪见过的，此外，在一个宽阔的大路上，千军万马的墓碑在满街跑着，一边跑着，还一边唱着，歌声惊天动地，我看到墓碑上有人的胸，张着嘴的脸，并发出一阵阵挫牙的声音，它们乱哄哄地跑进了一个桥洞，于是我也跟着跑进去了。

那个桥洞越跑越深，越跑同伴越少，后来，我发现只剩下我自己一个人了，我的脚步声也越来越清晰地有了回音，周围变得空荡了，我开始害怕，停下来往洞里面看，里面黑漆漆的，我不知不觉地走了过去，走啊走，走走走，就听到风声了……还有一次梦到被什么怪物入侵，长长的触须，粗喘吁吁，浑身在颤抖，然后我就吓醒了，醒来后，我若有所失，觉得口渴，便寻水喝，咕嘟咕嘟地大量喝水，以熄灭自己莫名的燥热。

那天夜里感觉手机响了，是韩冬来电话，说他在外地，出了点小问题，暂时回不来了，叫我好好照顾自己。次日醒来，昏昏沉沉地觉得韩冬来过电话，于是翻看手机的通话记录，没有，再细看，还是没有，我想那原来是个梦吧。我渐渐有点惶惑，注意力不太集中。一个月后，还是没有任何音讯，我真的开始担心了。我想到了苏老师，可是没法联系她了。自那次在渼陂村着凉后，苏老师回到城里看病，偶然在血常规中检查出癌细胞的几个指数都不正常，确诊肺癌，后来她就消失了。

房东执意要清房，嘴里反复叨叨韩冬所欠的房租，我替韩冬交了拖欠的房费，并预交了下半年的房租，之后我对房东说，韩冬半年以后的房租也由我来付，房东听了将信将疑，好在钱已到手，便不再啰嗦，临走时不大情愿地把房间的钥匙给了我。

有了钥匙，我打开了韩冬房间的门。里面基本上是空的，他已经搬走了。留下的所谓杂物，其实都是垃圾，其中还有韩东的旧夹克、衬裤和袜子之类。到处是灰尘，桌面、地上、床上，都是灰尘。床头放着一个粗瓷碗，里面存着半碗烟蒂，因被水浸泡而微微地膨胀，似是某种生物。窗台上放着的那盆仙人掌，早已干死，刺刺啦啦地立在那里。打开衣橱，里面是空的。满地碎纸杂志和报纸，墙上的那些素描和油画倒是还在，韩冬从来不把自己的那类画当真，随便扔弃，它们混迹在满地的垃圾堆里，依旧显示着作者难得的才华。从所有的迹象看，韩冬是搬走的，只是走得有点仓促，像是被迫的。我站在屋里，脑袋空空，不知如何是好。心想韩冬为何不辞而别？为何连个电话都不打一个？为何不接电话？想到这，心里难过。我呆呆地立在原地，很久没动一下。

生活又回到老样子，我早上去学校，晚上回来，更多的时候呆在自己的小屋子里，和从前一样。天暖和起来了，路边那个水塘开始泛绿，冒着气泡，散发着隐隐的腥臭。入夏后雷雨阵阵，河塘里的水常常溢满了，漫到岸上，尤其是那个桥洞附近的稻田里的水，大雨之后，田水四面漫了开来，有的漫上路面，渗到桥洞里去。

有一天，我忽然发现桥洞不再有旧日的安静了。桥面上不时有货车隆隆驶过，尘土飞扬起来后，又缓缓沿着公路的地基落了下来。桥洞口重新翻新，里面的墙壁也被粉刷一新，那些无厘头字都没了，它们全被覆盖了吧，那么如果还在墙里面，还会呢喃细语吗，我想到那个雨天在这里躲雨时邂逅韩冬的情景，恍若就在昨天，可眼前除了白墙还是白墙，我感到有什么东西是永久地失去了。

我走进了路边的一家理发店。里面很冷清，没什么生意，年轻的理发师正捏着手机玩，看到我进来，懒洋洋地站起来，说先洗个头吧？我说不用了，直接剪吧，光头。在镜子里，我看到自己的头发一剪子一剪子纷纷掉落的时候，觉得有一种透彻的快感，甚至觉得不久就会见到韩冬的。我头部的左侧上方有一小块丑陋的胎记，过去，我一直留长发遮挡它，我的头发粗黑浓密，人人都夸我的头发漂亮，没有人知道头发下面难看的胎记，今天，当我的头发全部剪落的时候，那块胎记就露出来了。从镜子里，我看到年轻的理发师对那个胎记频频斜睨，好像我是一个怪物，我于是心满意足，反复打量和端详着自己的光头，好像平生第一次看到它。

我有时会到韩冬的房间里坐一会儿。阳光透过玻璃窗照在地上，亮得有些刺目。屋子里的一切，我保持着原样，没有动。我甚至没有擦去桌子上、衣柜上和窗台上的灰。我保留着它们，像保留这个房间的门窗一样，可这样要多久呢，我不知道。

有一天，房东忽然敲了我的屋门，递来一份报纸，说你看看，你看看，然后怪怪地看了看我。我接过报纸，找到那个新闻：在某著名的古画拍卖交易中，发现名画造假，而且是高质量、几乎乱真的造假，引起国内外有关部门，以及藏家和鉴赏家的高度关注和担忧。警方已立案侦查，侦查的结果发现其作假的现象不仅在古画里，还延伸到当代绘画的某些作品。涉案的嫌疑犯，也在近期被锁定，并被警方通缉。在报上公示的嫌犯的名单和照片里，我看到了韩冬。

两年过去了，我依旧保持着韩冬的房间。屋里的灰尘越来越厚，我也不想打扫屋子，因为所有的东西全是“过去”，全是“时光”，全是“他”，我有点舍不得动它，可我心里已经明白，那些，其实不过就是灰尘了。

美丽的高楼

一

丈夫得了晚期肺癌。电话里医生将这消息先告诉了我，让我斟酌如何转告他，之后，那位医生近乎亲切地低声说道：“这种病现在很普遍，不是你们一家两家碰上，比你丈夫更年轻就得了的人有的是，人嘛，就是这样，生老病死，想开点。”

以我不多的经验，感到在通知病人和病人家属绝症消息的时候，医生常常很“人性化”，让病人感到“你并不孤独”，比你惨的人有的是，年龄也更小，甚至亮出底牌：医院呢，就是人死前的最后一站，你懂的？！语义透彻，言辞也是经过反复斟酌的，使我不得不对他们肃然起敬，相见恨晚。然而那天医生通知完毕时，我的那种感觉转瞬即逝，剩下的是：丈夫将死，一个与我生活了五年的人将死去，化为虚无，一切都为时已晚。

是的，死人的事并不新鲜，除了社会新闻，周围的人中也时有耳闻，但碰上自己的家人就不一样了，死亡忽然活了，变得真实了。虽然，家人噩耗和绝症消息的临近对我来说不是第一次，但这种事总是突袭，让人措手不及。上大二的时候，父亲得肝病去世，我第一次感到什么是“没了”，他深度昏迷的时候，我贴着他的脸，轻声唤他，感受他那炽热而生机勃勃的大口呼吸，感受他皮肤的温度，他的体味，我多么熟悉这种体味啊，我握住他柔软无力又微烫的手，心想这么活的生命是不会死的，是拒绝死的，然而没过多久，他还是死了。和母亲回到家收拾遗物，他一生中的那些红塑料皮绿塑料皮的工作证，会员证，每年体检的 X 光片，老式的钱包（从前父亲总是从这个钱包取出钱来给我买儿时喜欢的京果和花生豆），读过的书，日记，放大镜，太阳眼镜，《辞海》，《唐诗三百首》，等等，等等，我感到处处是父亲，又觉得处处都在提醒我：父亲死了，不在了，永远的。这两种感觉都极其真实，同时并存，让我迷惑，我思忖这种迷惑恐怕要栩栩如生地蔓延到我自己的死为止。

丈夫这次的绝症体检消息，使我原本已经淡化的意识再次清晰浮现，他要死了，还没死，快要死了，趁他活着，珍惜眼下的一分一秒，体味它，以使我以后能再想起它，排遣寂寞和空虚，我是妻子，自然该好好照顾他，可是，我为什么那么冷静呢，甚至还有点懒散？

是的，我并不爱他，说实话，也许从来就没有爱过他，既然如此，干吗结婚呢，而且还一起过了五年。是啊，这就问死我了，我不知怎么回答，不过，你最好也去问问别人，看看人家怎么说，如果他们真愿意说实话，回答十有八九是："婚姻不需要爱情，习惯而已。"不是吗，而且人常常不是想到了后果再去做事情做决定的，而是相反，至少我是这样的。所以，我这是咎由自取。

这是丈夫合同单位的一次例行体检，体检报告一般在一个月内就会出现在他的办公桌上，如没见到这份体检，他也可能会去问的，我还有一个月的时间。我会撒谎，但这个谎言也只能将真相推迟一个月而已，他是个心细的男人，所以这次的绝症噩耗，他会很快从医院的体检报告得到的。我想还是让他自己去问吧，我做不到那位医生"和蔼可亲"的电话通知里说的那样，做不到，家人不是"局外人"，即使不爱，也在一个灯下吃饭，在一个浴室冲澡，在一个屋里吵架，在一张床上做梦，现在，死亡终于溜进了我们这个家，绕开了我，径直走向他，快碰到他了，他还蒙在鼓里。我想着眼下这个时候他可能在哪，在外面拍照？在和同事吃饭？或者在别的什么地方？总之他还什么都不知道，还在盘算着明天的事，我忽然觉得某种感情淡淡地漫了上来，是我久违的怜悯之心。我想，还是瞒着他吧，能瞒一时是一时。

二

我和丈夫是在一个同学的生日聚会上认识的，地点是一家羊汤馆。平日大家各忙各的，这次见面大家话题骤多却又各自心不在焉。那天的主角是我们当年大学的系花，头顶戴一发箍，布条做的，小商品市场到处有卖。戴一对义乌产的羽毛耳环，乍一见，恍惚如埃及艳后重生。她那天兴高采烈，大冷天穿着露胸长裙，白亮的胸肉在人群里晃来晃去，招致许多男性和她搭话，话越多，她越高兴，越俏皮，兴致也就越高，我也迅速沾染了这股热劲，心思空空而又妙语如珠，望着她的酥胸心想，我若是男人，也会有去揉一揉的念头。她的男朋友是个胖子，据说是富二代，此人在肉汤翻滚的火锅上空，送给系花一个卡地亚 LOVE 手环，系花见了高兴地大嚷大叫，像被汤给烫了似的，对着胖子的脸一通乱亲。周围的同学也都开始起哄，一惊一乍，热闹得像猪圈，然后各自纷纷就座，开吃，热气腾腾中，有的嚷鲜，有的叫辣，有的闷声撕肉，也有的唉声叹气地喝酒。不一会儿，各种话题落英缤纷，黄段子闪亮登场，此起彼伏，众人调笑揭短了几个回合，兴致依旧不减，脸色泛出红晕，有的竟然跃跃欲试，试图把矛头对着我，我心里一慌，泛出厌烦，溜了出来。我历来讨厌男人在这种场合沉迷黄段子和乐此不疲的样子，就没有别的话好说了？哪怕是些废话呢！

外面空气出奇的清新，想吸烟，但小包落在里面了，此时我看见门外已有一人站在那里抽烟，见了我，没吱声，走近递烟过来，问是在找烟吗？我说："是啊，屋里闷死了，出来透气。"他打着打火机，给我点上烟，然后我们各自徐徐吸了口，又慢慢吐了出来，这时他又瞧了瞧我，说："不认识我了吗？"我扭脸看去，苦笑地说认不出来，他有点失望，说："我是隔壁班的肖小奇啊。"我看着他，还是摇了摇头，这时他换了一下神色，硬了硬脸，冷笑地自嘲，说："你当然不认识我，大学四年，我们从来没说过话，我给你递过纸条，你不理我。"

一时记不起来了，模糊中似乎想起当时塞纸条的不止一个，约我出去喝茶看电影和卡拉的，是哪次，哪张纸条呢？所以没法儿接话，只有岔开话题，问他在哪工作啊什么的，他说没工作，是屌丝，正牌的，我看了看他的神色，倒是平静坦率，并不自卑，他话里的自嘲，让我对他生出些好感，于是注意他了：瘦小，一头蓬松紊乱的黑发，很久没洗的样子，手指细长灰暗，小胡子稀稀拉拉疏于照管，裤筒皱巴巴像肥肠，一副单身屌丝相。不过他的黑球鞋倒是一尘不染，牙居然也是格外白得有点夺目，不会是新装的假牙吧？这时他又微笑地开口了："你那时不大理人，很清高，看不上我，是吧？"我未置可否，他继续说："其实，学校很无聊，大家还争成绩名次，可笑得要命，外面才不管你学业好不好呢，看别的，如长相，脸缘，男的怂不怂，女的嫩不嫩，漂亮不漂亮，你看里面的那个系花，学习成绩全系倒数第二，现在已经是公司小主管了，而我却常为房租发愁。”

“你呢？”他继续问，我说我也是屌丝，女屌丝，他说：“怎么会？”我说怎么不会，他又淡淡地冷笑了，用脚在地上捻灭了烟头，说：“其实你才是系花，你比屋里的那个系花美多了！可你看，你们现在一边是火焰，一边是海水，我这样说没冒犯你吧，也许你已经有工作，逗我玩！”

我笑了，说怎么会呢，同时也觉得这男生傻乎乎的，直白无忌，就说：“那么下周有空吗，请你喝茶？”心中暗想，这下满足他的自尊心了吧。他有点意外，然后略平整了一下情绪，说：“好啊，但我来请你。”

半年后，我们结了婚。现在想来也笑自己，当初怎么会请他喝茶，凭借着些许好感就闪婚？！太离谱了，一个瘦弱的、无业无产的屌丝，我怎么和他走进结婚登记处了呢？后来细想，我承认是一个毫不相关的原因，说出来不怕你们说我幼稚得可怕。那是最后一次约会，我准备好和他分手，不远不近地聊了一会儿，我就想起身道别了，他其实也明白，见状就慢慢站了起来，脸上露出一种让我有点意外的神态，一种含着既理解又有些歉意的微笑，那样子，那个角度的侧脸，忽然让我想到去世了的父亲。那也是我和父亲的最后一面，当时我与病床上的父亲道别，父亲就是露出了那种类似的表情，既理解又有些歉意的微笑，慢慢地伸出手来握住我的手，就是那个侧脸，一个月后，父亲死了。

就这样，两个屌丝住在了一起，准确说是一个半屌丝，他是真的，我是半真半假。半真是无业，半假的是我父亲死后，家里那套房子的租金是我和我哥对半分。此外，虽然父亲有些存款，但考虑到哥哥工作单位命运飘摇，那份工作可能说没就没，便在遗嘱里把不多的存款全都留给哥哥了，以期我们李家香火平稳地传递下去，那时哥哥已经明显地露出了同性恋的倾向，这我一点也不意外，他从小就不大正常。但父亲完全不知情，否则也会活活气死。

所以与丈夫相比，我还算是有点收入的，即使不工作也可以撑一撑，但买房是远远不够的，这样就不得不尽量节省，在一个六人合租的套房里租了一间。可以看出，那时的小奇对我怀有愧疚，是啊，我毕竟是曾经有很多男生追求、姿色在系花之上的女人啊。

这种屌丝公寓，本人还是第一次入住。公厕共用，体味混杂恶心，草莓奶液、椰味沐浴露、柠檬洗发水，一经与房客各自的体味混串，味道就恶心起来，叫人反胃想吐，有时觉得还不如动物园的那种直截了当的腥臊。洗澡如厕，都要精确计算使用的规模和时间长度，否则就自惹麻烦，弄得总有一方在厕所外面憋得直踮脚跳舞，急催里面的人快快快，好在房客都年轻，膀胱憋尿功能强大，但夏天情形就开始恶化，有些男的为图省事，会光着屁股突然从厕所冲出窜入自己的房间，或穿着三角裤衩站在客厅里弘论足球，毫无羞涩，弄得我们女的挂不住脸，一旦占领厕所就不愿轻易退出。我更是乐此不疲，享受难得又基本的美好时光，结果引来男房客的不满，认为女的自私得可怕。我在那段日子里也常常抱怨丈夫，闹得他心烦意乱，后来他自己也承认自己没品。

公厕使用是一个矛盾，私人空间也是问题，墙壁隔音不好，各自屋里的动静，彼此或多或少都能察觉，不便之处，一般都心领神会，勉强相安无事，住在这种地方，肚量不得不宽大些。但有个男房客太过分了，此人前胸后背胳膊上都纹着油腻而怕人的文身，时常半夜从酒吧把女人带回屋，还隔三差五就换人，那些女人叫床的声音都很肆无忌惮，旁若无人，根本不怕把大家吵醒，搅得大家都有点性亢奋又因睡眠不足而萎靡不振。时日一久，听不到叫床声我反而睡不着了，坐在床上眼巴巴竖着耳朵听着，直到那震颤的熟悉的频率响起，我才能够正常入睡。

后来我找到了一份工作，收入略多，我们就搬到了新的地方，睡眠质量才得到大幅度改善。我和丈夫本来就不怎么聊，后来越来越少了，有时我买菜回来，扎起头发，系上围裙，把自己关在厨房，做菜，炖汤，熬稀饭，看着米粒一颗颗地冒上来，又一粒粒纷纷隐下去，消失在无声、沸腾而柔和的米汤里。丈夫则躲入他的小书房，上网，看电影，玩蜘蛛牌，同时放摇滚乐。我们就这样稀里糊涂地过日子，无聊而充实，慢慢地变成了满大街最常见的那种丈夫和妻子，这种人是不需要名字的，统一叫作某丈夫或某太太，犹若某种生物散落在城市的各个角落，悄无声息地存活着。

三

丈夫原本是学新闻专业的，业余喜欢摄影。无业的窘迫，使他曾有办个婚纱摄影工作室的念头，苦于没有第一桶金，所以他那段日子情绪很低落和郁闷。这种情绪也渗透到他的摄影里，他喜欢拍蟑螂，活的、死的微观照，蜘蛛网上粘黏的飞虫残骸，满头是血的被打死的狗，街边正在被人用开水烫杀的、面目狰狞的、尖牙呲露的、肮脏的肥老鼠，红白喜宴上猥琐又满面红光的人，垃圾堆里新鲜而污秽的塑胶女人体，等等。他还去精神病医院里拍各种类型的病人，每次回来，都很兴奋，然后，精心剪裁分类，再分别给一些杂志社寄出，可惜没有一处回复。

每天清晨丈夫还会站在窗口拍一张街对面的玉皇山。“每天拍一张一样的照片，有意思吗？”我问，他沉吟片刻说不一样的，自然每天都不同，每天都有不同情绪的，自然也有喜怒哀乐，比我们人还要敏感……

我仔细地看那些照片，它们的构图基本上都是一致的，同样的窗户，同样的街道，同样的山，但确实如他所说，每张照片的山是不一样的。晴时，阴时，雨时，雪时，确是不一样的，即便同样的天气，它也很不同呢。比起他的那些猥琐照，我更喜欢他的这些风景照，我感到这些风景婉约、伤感，是有生命的。

与拍照的兴奋投入状态相反，他出现了一个生理问题，就是阳痿，结婚之前的几次就不行，那时我以为是他紧张的原因，或者是单身手淫过度，或者是别的什么，我就不知道了。每次做爱，他都满头大汗，身体总是不住地抖，又无可奈何地伏在我身上，不住地揉着亲着我的乳房和我的全身，弄得我也很难受。有时我怨他，有时我也可怜他，他爱面子，拒绝就医，没办法，我只好上电脑查，发现阳痿的原因很多，其中就包括找小姐和外遇，这两点，当时我将信将疑，我们结婚才半年啊。

几个月后，丈夫意外地收到一个地方杂志的一封信，是一个项目的邀请函，函中对精神病医院里各类病人的题材很有兴趣，说这个题材多少是个冷门，如果拍好了，譬如，如能够从犯病和复康两个环节入手，抓住病人对困难的抗争和对生活的热爱，也能从另一个角度反映和体现社会主义精神文明对社会影响的深度和广度，会对和谐社会的建立和巩固提供更多的正能量，所以，经过研究，社里正式决定立项，两个月时间完成。从此丈夫忙了，而且越来越忙，这对他是个事关前途的大事。以前他多半是混进精神病医院里偷拍的，现在有了那个杂志社提供的官方介绍信，经医院院方同意（医院也希望得到各种渠道的宣传），进出医院比以前方便多了，几乎可以拍任何病人，包括那些有攻击性的精神病人，只要不影响医生的治疗就可以了。

照片拍得越来越多，也越来越吓人，精神病院是个我未曾涉足半寸的地方，这些照片把我领进去了，那是个黑暗的深渊。有的病人看上去若有所思，通晓世故，阴森狡诈；有的恶毒阴狠，又好像有点可怜；有的和蔼可亲，毛骨悚然，让人摸不到底；有的目光呆滞，空荡寒冷；也有的天真无邪，笑容灿烂；还有的红光满面，自以为是，很像现在某些专家学者之类。是什么让他们跌入那个深渊？他们能否再逃出来？或者他们的病就是要逃离我们世界的一种渠道？

丈夫后来说病人里面身份很杂，不少是曾经有头有脸的人，还有大学教授，大学生，等等。在拍这个题材的时间里，丈夫变得更寡言了，天天很晚回来，回来后又待在电脑前面剪裁所拍的图片，并写些作为配图的文字，他的话总是少，不断写。他拟定了几个系列标题，如，“里外”“对话”等。

那段时间他很晚睡觉，我也被他打搅得睡不好，蒙蒙眬眬听见他说梦话，很奇怪的，像是在和谁对话，当时我对他梦话的内容记得很清楚，想在第二天告诉他，但醒来就全忘了，他也不承认。最吓人的是有次他夜里说得很凶，忽而冷嘲热讽，忽而倾心叙谈，一套一套的，内容很瘆人又很有意思，他白天肯定说不出来那样的话，弄得我全醒了。有一次，他说着说着坐了起来，四周看了看，发现我，便低下头来贴近我的脸，怔怔地盯着我，然后发出嗅东西的声音，像狗似的。我毛骨悚然，想着他会不会咬死我，于是紧张地想，推醒他还是继续装睡？结果我决定还是装睡，万一他有异动，我就爬起来跑，他要追我，我就喊，我甚至想准备一把刀放在枕头下面，又怕反被他抢了去捅我，那就惨了，考虑再三，买了个袖珍胡椒面喷剂，塞入枕中，以应急用。这种胡椒面是强力的那种，被喷了脸即刻蒙掉，三五分钟之内会丧失任何行动能力。大约从那时起，我觉得他有些陌生，好像有些我不知道的事，我睡得不踏实，神经衰弱更严重了。有时想，他是不是也神经了？我后悔当时没有阻止他做这个项目，但我也知道很难很难，他太需要做出点什么事证明自己了。

这个精神病人的摄影展获得成功，他名利双收，并获得了某个艺术节摄影类的新秀奖，重要的是，他很快又得到了另一个项目：考察都市妓女生存状况。在邀请函上我了解到丈夫寄去的妓女生态系列照，得到主办方的肯定，拨了经费，让他继续深入探访，潜心拍照。

我从不知道他曾寄去妓女生活照，他什么时候拍的妓女？在哪拍的？为什么瞒着我？我感到不快，觉得蹊跷，趁他不在，我翻看了他的东西。我发现了一些U盘，在名为“热带植物”“山西晋祠”“社会百态”的文件夹里，发现了为数不少的女人的照片，每张照片只有“一”“二”“三”的排序号，没有拍照的时间和地点。这些就是妓女照了？结婚以来，我们基本没分开过，以此推断，这些照片应是他结婚前拍的。我开始细细查看这些照片。

除了少部分照片之外，这是一批普通的肖像照，如果不是已有了“妓女”的先入为主的意识，我会认为眼前的这些女人与大街上见到的女人没多少区别，少数女人似乎有点“鸡味”，此外难说有什么特殊，现在女的差不多都是这类打扮，黑丝袜、露胸装什么的。我注意到有个文件夹里一个重复出现、装束不一的女人，长相并不出色，但好像眼熟，却怎么也想不起来是谁，在哪见过的。丈夫在和这个女人合影时显得很亲切随便，看来是老相识了。这个女的是谁？是丈夫的情人？多大年纪了？干什么工作又或者也是个妓女？

我的脑子出现了空白，心里有种被什么搅扎了似的痛苦。我反复不断地回头再看，感到两人更加亲密，那个女的长相更为平凡，我不爱丈夫，却难以接受被对方欺瞒，虽然这不是第一次被欺瞒了。如果说初恋的那次欺瞒是在我心上扎了一刀，这次则像被一个熟人骗了。看来男人的演戏水准绝不亚于女人，嫖客和妓女也如此多彩，她是谁？

我的疑问越来越多，好奇心也越来越重。我想怎么样也要见她一次。机会终于来了。六月的一个清早，丈夫接了个电话，当时我埋在枕头里没全醒，模糊听到对方的声音是个局促的年轻的女声，好像有急事，丈夫假装镇定，扭过头去，支吾着，接完电话后转脸看了看我，发现我已经醒来，从容而平静地对我说单位的某某和老婆打架了，让他去看看。丈夫看我的眼神冷静无瑕，看不出什么破绽，但忘了一个女人的声音怎么会说她和老婆打架了。

我叫了辆出租车跟在丈夫的车后，我并没有像电视剧里演的那种绝望主妇一样紧张愤怒，我只是好奇而已。两辆车不快不慢地开着，前面的车好像没有发觉后面的我。这样没有警觉，如何躲得了我呢，转念又想，他或许是故意想让我主动发现的，手机也不设密码，现在谁的手机不设密码啊。

车行约二十分钟，停了下来，旁边是一所学校，一个戴头盔的保安无聊地低头翻看着自己的手机，我没出车门，叫司机停在角落里面，坐在里面偷偷观察。我看见丈夫下了车去小卖部买了一包烟，点着，深深吸了一口再缓缓吐出来，很惬意，也像有点如释重负的样子，然后等着，也没有四下张望。大约五分钟后，一个女的走过来，三十多岁的样子，相貌虽看不清，身材、体态却是好的，头发散落在肩，一身黑装使她更显得瘦了，翠绿色的围巾使周身黯淡的色彩猛然青春起来，整个人远远望去，似比照片上好看一些。见了那女的，丈夫递了个信封给她，说了会儿话，好像有点争执，然后女的要了根烟，和丈夫一起抽着。

此人就是他的情人了吧，我已经几乎可以肯定了，两人虽然只是直直站在那儿，但可以看出他们的关系是亲密的，很可能发生过肉体关系。我没下车走过去，像报上社会新闻说的那样出现“全武行”，我觉得那很可笑。武侠小说里的女主角这时要是发现了男主角偷情的戏码，多半会躲在暗处，握紧拳头，负心汉走了以后，大喊一声，“哇”地吐出一口鲜血。我没吐血，我没有那么多血好吐，我把嘴里嚼得乏味的口香糖吐了出来。我天生贫血，血不热，没有涌动起来就退下去了，在我很细的血管里继续吝啬地缓缓流淌着，只是速度加快了。我承认四十分钟前我开始跟踪他的时候，还有点好奇和戏谑的心态，可真看到他们俩人见面，就感到深深的冒犯了，是啊，虽然我有点看不起他，但他毕竟是我丈夫。为这个男人，我这样姿色超过“系花”的女人，屈就入住屌丝公寓，忍受无房无车的贫穷，遭同学朋友的议论，都无所谓，但被欺瞒是不行的。旁边的司机师傅斜视着我，意味深长地说还等吗？我说走吧，师傅问去哪，我说随便去哪。

我胡乱地下了车，也不知道是什么地方，实在无聊，看见街对面有家面馆，便走进去点了碗三鲜面吃，虾很不新鲜，都是死了的，我只好又咬了一口鱼丸，汤汁溅在我白色的衬衫上，像个黄黄的尿渍子，要是在以前这件白衬衫我是不会再穿的了，因为渍子这个东西一旦出现，就算你洗得再干净，也还是会留有痕迹的。但是现在我无所谓了，有再多渍子的衣服我也会穿出门，我想我是真的有些老了，但是我是什么时候开始老了的呢，我也年轻过吧，仿佛很久以前的事了。我感觉我的眼睛被热气雾湿了，夏天是不应该吃热汤面的，一定是汤面的缘故，我早就已经老得不会哭了。

面很难吃，但我还是把它吃完了，因为我不知道待会儿可以做些什么打发时间，我无事可做。我付了面钱，拎着包，在街上晃，路过一家成衣店，我被橱窗里一条黑色的连衣裙吸引，停了下来，我看见橱窗里有一个神情憔悴的女人，皱着眉头，法令纹很深，胸前还有一块可笑的黄斑，像一个抑郁症病人，再仔细一看，发现她就是我，没错，就是我，我就是这样难看。我被自己的丑气晕了，不明白自己怎么会突然变得这样难看，于是我决定还是回家去，不在街上混了。回去的路上，我想到家里厕所的马桶刷好像坏了，便在地摊上买了一个五块钱的马桶刷，绿色的，塞在了手提包里。

四

十年前，我十九岁的时候，爱上了一个人。他叫夏烨，有一双迷人的眼睛，目光一碰，我就中了邪，像被他打了一枪。算来他是我的初恋，他教我游泳，教我调鸡尾酒，教我抽水烟，带我去北京、深圳听摇滚音乐会，我们在混乱中接吻，在痴迷中大笑，在癫狂中、大雨中扭动着自己像蛇一样的身躯。不到一个月，我就把自己给了他，那次我们在雨夜的车里做爱，雨点打在车窗的玻璃上，发出阵阵噼噼啪啪的声音，好像无数个雨珠“小矮人”在窗外欢乐地瞎起哄。

我们频频做爱，觉得世界真好，即使末日来了也无所谓。一天醒来，屋里死样的安静，墙上的太阳已经移到柔软的被子上了，我此时发现他也醒了，正看着我，见我醒了急忙顺下眼睛，躲开我的目光，但我还是发现了他眼中正在打转的泪水，我问怎么了，他没说什么，就挪过身来不住地亲我，抚摸我，我的眼眶也湿了。

我们好像有说不完的话，我们谈起儿时各自做的蠢事，各自的小秘密，某些奇怪的生活习惯，有过的各种恶劣和猥琐的念头，读过的书，看过的电视连续剧和电影，共同嘲笑国内影视片的愚蠢，讥讽某些单位领导的无能和无耻，历数同学和朋友的种种绰号。在那一段我们相爱的时期，我感到彼此都又机灵又傻又快乐，而且对周围的世界充满善意。

我们也一起约着去上海看美术展览，看那些绿头的狗，蜂窝脸男人，避孕套做成的床单，女人的粉腿，兴致勃勃地看那些莫名其妙的抽象画。我们竟然试图在那些画里寻找我们自己的脸，假装是艺术评论家似的指指点点，这样在展厅里兜了一大圈，终于累了，出了门，我们就立刻钻进小巷子里热气腾腾的小饭馆去吃咖喱鱼蛋，吃烤猪蹄，吃鸭架子、鸡翅膀、烤鱿鱼，等等这些垃圾，直到把自己撑死。

我们去外滩散步，梧桐叶子落了一地，踩上去便发出一片咔嚓声，叶子顷刻就四分五裂了。我爱上了这个游戏，一路踩下来，仿佛回到童年。在风中看夜上海，灯火璀璨，还是美的，不知怎的，我们好像都突然有些伤感了，他轻轻地拉住了我的手。我心绪缭乱，不由得倚在他肩上，低声唤着他的名字“夏烨，夏烨”，在他的粗质地的衣服上不住地揉自己的脸，直到脸颊发烫，脸要揉碎了。

有一次做爱之后，我起身用双手托着自己那两只柔软的乳房，审问他道：“你是不是盯上我的肉体才和我好的？”他说是的，我说没有一点别的什么吗，他说没有，我便用枕头狠狠地砸了过去，他马上嚷嚷说：“还看上了你的凶狠！”我说：“你这个人一定很坏，不吃眼前亏，滑头滑脑。”他说我污蔑他，我说：“怎么样，揭穿你的假面具了吧，你肯定是精神分裂的人格，说，你前后有过多少女人！”他乐了，说：“不少。”我正要打，他边招架边说：“那些女人加在一起也比不了你美貌的十分之一。”我冷嘲道：“油嘴滑舌，久经情场，又无新词，无聊透顶。”说完我自己也笑了。他说你脚踝上的那颗痣很好看，“真的？”“真的！”他点了一支烟，吸了口，然后说：“那颗痣有说法，你是跑的命。”我乐了，说：“此生就是喜欢跑，不爱待在一个地方。”他说他也是，我突然问他：“你有多少绰号呀？”他说你猜，我说猜不出来，试探着说：“一百个？”他说你才一百个呢，我拿着水果刀抵到他脖子的动脉上说：“赶快招来！”他说前后有三十一个，我稍使劲压了压小刀，说不止吧，我看只是个小零头，他说：“真的，没骗你！”然后他按编年史的顺序一一道出，亏他还都记得住又说得出口：“小屁孩，豆屎，长腿猪，开裆儿，小鸡胸，五大碗，楼上小四，一泡屎，猥琐绿，一脚屎，无脖儿，小螺丝，屎嘎巴，五花屎，屎壳郎，梅花男。”我笑得死去活来，说你的绰号怎么都是屎啊，他自己也笑，好像自己也是第一次发现绰号里彼此的相似性，然后搂住我的腰问道：“你的呢？”我说我没有，他说怎么会，我说：“怎么不会，因为我是美女啊。”

这样胡闹了一气后，我擦了擦泪花，问他刚才我睡醒时他在想什么呢，怎么泪汪汪的？他听了显得有点窘态，拒不承认，好像做了什么丢脸的事，我忽然更爱他了，我喜欢不知所措的成熟的男人，喜欢他的窘，我想那是大男人心里残存的小男孩，我忽然感到有些不安了，感到一种称之为母性的东西冒了出来，记得那天整个下午，我们好像嘴都笨了起来，变得寡言了，而且还有点不好意思，彼此却感到更近了。

然而不到一年，他在一次车祸中死了。事发在一个十字路口，他走神闯了红灯，一辆大货车快速从左边撞上，并碾压了过去。

我还是活过来了，生活回到老样子。当时我是大四的学生，毕业设计，找工作，托人打通关系，面上看去我很忙，心已寒冷。有个别男生也不知怎么打听到我的男友死掉的事，对我穷追不舍，这帮男的真是不懂女人，我不理，同时也尽量给对方面子，结果还是有人传话来，说我清高，说我的笑“冰讥入骨”，很瘆人。他们倒是看透了我，初恋之后，我想我是不会再爱别人了，如果事情就这样过去，我的生活可能不会有太大的变化，但事实并非这样，男友死后两个多月后，有一天我接到一个电话，是交通局打来的。

见我的是一个穿着交警制服的中年女性，很和蔼的人，问了我和男友的关系以及目前学校学习的情况后，说我们是从事故发生后的记录里你留下的联系方式中得到你的手机号的，有件事，说到这她显出了某种犹豫，继续说道，让你来，主要是你男友的一些遗物，考虑了之后，觉得还是交给你较好，总要交给一个人，事发当天你是来过现场的唯一的他的熟人。

遗物是事发当时男友随身的东西，手机、钱包。两件遗物上还有已呈深褐色的血迹，我细细擦净，眼泪又流了出来。一个多礼拜里，我把手机当作男友身体的一部分，放在枕边，相伴入睡，旧日的回忆纷纷涌了回来，那段时间幸福又难过。我想象这手机上他的指纹手印尚存，每摸一次，就像摸着他的手，可也会使那些印记逐渐销蚀，如同死去亲人的体温，不管怎么样，也无可奈何地冷却了。我握着那手机，知道我的温度在重新温暖着他，他也在抚摸着我，虽然那是我的体温，而我觉得里面有一部分是他的，他还没死，还与我同在。

直到一天夜里，忽然被什么惊醒，迷惑片刻，才发觉是手机在响，屏幕闪亮，出现来电显示，我聚神看，是“娇娇”二字，我反应不过来，本能地拿起手机，盯着“娇娇”，按下接听键，对方没有声音，我也没出声，寂静得很，大约数秒之后，对面传来“是你吗，夏烨”，而且是个女声，年轻的女声，我拿错电话了吗，呆呆地继续听，对方传来轻微而明确的哭泣声，很激动，“说话啊，是你吗，夏烨，你还活着吗？你还活着？！我好想你”。

我开始问是谁了，没想到对方传来的话语也是这三个字，几乎带着哭腔，声调紧张而严厉。

“不是你吗？！你是谁啊？！”

我也重复着那几句话。对方更严厉了，几乎疯狂，终于，我全醒了，明白了。

我把那手机砸烂，扔进垃圾桶，哭了，我用剪子将脚踝上的痣一刀剪掉，想着，以后即使一生到处流离，脚上也不带着那颗痣，甚至连那双脚也不带，我感到我一夜之间掉入深渊，又感到一夜之间所有熟悉的东西都变成全然陌生的了，我试图找到一个平衡点，一个实在的、可以站上去不像沼泽那样的坚硬的水泥地。这样，我便可以重新看人，重新看太阳和月亮。失恋的女孩是很危险的，会果决地做出不可思议的事，但和上次一样，我到底还是活过来了。

我不愿别人提起这件事，学校班里的男生这次不像上次那样，在事发之后对我急起直追。男人这个东西，说得客气点吧，真是不同的动物，可笑也可悲，一个个大男人，怎么那么喜欢打听别人的私事，我讨厌别人窥视我的私事，不是我计较，是我烦唧唧歪歪。你要和我做朋友可以，但请别打听我的私密和过去。如可以，我们握手言欢，如果不，就请你离我远一点。是的，我和别人不一样，就是不要一样，我宁肯让人讨厌我，也不让人同情我，你们这些臭男生，凭什么同情别人啊，你们懂天懂地，懂数学懂几何，就是不懂情感，如果真想女生喜欢你们，最好的办法就是离女生远一点。

我重新找了新地方租屋子，换了手机号码，换了床，换了家具，当然也换了心。此心是陌生的，疲倦，冷漠，讥讽，其变化是缓慢的过程，像在网速极慢的情况下下载一个大软件，正版的软件，下载完毕，它就占满自己了。一年之后，我发觉自己终于可以成为旁观者了。我泡了杯菊花茶，脸上贴着保养的黄瓜皮，一边给自己的脚趾甲涂指甲油，一边在网上、电视里、报纸上，看着读着那些人间的荒诞喜剧。怎么也没想到的是，现在我自己就是这种喜剧里的一个小女人。

我开始看长篇古装电视剧来打发时间，或者几个小时几个小时翻看别人的微博空间，却并不点赞，我把时间都沉溺在看别人每天的生活琐事当中，吃一切甜食，我胖了不少。我还发明了一种打发时间的伟大游戏，就是不停地逛淘宝，往购物车里堆东西，堆各种各样的东西，等堆到九十九件，购物车满了不能再堆的时候，就爽然清空，然后从头再来一次。我还爱上街边那家神奇的两元店，里面每样东西都是两元，统统两元，花上十几二十元就可以买一堆的东西，什么弹珠、皮筋、扑克、破塑料挂件、难看的刷牙杯、头一碰就会掉下来的小公仔，虽然那些东西绝非我的需要，但每次路过，还是忍不住进去，买一堆废物回家。有的时候，我觉得自己也同这些两元店的东西一样，都很廉价而且没用。

五

初恋死后，我人死了大半，后来闪婚，其实是无聊。我承认我结婚时就想到离婚，并想到办离婚的时候，几点来法院办手续人会少点，排队短点，附近有没有商场，办完后可以去逛一逛。有人问苏格拉底，结婚好呢还是不结婚好？老苏说结不结婚你都会后悔的，我想尝尝这两种后悔是两种不同的味道呢，还是一种味道？可恨可怜的是女人为此要付青春的代价，付就付了吧，没有什么好后悔，我不付，我就要负我自己，我绝不苟且将就。苟且将就才是对自己青春肉体的亵渎和浪费，我宁可快快乐乐地浪费我的肉体，让自己的皮肤干枯生锈起皱，也绝不委屈自己，让自己青春靓丽地早晚唉声叹气，反正要老，我要唱着歌跳着舞地老，老了也要乐，也要跳舞唱歌，你说我是老妖精，说对了，就是妖精，女人来到这个世界不是要养男人的眼的，我养我爱的男人的眼，可这样的男的没有，早就死了，或者还没生下来，或者没缘分，一天擦肩相错五次，也没有说话的缘由。自那个打击之后，我好像不会嫉妒了，心情很平静，平静里面还是平静，有生以来第一次感到自己心明眼亮，处处看透男人。女人对婚姻的想象不会永远一样，嫉妒也不是天生的，是后天被男人撩出来的，是一种后天形成的癌细胞。多妻制社会的女人要是妒火旺旺，那就会天天撕脸拽头发，日子没法过；多夫制社会的男人也一样，占有欲不会像现在这么强大，不然就天天刀光剑影，杀得尸横遍野，部落崩溃，种族灭绝。但事实是中国人口最多，越来越多，生生不息，一代代人活下来了，否则也不会有我，也轮不到我在此发这些议论了。

有时，我也想到自己那只签字的手，结婚和离婚的签字是同一只手，手自己不知道，是无辜的，但这只手也是美的，柔滑如玉，宁静贤淑，几乎可以当手模了。拿当手模挣来的零头办离婚也是可以的，签的字也一样，都是果决而流畅的字体，这一生我还要再签几次？留着美手纤指在，不怕没有字来签。

我是有恶作剧的心态，是有报复的心理，心里时常充满了愤恨，可报复谁恨谁好呢？拔剑四顾心茫茫，男人都是负心汉，我见到目前我称之为丈夫的人时，心里就在讥笑了，五年一晃过去，日子过得真快，有时也想到离婚，离了又怎么样呢，如果结婚和离婚的后悔是一样的，何必办什么手续，太麻烦了，心灰意懒恐怕真是我的天性。我如此年轻，命运已在对我微笑了，好像在说，怎么样，再来一遍，会好吗？我说再来一遍也一样，我想对命运这个家伙竖中指，大声地对它说："Fuck You！"

我养成了夜晚散步的习惯，有时也和丈夫一起去，有时我自己一个人去。无聊、无事、无目的地去走路，真好，我好像又回到了那新鲜的、无忧无虑的时光，回到了自己。

街灯照耀下，我看见夹竹桃开得正盛，艳丽的桃红色，暗暗的，成团成簇，多么好看。从小我就对夹竹桃有异样的感情，因为它不仅好看，而且有毒，热辣辣地具有某种刺激性，就像一个风骚的美女，你还没来得及去挑逗她，她上来就给了你一巴掌。我也喜欢在路灯下看自己身影的变化，时长时短，时胖时瘦，影子胖的时候，就像我穿起了少女时候的百褶裙，有些路人奇怪地望着我，然后也看着自己的影子，一头雾水地走了过去。

夜晚的江景总是好看的，江水波光粼粼，桥梁上的灯光绚丽无比地映照在江水的波纹里，美得像一场谋杀案。有一条漂亮的不明生物在波浪里浮浮沉沉，漂近了细瞧，才发现那是只烂了的拖鞋。如果下小雨又没带伞，那也不坏，不用打伞的雨天暧昧得美丽。这座城市，雨季就像老情人一样年年都会来，城市始终阴雨连绵像浸了水的高跟鞋，清新的霉绿在不知名的地方滋滋蔓延生长，自成一个世界，然后又将这个世界清新地霉烂掉。黑暗里的雨水是那么潮湿阴冷，湿冷得让人有些绝望，我心中的余热已经不多了，还能支撑多久，也取决于黑暗得多久，阴湿得多透，哎，其实我是个多么弱的人。

江边几乎无人，偶有一两个人影飘过去，像个出水的游魂，风也有些凉了。我忽然想到如果没有灯光，一点也没有，古时候的钱塘江是怎样的？如一片黑暗，也就看不到那只拖鞋，看不到那个“谋杀案”了，那样更好，一大片无边无际的黑暗死寂的江岸，伸手不见五指，只能根据细浪拍岸的声音才能感到来到了江边，那样我就能融入夜里或者让夜融入我，使我们不分彼此，没有隔膜。风是凉爽的，吹来之后又毫无痕迹地消失在黑暗里，继续吹到别处，谁说过这样的话，吹过来的风是古老的风，我不忍也加一句，弥漫过来的黑暗也是古老的黑暗，它抚摸着我，拥抱着我，使我不再孤独，或者使我更喜欢孤独。

桥底暗处已经有一些小姐开始出来找生意了，她们都穿着非常暴露的衣服，露着早已下垂的胸部，搽着抹也抹不匀的白粉，眉毛画得立了起来，三五成群，看上去有点像怪异的服装秀，又有点像行为艺术。一个长着葫芦脸，穿牛仔短裤的男人和里面一个小姐嘀嘀咕咕，可能在谈价钱，很快就一起走了，男人脸上的神态愉快潇洒，仿佛带走的不是小姐，而是昔日的女友。其中一个小姐粉搽很厚，画着大红唇，穿着一件白色超短裙，屁股一半在外面，她说话很大声，两只胳膊甩来甩去，露出了腋下浓密的腋毛。我有点疑惑为什么她们只敢在夜晚出来活动，白天则藏匿得无影无踪。也许她们长期过度使用的肉体已被岁月“沙化”了，只有夜晚才可以让她们看上去顺眼些，像个人了。夜晚可以掩盖很多东西，美化很多东西，夜晚真好，夜晚有只有夜晚才有的东西。

我曾独自走进一个隧道，里面很暗，直到拐弯处才可以看到隧道另一尽头的亮光，在那之前都是黑暗。隧道里的灯大概都被什么捣蛋小孩击碎了，在这样的黑暗里，人是看不见自己的影子的，没有影子的人应该是个很轻的人，轻到自己只是一个影子，四处飘荡。白天随处可见的墙上的涂鸦，性病广告，赌博绝招等广告，也都被黑暗悉数融入了，使黑色蕴含丰富，怪不得所有成熟沧桑的人都爱穿黑色的衣服。黑色是一种毒瘾，嗜于黑的人，多半感到周围只有黑，难再有别的了。

黑色也让我想起海，非常深的海，每深一层，海就黑一层。没人知道海底的最深处是什么样子，因为没人去过。据说那里也有植物，还有花卉，在接近冰点的水温中也永不凋谢。有个海洋生物纪录片，在海底探测器的灯光下出现过那种植物和花卉，像片婀娜多姿的白色蚂蟥，状态惊悚，这种花，还是待在黑暗的海底里更好，而那海底探测器也不过下沉到海底五千米，海底最深处是一万多米的马里亚纳海沟（Mariana Trench），那个探测器所到的深度还不足一半，再黑暗一倍会是什么样儿？我的想象力还没有那么黑，所以不知道，但那个海沟的名字显然是个女人的名字，怎么回事？莫非她发现的？不可思议。

一个人在黑暗的隧道里走，好似永远也走不完。没有一辆车经过，安静得连水滴的声音都能听见，远处隐隐有狗在吠。我突然感觉我穿过的不是一条隧道，而是上帝的一条肠道，我穿过这条肠道，就像完成了从食物向排泄物转换的过程。其实，我也许就是上帝的一堆排泄物，是上帝扔掉的一个烂苹果。即使是烂苹果，我也要微笑。

我突然想起结婚当天穿的那条白裙子，下摆的蕾丝足足有六层这么长，我手里拿着的捧花是紫色的，丈夫穿了一件白衬衫，系的领带是我送给他的，夜空一样的深蓝色。

走过隧道，来到大桥的西南边，那里有几栋人早已搬走了的空的破楼，墙壁爬满了藤蔓，使人想到人类的胸毛。楼道里面居然还有灯光，我斗胆溜了进去，这是个曾经热闹但如今已没有什么人的小区，很破旧很破旧了，走入一个门时，迎面被蜘蛛网罩住整个脸，我神经质地伸手抹了一下自己的脸。我用手机的光照着，看见了楼梯、走廊、房间、厨房，里面全是垃圾，有的屋里还有原来的家具，在风雨侵蚀中变形走样了。墙上贴的男女影星照神态华丽色泽疲旧，日历和报纸表明这是至少二十年前的东西，居然还有雷锋像，傻傻地在那里微笑，因而我也笑了。晒台上杂草丰茂，蛐蛐的叫声就让我恍惚起来，不知眼下是黑日还是白夜，一个喧嚣的城市居然有这样纯静的角落，我走着，踩得那些垃圾喳喳作响，心也虚了。

这里曾有许多家庭，曾有许多日常生活的情景，他们各自的命运是怎样的？当时的年轻人，现在差不多也老了吧？当时老了的人，估计现在已经入土，至少一代人随着这几栋破楼已经消失，不在人世了。那窗台上还有几个红陶的花盆，枯索的残枝败叶在微风中轻轻晃动，当年关照它、日日给它们浇水的女人今在何方？也结婚生子老死火化了吗？她们有没有后悔？那时没有天然气，烧煤球，蜂窝煤，我仿佛看见女人早上做饭前生炉子，被呛得咳嗽，老人细细刷牙后，牙膏沫和口水一起畅流而下，小孩哭闹尖叫，妈妈不住地埋怨着什么，女孩子在对着镜子给自己扎辫子，突然什么瓷器落地摔碎了，骂声爆起，邻人熟视无睹，收音机里的新闻播完了，走廊那面一个男人飞脚踹翻了生不着的煤球炉子，几条狗忽然兴奋地狂吠起来，绿眼睛的猫咪在窗台上伸着懒腰。

对面楼的窗子的木框和防盗门窗也没有了，那些窗口犹如一个个没有眼珠的方形的眼眶，什么都看见了，或者什么都没看见，砖墙色很是灰旧，可能是长久背光而变得阴湿，每个窗子里面的昔日的生活，里面的故事，都全无痕迹。那些新的楼宇没有完工前的一个阶段里，也是这样的灰灰的阴暗，特别是那些无框窗口，分明是排列整齐有致的黑暗的方形眼睛，尤其在夜晚，施工停歇，照明灯都关掉的时候，整个施工区的楼宇黑暗暗的像鬼城。

六

丈夫有一天忽然说咱们散步去吧，于是晚饭后我们一起出了门。现在看来，那是我们的最后一次散步，我居然仍旧以为他对自己的病一无所知，可见自己麻木得可怕。现在想来，当时他已知道了。黄昏时出门，半夜回来，有很多话我欲言又止，怕引起他的疑虑，不问，以后就没有机会了，问，问什么呢，问合影的那个女的是谁？已不忍心了，他将死，我再谴责他？问他为什么找情人，为什么瞒着我去拍妓女？也开不了口，为什么就不能拍妓女？他为什么要把一切都告诉你？你自己就没有隐私吗？发现他的妓女照之前，你不也莫名地厌烦他，曾经半夜起身，盯着他，冷冷地看着他，甚至想将胡椒粉喷剂换成刀子捅死他吗？你诅咒过他毁了你的青春，埋怨自己和他结婚，瞎了眼，昏了头，这些，你也没有对他说，你藏在心里，让它们生根，发芽，让它们悄悄占领你。时间越来越少了，过一天，算一天，少一天，说点什么吧，不一定自责，说点别的话，难道结婚五年了，在丈夫将死的时候，你就没有一句话可说？绝症，死，使一切别的事情变得不再像原来那么重要。道德，欺瞒，死亡，同时来到门口，敲门声声，不知给谁先开门，我不知怎么办，我很乱，理不出头绪，只有一路沉默着，他的话本来就少，此时就更少了。我们就这么走着，都在期待对方能先开口。

路过一片建筑工地，尚未封顶的楼群有近三十层高，他停下来，呆呆地望着那些楼群，指着其中一幢说："啊，多么美丽的高楼，这是我喜欢的样式，盖好了会更美的，不过我可能看不见了。"

我顺着丈夫的目光望去，那是楼群中最高的一座，灰暗的水泥裸楼，没有什么特点。我微微有些诧异，这有什么好看的呢。他在暗示什么吗？我装作一无所知，附和着说："是很好看，你要真的这么喜欢，我们就把原来的房子卖掉，在这幢楼里的最高层买一套怎么样？"

他也附和着我："好啊，好啊。"

我们继续往前走，来到一个刚建成的小区，四下的楼宇林立，空荡无人，一年多前，这地方还是野地，夏天的虫子叫声阵阵，现在已是柏油路和水泥墙了。"你看，小区刚盖好，荒草就漫过路面了，以后还会长得更多，会长满马路的，你说呢？会的，真的……"一只塑料袋在风中跳起了舞来，它在我们的眼前左右乱晃，像一个小孩在和我们玩耍，见我们没有理它，反而舞得更加起劲了，丈夫看着塑料袋，眼神里露出了温柔，说："你看，它在跟我讲话，我都听见了。"我看了一眼丈夫，没有说话，最近丈夫似乎看到什么都会感动，看到一个断了腿的螳螂，会感动；看到一个得了白化病的路人，也会感动；看到垃圾桶旁一个半边长满绿毛的烂苹果，还怔怔地望着不走。他的神经末梢敏感得跟他几乎没有多少关系了。上次散步，他对着石阶上一条不知何时遗留下的蛇皮注视良久，喃喃自语着："太美了，太美了。"好像这个世界拥有太多的美，他已经无法承受，像气球被撑得如此之满以致随时都会爆炸。有的时候，我觉得丈夫已经变成了一个与现实无关的人，这个人在城市的高楼大厦之间游弋幻想，幻想自己是一匹马，一只知更鸟，一只猫头鹰，在夜晚无人时暗暗地飞翔。

那天散步他兴致很好，我们走得很久，很远，一路上还有很多内容，我心乱如麻，已经想不起来了。

晚上回到家后，我忽然觉得内心异样，想和丈夫做爱，几年没有这种欲望了。我脱掉内衣，露出我的肉体，我那很久没被男人沾染、撩拨和爱过的肉体，月光下如此丰美，如此充满欲望。我搂住丈夫，他也搂紧我，久久没有松开，这样就好，可他一如既往地无法进入我，只是紧紧贴着我，发出了无奈的呻吟，我多想让他进入我，和我融为一体，这样，即使他死了，也有一部分可能会活在我的身体里，哪怕就几天呢，我要感受一个行将就木的人，一个就要被烧成灰、烂成泥、化为土的人进入我，在我青春的肉体里面活下来，成为我细胞分裂出去的细胞，成为还能继续呼吸，继续走路的生命，多么可怕的转换，死，将死了的灰烬渗透我，触摸我酸性的阴道，滞留在那里，还能触摸我的灵魂吗？我会把我的一切告诉他，没有隔膜，因为他就是我，我也就是他，我们不再分开，不会再有以前愚蠢的猜疑，我们已经死过了啊……他呻吟着，什么也做不成，我绝望了，我忽然感到，他死后，我的一部分也会死，很快，真的，我害怕了，也累了。

七

两个月后的一天，丈夫夜晚从医院溜出来跳楼自杀了。警察和工地的人将我领到出事的地方，也就是丈夫摔落的地点，说他们就是在这里发现他的，因是晚上，工人们都下了班，值班的人也没察觉任何异样，发现他尸体的时候已是次日凌晨。我抬头望了望，深蓝色的天空中，那座灰暗的、冰冷的高楼就是那座三十二层的“美丽的高楼”，他就是从那座楼的顶端跳了下来。

很难说丈夫的自杀在我的意料之外，也难说在我意料之内。是的，一个得了绝症的人的自杀不会令人意外，但这类事真的出现，落在我的头上了，我又难以相信。一个人，一个与自己关系如此密切的人，一个自己的枕边人，一个曾是活着的，有着活着的肉体和活着的灵魂的人，突然没了，无疑是特殊的体验，虽然不是我唯一的体验，但我想，凡“特殊的体验”，也应是唯一的体验，不是吗？因为它们彼此无法取代，也就是说，我父亲的死和丈夫的死以及我的初恋那个夏烨的死，给我带来的痛苦并不一样，它们只是有些相似。我感到自己似乎瞬间变老了，我也在暗自体味这个变化，我发现“变老”的过程可能是被一个接着一个的“新经验”促生的，“新经验”越多，就意味着人经历的增多，经历的增多也就是人在逐渐变老了。

我一直觉得自己才会是一个死于自杀的人，而丈夫则不像，我没有看出他如此决绝勇敢，在我的眼里，他如阳痿一般温吞、暧昧、模糊不清。我继续平静地过着生活，每天上班下班，买菜做饭，在炖汤的间隙抽一根烟，两根烟，三根烟。独自吃饭，默默地把碗洗净，站在阳台上发呆。

刷牙的时候，丈夫的蓝色牙刷还静静地躺在刷牙杯里，他的拖鞋也还在走廊我的拖鞋旁边，像老样子一样，其中一只还微微地歪着，好像主人刚走。沙发上那只被他坐扁了的抱枕依然扁在那里，床头的那包中南海，他还没有抽完，我数了数，尚剩九根，那么，当这包烟刚打开，里面的烟还是二十根的时候，他还活着。我抚摸着那烟盒，想着这烟盒也曾被丈夫的手温暖过，把弄过，而现在我手的温度渗入到里面去了，这是一种奇怪的感受，或是一种猜想，我要将这烟盒留下来吗？也可以，就像当年我把我父亲的眼镜和眼镜盒留下来一样。很多时候，我觉得丈夫还没有死，我总疑心他会在下一分钟突然开门进来，在门口换上那双拖鞋，然后对我露出他那熟悉的抱歉的微笑，就在那儿，在那个空间里。我呆呆地出神地望着那里，仿佛时间真正开始了，或者时间已静静地停止，一分钟又一分钟过去了还是一分钟一分钟地堆积在那里？总之我在等，在这静得令人窒息的屋子里，我在等，可是，我的理智提醒我，他不会回来了。

丈夫有什么遗言留下吗？我四处细细寻找，没有，什么也没有留下。我心烦意乱，烦躁又空洞，敏感又麻木，这样的心情也不是寻找遗物的心情，也许以后的某天我会突然发现什么，也未可知。但能找的地方着实都翻看多遍了，没有，什么都没有。

我的睡眠越来越坏，总是做梦，凌乱而复杂，我经常梦见丈夫坠楼时的场景，以每秒数十帧的速度反复回放。他身姿矫健，坠落快速，像被击落的黑鹰，天空一片死寂，他脑壳撞击地面的那瞬间迸出的声响划破了清晨的寂静，接着他的头颅破碎，石块迸起，本来瘦小的身体沉重地、狠狠地撞击在水泥地上，居然将地面砸出个不小的凹陷！梦境残酷真实得让我难以承受，我感到无法再梦下去了，可又不知道该怎么停止，我看到血泊里的他，他的眼神期待地看着我，希望我是第一个发现他的人，我走上前去，看到他的惨白的脸上分明敷着一张惨白的面膜，我走上去揭开面膜，发现不是他，而是我的脸，脑浆涂面鲜血肆流……

丈夫丧事料理完后，又过了两三个礼拜，我收到一封邮件。是一个摄影杂志发来的，看来这家杂志社还不知我丈夫已经去世。信的大意除了表达对我丈夫的摄影作品的赞赏，主要是邀请他参加一个摄影展。从信文的语气和内容上看，此信其实是回复："您的作品，题材虽然并不特殊，但拍得有特点，瞬间性的深度和美感触动了我们这里的每个人，此外您的文字也别具风貌，与视觉形象并存，各司其职，各领风骚……"

我并不费力地在他邮箱的"已发送"中找到了丈夫那天发出的信件、照片和文字。照片有十一幅，那是丈夫在苦闷时期所拍的"黑暗"系列。看着那些照片，我不由自主又会想到我们那时初婚的日子，那段屌丝的生活。在那段不安定的日子里，我知道自己的伤痕源自哪里，然而奇怪的是，事过多年了，那段屌丝的公寓生活却怎么也抹不去，不能说我喜欢那种生活，可无疑那是我最独特也是最困难的时期，而这样的日子，我是和丈夫，刚刚死去的丈夫一起度过的。令人回味的是，困难的、悲哀的时期一旦过去，我自己也好像不再是，或者不完全是原来的我了。这次已经成为历史的婚姻虽然出于我的无聊和寂寞，那么现在我摆脱了无聊和寂寞了吗？我开始想念我的丈夫，而在想念他的时候，我又发现自己并不真正了解他。当打开丈夫电脑里的那些文件夹时，我感到在打开一个有些陌生房间的门，我也知道，不论我将看到什么，都为时已晚了。

黑暗系列照片的文字是十一个章节，有长有短。照片我都是见过的，文字却没有，我坐在那里，静静地将这些文字，也是丈夫最后的文字细细阅读下来：

……老鼠可憎，但将它关在笼里活活烫死更可憎。老鼠偷食，不过求生，沸水烫杀，屠者快煞，观者也欣赏，他们多快乐啊！虐杀，虐食，虐待是什么？你们可知道，你们自己也会有困境，也有同样的遭遇，现在没有，终究会有的，我是乡下出来的，我知道，可你们忘了。

蟑螂恶心，传播细菌，但蟑螂有它特殊的地方，它有两个大脑，这不是很有意思吗？一个残了，还有一个，所以还有一点点希望，至少还能自立，不像人，被弄残了，自残了，就只剩肠子肚子腰子和肛门了。

蜘蛛织网，自食其力，从不不劳而获，一只蜘蛛要弄点吃的，需要多少精力去织网啊！希腊神话里的蜘蛛原型是个美丽的姑娘，记得我读到她织网时手指轻盈如晨光跳跃的时候，就深深沉浸在一种喜悦之中。当时我不懂那是神话，以为是真的事，不怕你笑，我还真的想买去希腊奥林匹克山的火车票呢！想着有一天能见到她，甚至想要娶她。雅典娜记恨她，把她变成了蜘蛛，我因而憎恨雅典娜。后来，凡是惩治自食其力、勤劳美好的人，不管是谁，是神，是圣，是人，我都视为我的敌人。

很多人都想做一只鸟，而我更愿意做一只蜻蜓，躲过那些猎人的猎枪，因为猎人不舍得用一颗子弹来捕杀蜻蜓那么小、那么没价值的昆虫的，可它现在只剩下一只眼睛了，另一只眼睛已经被谁打碎，它还能看到什么？虽然蜻蜓有上万只瞳孔，它还是看错了这个世界，看错了猎人，它没想到，每个人，不论老少，都是猎人。即使毫无价值，也会被捕杀，被撕裂，甚至被碾碎，小的时候，我曾经看过大院里的小孩抓蜻蜓，他们抓到之后，会把它们的翅膀折断，还有些小孩会把蜻蜓的眼睛刺瞎，这样蜻蜓就不能再飞了，特别是那种蓝绿色的蜻蜓，它们本是属于天空的，落在地上像什么呢，可是它们死了，我想救活它们，可它们身体很软，也很凉，越抚摸越感到凉，冰凉的……

蜉蝣朝生暮死，它们必须在一天内找到爱人，交配产卵后很快便迅速死去。我也想同它们这样迅速死去，但是我舍不得我的妻子。蜉蝣虽然是最原始的有翅昆虫，可却有一个奇怪而有趣的名字叫“一夜老”，这说明它们在无数个“一夜”中，生生不息地“朝生暮死”，这种持续性就是永恒吧！我想蜉蝣是很聪明的，活得久了，什么都会变，就会看到更多的丑恶，经历更多的烦难，缓慢的衰老其实是更残酷的过程，所以“一夜老”好。我也很想在一夜之间老去，虽然我不可能永恒，我也从来就没想过永恒，因为生就是痛苦，我不想永远痛苦，可在夜晚的河边，用电筒的光照着那些蜉蝣，我拍它们，也羡慕它们，天亮之前它们就要死了，但它们似乎并不知道，或者知道了也不在乎，它们视死如归，我觉得它们美极了……

半年过去了，新区里的这家小酒吧生意不错，有的时候我也会去喝上一杯，我爱喝一种名叫“塔吉拉”的鸡尾酒。每次我看着调酒师把我点的酒端上来，酒杯里蓝蓝的火苗自顾自地燃烧着，恍惚地跳跃着，这样好看，可是它既不是为我燃烧的，也不会为我熄灭。年轻的舞者们在小舞台上一曲跳完，又是一曲，性感妖娆地扭动着她们的身体，裸露着四肢和小腹。酒吧老板年纪不到三十，做此行业，这个年纪显得稍微小了些，阅历不够，好在他喜欢说话，有人缘，不久有了一些常客，这些人有时无聊还会提起一些旧闻，包括“那个跳楼自杀的男人”，时间久了，人们对此事件添枝加叶，增添了某种传奇色彩，比如，丈夫本来是晚上从楼上跳下的，人们的转述中，晚上变成了白天，而且空中姿势很美，有的说像是某种神秘的舞蹈，还有的说像奥运会跳台跳水运动员的姿势，又有人说像一只奋力向下的美丽黑鸟。听了这些，我百感交集，愈发寂寞孤独，觉得丈夫离我越来越远了。

图书在版编目（CIP）数据
眩晕/祁媛著．—南京：译林出版社，2018.9
ISBN 978-7-5447-7309-6

Ⅰ.①眩… Ⅱ.①祁… Ⅲ.①短篇小说－小说集－中国－当代 Ⅳ.①I247.7

中国版本图书馆CIP数据核字（2018）第055820号

眩晕　祁　媛/著

责任编辑　周　璇
装帧设计　@broussaille私制
校　　对　叶显艳
责任印制　颜　亮

出版发行　译林出版社
地　　址　南京市湖南路1号A楼
邮　　箱　yilin@yilin.com
网　　址　www.yilin.com
市场热线　025-86633278
排　　版　南京展望文化发展有限公司
印　　刷　苏州市越洋印刷有限公司
开　　本　850毫米×1168毫米　1/32
印　　张　8.5
插　　页　4
版　　次　2018年9月第1版　2018年9月第1次印刷
书　　号　ISBN 978-7-5447-7309-6
定　　价　39.00元